漢字力

漢字力

姜建強 著

中和出版
OPEN PAGE

中

將墓地築造成「迷路」的漢字力

1

嚴復。近代中國頭號翻譯家。

但在中日對譯西文的幾個關鍵詞上，他卻未能取勝。

日譯「進化」，嚴譯「天演」；

日譯「哲學」，嚴譯「理學」；

日譯「經濟」，嚴譯「計學」；

日譯「社會學」，嚴譯「群學」；

日譯「形而上學」，嚴譯「玄學」。

結果，漢字文化圈的知識傳播，是在用日譯還是在用嚴譯？

嚴譯為何未為後人採納？對這個問題作深入思考就會發現，嚴復的西文水準不會在日本人之下，他的問題在於跌進了「母語」的陷阱。母語本能地再三要求他再縝密再精緻再體察再內化的一

個結果就是作繭自縛。而日本人對漢字並不懷母語的本能情結，所以他們相對超脫，放得開，更能驅遣漢字。這正如著名的歷史學家山室信一在《作為思想課題的亞洲》（岩波書店，2001 年）中所說：日本創造了上千個日本產的漢字詞，它們無一不是在植根於日本文化的漢學修養的前提下誕生的。這段話表明日本人的漢學修養並不是自帶的，而是從中國來的。「母語」的陷阱對日本人不起作用，這是他們的幸運，當然也是漢字圈的幸運。

　　但嚴復扳回一城的傑作是「邏輯」一詞。相比「Logic」的音形意絕妙的創意，日本人的「論理」一詞顯得蒼白和牽強。這裡嚴復取勝的「邏輯」又是甚麼？

　　非常有趣。西文與漢字，漢字與西文。就這樣纏繞着中與日、日與中，就這樣纏繞着上一代、這一代、下一代。

2

　　在日語中有以下這些詞：

　　「初冠雪 / 初飛行 / 初體驗 / 初舞台」。這裡的「初」念「はつ（hatsu）」，屬於訓讀。

　　「初対面 / 初一念」。這裡的「初」念「しょ（syo）」，屬於音讀。

　　「酒屋」叫「さかや（sakaya）」；「酒店」叫「さけてん（saketen）」。

　　為甚麼會有不同的讀法？其理何在？

　　日本國立國語研究所曾經設想用漢字詞與日語固有詞對抗來自歐美語言的外來語的擴張。但難度很大。如：「時間」與「タイム（taimu）」實際上有不同的含義，根本無法統一。日本的麵包店、壽司店，還有一些超市，會在下午 5 點開始搞「タイムサービス」活動，即打折促銷。這裡的「タイム」能改成「時間」嗎？變成「時間サービス」？不行。如果這樣，日本人說這就是日語裡的「惡語」。如同「我愛你」，如果日語表述為「私はあなたを愛しています」的話，就是極端的「惡語」了。

3

　　從繁到簡。

　　日本人也經歷了無用的抵抗 ——「缺」變為「欠」、「藝」變為「芸」、「罐」變為「缶」、「燈」變為「灯」，當然有失落和不快的時候。然而隨着 1948 年「當用漢字表」的頒佈，一切的抵抗都真的變得了無用處。對編輯來說，「剪燈新話」變成了「剪灯新話」，「缺席」變成了「欠席」。不習慣也要習慣。不喜歡也要喜歡。

　　從簡到繁。

　　但日本人還是在不同場合、不同語境，盡可能地將繁體字書寫在言語的「互聯網」之中。在這方面，日本人表現得執着和自覺，好像想要捍衛甚麼，守住甚麼。於是我們仍然能看到「渡邊」「默禱」「日本製罐」「草間彌生」「慶應義塾大學」的字樣，像「幽靈」

一般，纏繞着新一代的日本人。京極夏彥再將這種纏繞書寫成物語，於是產生了《姑獲鳥の夏》《邪魅の雫》《魍魎の匣》《鉄鼠の檻》《陰摩羅鬼の瑕》，僅書名漢字之繁，就能暈倒一大批人。

4

出版量巨大的小說家赤川次郎說：如果要寫世界上最短的小說，應該如何動筆？他仿效美國作家的描述，說只要兩行字就可以了：

地球で最後に残った人間が部屋の中に座っている。

するとドアをノックする音がして……

（地球上最後一人獨坐房中，這時，忽然響起了敲門聲……）

誰在敲門？敲門的人不是地球人？難道是宇宙人？是惡魔？但肯定不是動物。那究竟是誰在敲門？

我們注意到了赤川次郎舉例的短短兩行字中，有 12 個漢字。難道是漢字在敲門？是漢字裝扮成地球人，在敲地球人的門？

5

在日本，「春眠不覺曉」的經典翻譯是「春眠暁を覚えず」。

四個漢字三個假名。

但「南朝四百八十寺」的翻譯就是一字不減一字不增地復

現「南朝四百八十寺」。日本人為甚麼要這樣處理呢？「南朝四百八十寺」的詩句，難道假名就難以滲透？「南朝四百八十寺」的詩句，難道就是鐵打金剛身？日本人說這是日本漢詩翻譯史上的一個亮眼處。

6

　　北原白秋出版的詩集《鑽》，讀音為「kanashiki」。意思是「鍛冶台上敲打煉物」。再看他的詩《墓地》。北原將墓地定義成「露之原／小童之草庭／薄黃之石／銀杏之片／香華之色海／無緣之草」。最後將墓地築造成「迷路」。這是北原白秋的漢字力。當然也是明治時期文人的漢字力。

7

　　英語的「and」，中文的「和」，日語是「と」。但如果是法令用語，則不能用「と」，必須用「及び」或「並びに」，如「A 及び B，並びに C 及び D」。某內閣法制局職員的結婚宴，一來賓發言說：「新郎並びに新婦」。婚禮現場的法制局人員事後悄悄對這一來賓說，不是「並びに」，而是「及び」。這位來賓始終不明白自己錯在哪裡，為甚麼要有這個區別。

　　但這個問題在我們中國人看來根本不是問題。不就是「並」

與「及」的區別嗎？是「新郎及新婦」更古雅呢？還是「新郎並新婦」更古雅呢？你看，還是中國人的漢字思維厲害，一下點中了要點。

8

日語漢字有時也會表現出一種優雅，一種修養。

日語漢字有「啞」字，讀「oshi」，但平時日本人用「口の不自由な人」。

日語漢字裡有「盲」（mekura）這個字，但平時日本人用「目の不自由な人」。

日語漢字裡有「聾」（tunbo）這個字，但平時日本人用「耳の不自由な人」。

總之，用「口不自由／目不自由／耳不自由」替代「啞／盲／聾」，給了殘疾人以最大的尊重。同樣地，我們在日本也絕對找不到「聾啞人學校」這樣的表示。

9

日本人經常思考一個問題。

中國人創造的漢字，我們日本人懷着敬意接受之，並帶着自己的感受力將其再造。同時表意和表音、具有複雜形態和複雜機

能的漢字，對情感細膩的日本人來說是不是「禁斷的果實」？如果最初遇到的不是漢字，而是古印度的表音文字梵文，或是乾巴巴的羅馬字的話，又會是怎樣的景象？

《萬葉集》裡最為古老的歌是盤姬皇后思念大鷦鷯天皇（仁德天皇）的歌：

君之行　氣長成奴　山多都祢　迎加將行　待尔可將待

日本人經常這樣問：用這樣的文字表述思念，是日本的幸還是不幸？

10

有「假名」就有「真名」。誰是真名？

漢字。漢字才是「真名」。

當時日本的情況是：

男性——漢字——高級

女性——假名——低俗

這表明，漢字與高級相連，假名與低俗相接。但把這個觀念反轉過來的是紀貫之。他當時大膽地用假名編撰宮廷讀物《土佐日記》。男人能用假名，女人更能用假名了。所以日本女人在文字上的翻身，真的要感謝這位宮廷寫手紀貫之。而他的《土佐日記》釋放出的正能量是女性用假名並不低俗。

11

「如若稻常菊桜桐野□樋福」。

當中填一個甚麼漢字？

這是日本銀行發行的貨幣上圖案的名字。

一日元的圖案是「若木」，五日元是「稻」，十日元是「常盤木」，五十日元是「菊」，100 日元是「桜」，500 日元是「桐」，1000 日元是野口英世，2000 日元是紫式部，5000 日元是樋口一葉，10000 日元是福澤諭吉。2004 年以前的 1000 元紙幣圖案是夏目漱石，5000 元是新渡戶稻造。1984 年以前 10000 日元紙幣圖案是聖德太子。

答案自然是一個「紫」字。

「蘭奢待」是甚麼？這是日本國寶香木的名稱。再仔細看，漢字裡隱藏了「東／大／寺」三個漢字。日本人也很會玩吧。「蘭奢待」香木現在收藏於東大寺正倉院。動手削過這塊國寶香木的人，包括歷史上的足利義滿和織田信長。

「孤獨」與「一個人」，怎麼看都是硬幣的兩面，各自都有其話語權。但日本人則將其套上同一發音：「一個人」的讀音是「ひとり/hitori」，「孤獨」的另類讀音也是「ひとり/hitori」。

12

日本人說，日本的法律文書具有五七五的俳句調：

学問の　自由はこれを　保障する——日本國憲法二三條

相続は　死亡によって　開始する——民法八八二條

　　憲法條文成了俳句。那麼憲法本身是否也被一種詼諧所籠罩？

　　除去「無用」的假名，留下的六個字是「學問自由保障」，好像意思還很清晰。

　　「相續死亡開始」，倒是有了一種莫名的詼諧。

　　看來是民法被俳句化了，憲法還是憲法。

13

　　《說文解字》對詞語的解釋非常平易。如：

路——道也。

道——所行道也。

行——人之步趨也。

小——物之微也。

鳥——長尾禽總名也。

雨——水從雲下也。

而現代辭典對雨的解釋是：

從雲層中降下地面的水。

日本人說，現代人的思維力度還不及數千年前的古人。

這就奇怪了。

　　發現這個奇怪的是日本人。這也證實了這些年來日本人對漢字研究的注重。日本過去流行日本人論,現在流行日本漢字論。在全球化的今天,國家、民族等概念越來越被邊緣化和模糊化,最後剩下的身份認同顯然就是依賴語言認同。這裡既有日本人急於尋根的茫然若失,更有固守心魂的慌亂匆忙。這是否就是日本這些學者在眾多的漢字著作中所透出的有價值的信息?

14

　　コーヒー與珈琲,哪個更有情調?

　　在雨夜的新宿,在夕陽的銀座,在月明的青山,你是要坐在片假名的「コーヒー」店,還是要坐在漢字的「珈琲」店?換句話說,你是要坐在星巴克的コーヒー店要一杯咖啡,還是要坐在「椿屋珈琲店」或「皇琲亭」裡點一杯咖啡?心緒會不一樣,思考也會有變化。片假名給人時尚的感覺;漢字給人時光的感覺。

　　日本第一家咖啡店是在 1888 年(明治二十一年)開設的,店名叫「可否茶館」。這裡「可否」的發音就是「かひ」。當時咖啡的發音是「カヒー」,所以表示為「可否」。江戶時代的文獻裡除了用「コオヒ / かうひい / カウヒイ」等假名表示之外,還有「可非 / 加非 / 骨喜 / 骨川 / 古鬪比伊」等表示。現在使用的漢字「珈琲」,造詞者是江戶時代的宇田川榕庵,其著作是《博物語韻》。將「coffee」表示成漢字「珈琲」,透露出一種懷舊、沉穩、優雅的感覺,比英

語的「coffee」更顯品位。

　　在中國是咖啡，在日本是珈琲。口字旁變成了玉字旁，倒也別有一番情趣。但情趣也是要花錢買的。在東京，一些帶有「珈琲」二字的店，一杯咖啡一般要 900 ～ 1000 日元，而用片假名表示的「コーヒー」店，一杯一般只有 300 ～ 400 日元。

　　日本人說這是漢字的情感學。

15

　　語調與重音。

　　日本著名的國語學者金田一春彥說，JR 東海道線的主要站名，從東京往西，從「shìnagawa」（品川）、「yokohama」（橫浜），再到「odawara」（小田原）為止，發音基本都是平板型。但從「あたみ」（熱海）起音調開始高升。這是為甚麼呢？

　　因為到小田原為止，基本都算是東京的地盤。對東京人來說，到熱海就是去旅遊的，感覺是去了較遠的地方，所以音調要高起來。

　　你看，日語就是這樣一種語言，它將細微差異用一種特有的構造，不露聲色地表現出來。如：

　　① 学校へ行く。

　　② 学校に行く。

　　這有甚麼不同？一般而言，「へ」表示方向，「に」表示場所。

這樣看，①是走向學校的建築物，②是去學校學習。因此，學童如果說「学校に行く」，表明去上課；如果說「学校へ行く」，則表明是與同學一起去校園玩耍的意思。

<h1 style="text-align:center">16</h1>

2016 年 6 月 29 日，日本首家漢字博物館在京都正式開館了。

走進博物館，就會見到令人震撼的「五萬漢字塔」，高達七八米的大柱子上，密密麻麻寫滿了漢字。宇宙的訊息，生命的訊息，空間的虛像，時間的虛像，盡在這密密麻麻中。

抬頭仰視這尊「高大上」的漢字塔，給人的感覺就是繁星中有漢字，漢字中有繁星。渺小的人就好像棲息在這浩瀚的繁星和漢字中。繁星和漢字就這樣與我們共存共生共榮。這種感覺，這種心境，有時就像兒時唱的搖籃曲一樣，讓人想起母親，想起成長，想起思念。

作為來自漢字發源地的中國人，看到這個博物館，會有甚麼樣的思緒呢？

2008 年，倡導「漢字文化圈構想」的思想家加藤周一以 89 歲高齡去世，去世前在《朝日新聞》上連載《夕陽妄語》。他認為，歐洲共同體的前提是文化一體。東亞是否也能文化一體？從這個角度來理解日本人的漢字博物館，就能明白其含義——漢字 3000 年，根，在我們中國人這裡。

17

お冷はセルフサービスです。

這是日本飯館、咖啡店經常出現的一句話。

只有一個漢字。而且還是個「冷」字。

日語，有時也表現出一種冷峻。

就像川端康成《雪國》的開頭句：

国境の長いトンネルを けると雪国であった。

散發着寒氣的 6 個漢字。

18

モノ（mono）可以是「物」，也可以是「者」。コト（koto）可以是「事」，也可以是「言」。這表明了概念未分化階段的多歧性。如「死というモノ」、「死ぬというコト」。前者帶有客觀性，後者不帶有客觀性。後者需要「死」這件事以及自己的共有經驗（互為主體），所以不能客觀化。

村上春樹的《發條鳥年代記》裡寫妓女突然顯現出羞恥感。加納克里特，從來不害羞於自己的職業，男人們也把她當作一個「一般 / 普遍」來接受──一位妓女而已。不過，當她感到某個嫖客正關注着她，試探她的靈魂時，害羞的感覺便油然而生，讓她再也沒有勇氣面對這個嫖客。這裡的她為甚麼再沒有勇氣面對這個嫖客

呢？就是未分化階段的多歧性發生了變化。這個嫖客發生了情移現象：從「一般／普遍」的妓女到個別／特殊的妓女。

這就如同「定食」是套餐，「弁當」是飯盒，「元気」是精神一樣，完全可以置換的。

19

文字的寬廣度是思想的寬廣度的再現。

福柯的「詞與物」說的就是這個理。

問題是文字一旦思想化，就有一種語言上的不可一世。語言的不可一世在民族語境下是一種幸福，在殖民語境下無疑是一種災難。1600 年前英語還是小語種，現在卻成了世界通用語。

那麼漢字呢？漢字的不可一世何在？

日本人說，漢字的不可一世就在於超強的造句能力。如：

「東京大學創立百年紀念論文集編撰委員會委員長委員數人昨天開會討論漢字文化圈課題引發爭議表明意義重大與會代表一致認為必須加大研究力度這次會議到此下次我們再集合再研究——」

幾乎可以無限制地寫下去。即使排列 100 多 200 多個漢字，也無需關係代詞就可組合而成。而用日語表示則要用組詞，英語表達要用關係代詞。除此漢字的造句力還表現在只要在單詞後面加上「性」「化」「中」「力」，就可以造出許許多多新詞。這在其他

語言裡是很難做到的。如以「某某力」為書名的書，日本在近年就出版了不下數百本。

20

與謝蕪村的俳句：

菜の花や　月は東に　日は西に。

菜花，月東，日西。

這就是這首俳句的全部意象。沒有多餘的假名，沒有多餘的漢字。這是漢字與假名混書的經典句例。這裡，漢字是結構的框架，假名是結構的助材。顯然，如果去掉假名，圖景依舊在。而如果去掉漢字，只剩下「の、や、は、に、は、に」，還能表意嗎？

21

《你的名字。》（《君の名は。》）為甚麼會有個句號？

新海誠的動畫電影在中國熱映。吸引我們眼球的是這個電影名為甚麼要有個怪怪的句號？

其實這就是日語表達的有趣之處。如果不加句號，這句話也可能是問句：你的名字叫甚麼？或者斯文點的話是「請問芳名？」日本老師經常用這樣的句式問新來的留學生：「お名前は」（你叫甚麼？）、「お国は」（你來自哪個國家？）。但提問顯然不是新海誠

的用意。新海誠並不想讓還是少男少女的立花瀧和宮水三葉互問姓名，而是要讓他們永遠記住各自的名字。

所以他加了個句號，使之變成一個陳述句。句號，在新海誠那裡，既是終點也是開端，既是冬天也是春天，既是符號也是漢字。閱讀＝理解，書寫＝表現。看來這種行文和思想的交錯共存，就是日本漢字文化的魅力所在。

《你的名字。》小說的第一句就非常老道，用 7 個漢字定下了整個文本的色調：

懐かしい声と匂い、愛しい光と温度。

22

《濹東綺譚》。

明治文人永井荷風的私小說。將自己化身為主人公大江匡，在玉之井與私娼阿雪廝混。描寫相聚的歡樂和離別的痛楚，非常耐讀。

問題是這個「濹」字。這個字是江戶後期儒學學者林述齋新造的字，指的是江戶隅田川（現在東京隅田川），屬國字（指日本人自造的漢字）。我們在翻譯這部小說的時候，一般將三點水去掉，寫成《墨東綺譚》，意思當然也相近，何況隅田川現在屬於東京都 23 區的墨田區，日語漢字的墨田區與中文漢字相同。但是從視覺效果來看，《濹東綺譚》/《墨東綺譚》，前者恐怕更「明治」些更紳

士些吧。

就像「蒟蒻」(konnyaku)兩個漢字，給人的第一印象就是秋色秋景，而不應該是冬色冬景吧。

23

村上春樹的新長篇小說《騎士団長殺し》。

上冊的副標題是： 顕れるイデア。

下冊的副標題是：遷ろうメタファー。

イデア(idea)也就算了，日本人並不陌生，來自柏拉圖哲學的「理念 / 意念」概念。問題是メタファー(metafa-)。明明日語裡有對應的漢字詞「暗喻 / 隱喻」，但是村上沒有用。說他對漢字沒有興趣吧，「騎士団長殺し」連用了 5 個漢字。騎士在日語裡也有片假名詞「ナイト」，但村上沒有用。看來，村上的文字意念，確實有自己的盤算，有自己的偏好。

24

那麼漢字的最終前景將如何？

當我們在博覽漢字 3000 年的時候，日本人在博覽漢字 50000 個。

3000 年加 50000 個，或者 50000 個乘上 3000 年。

結果都是天文數字。

400 萬種也好， 80 億種也好， 16 萬億種也好，想表明的一個意思就是：漢字詞語的再造功能，比其他語種要強得多。

25

離開來自日語的「外來語」，我們中國人還能思考嗎？

這個問題時常困擾着我們。

但結論恐怕只能說：不能。

這就如同當時大量日本新名詞湧進中國，引起守舊者的惶恐，連洋務派領袖張之洞都批示「不要使用新名詞」。幕僚辜鴻銘則悄悄告訴他：「名詞」亦來自日本。

這就如同問：一歸何處？若答：一歸於無。那就失敗了。不及格了。把它還原於觀念論的邏輯學，那就太無味了。

這樣看來，要想「脫」日本的外來語，那就等於蛇咬自己的尾巴，再怎樣也無法自力完成。

於是我們指向了另一種可能性。

這就等於將日語的「沢蟹」，我們天才地對譯成「大閘蟹」，將日語的「車海老」對譯成「對蝦」，將日語的「秋刀魚」原封不動地拿來使用一樣，有相克，但更多的是相融；有相阻，但更多的是相吸。

26

12 月 12 日。

日本的漢字日。

這一天，京都的清水寺要發表一個世相漢字。

到 2017 年，已經是連續 23 年了。

清水寺的住持森清範揮毫，在高 1.5 米、寬 1.3 米的白紙上，書寫出大大的當選字。

這一天，這張揮毫的圖片，就傳遍了全世界。

軟實力輸出，日本人又走在前面了。

27

白川靜是誰？

這就像問起日本小說家不知道村上春樹，問起日本俳人不知道松尾芭蕉，問起日本隨筆不知道清少納言一樣，是一種知識的缺陷。

白川靜是日本的漢字學家。這位專家做過這樣的統計：

《論語》總字數為 13700 個，用字數是 1355 字。

《孟子》總字數為 35000 個，用字數是 1889 字。

《詩經》總字數為 39000 個，用字數是 2839 字。

李白詩 994 首，字數約 77000，用字數是 3560。

xxiv

杜甫詩約 1500 首，用字數是 4350。

善用奇字的韓愈，詩約 400 首，用字數是 4350，與杜甫匹敵。

即便是網羅了漢魏六朝詩文的《文選》，其用字數也只不過在 7000 左右。

而從明治以後日本漢字使用的情況來看，常用字只在三分之一的程度，作為基礎文化教養應該掌握的字數是 3000 個。《廣辭苑》附載的「通用漢字」有 2935 個字，這個收錄的比例是與白川靜的估計相一致的。從這點看，他對漢字的領悟力也非同常人。

他在寫完《字統》《字訓》《字通》這「三字」巨著後發問：「天地玄黃，宇宙洪荒」，漢字的這種萬古雄風，西洋文字能抵擋嗎？看來還是這位天壽的白川靜（1910—2006）點出了問題的所在。於是，在日本人的眼裡，他成了一位大師。一位守住日本人心魂的大師。

28

於是——

《漢字力》。

這就是筆者寫作這本書的意義所在。

第一章 「混合語」：原來漢字可以這樣「玩」

第二章　造詞力：三明治和明治有甚麼關係？

第三章　正確地喝下一碗味噌湯：「食、吸、啜、飲」
中的層次感

第四章　佐藤和陽葵：人名漢字裡的大學問

第五章　腳底到舌尖：魚旁漢字知幾何

第六章　漢式和文裡的「漢字心」

第七章　東風遇上西風：可口可樂與俱樂部的強強對決

第一章 「混合語」：原來漢字可以這樣「玩」

　　將日語定義為混合語，應該是沒有問題的。已故日本著名學者加藤周一曾經將日本文化定位在混合文化的坐標上，而承載文化的語言也因此變得混合化。日語固有詞、漢字詞、外來語是日語詞彙構成的三要素。而外來語又可用平假名和片假名來表示。這二重三重的表示方法在哲學思想家柄谷行人看來，並不是技術層面的問題，而是在制度、思想方面早已存在着的。這種文字的形態本質上就是日本人混合心理模式的再現。

1. 「癌」為甚麼要用「がん」表示？

　　一個「熊」字。

　　日本人在小學一年級的時候寫成「くま」（kuma），會寫漢字的時候寫成「熊」。

　　作為生物來觀察時用片假名「クマ」，表示可愛時用平假名「くま」，表現它的兇殘時用漢字「熊」。

　　日本的漢字有訓讀。這是日語的一個特點。土地上隆起高高

的一塊，當初的日本人稱它為「やま」（yama），這便是大和語言。但當時中國人稱它為「サン」（san），並寫成漢字「山」。於是，對日本人而言，一個「山」字，就有兩種讀音：「やま」是訓讀，「サン」是音讀。

一個「酒」字。

日本人也有兩個發音：一個「サケ」（sake），一個「シュ」（syu）。

一般來說個人因失戀、因遠離故鄉而一人獨飲的酒叫「サケ」。個人的體驗、個人的記憶是「サケ」的內涵。日本歌曲唱酒的經典之作，一般認為是昭和年間有渥美二郎演唱的《夢追い酒》（《追夢酒》），歌詞中有「夜の酒場で　一人泣く」（夜晚的酒吧裡／一個人獨自流淚）的句子。為甚麼要邊喝酒邊流淚呢？這就是「サケ」的人文效果了。「シュ」一般用於邏輯概念的分類，如「日本酒」「清酒」等。這裡的「酒」讀音為「シュ」。可以說概念的集合體是「シュ」的內涵。日本人說「李白鬥酒」，這個「酒」就是「シュ」，不可能是「サケ」。

日本人管自己國家叫「yamato」，中國人用「邪馬台」三個漢字來表示。但日本人不滿意，認為不雅觀，便寫成「大和」二字。這是日本漢字史上的得意之作。

幾年前新人川上未映子以小說《乳と卵》獲得芥川獎。這裡「乳／卵」二字如何念？日本人都讀成「ちち／たまご」，但實際上是念「ちち／らん」。前面是訓讀，後面是音讀。

　　山本五十六，在太平洋戰爭時任聯合艦隊司令長官，被美軍擊斃。「山本」的發音自然沒有懸念，問題是「五十六」怎麼念？連日本人都念成「gojyuuroku」，其實應該念「isoroku」。

　　英語中的「who/what/where/when/why/how」，簡稱「5W1H」。日語中與此對應的詞是：「だれ / なに / どこ / いつ / なぜ / どう」。寫成漢字則是：「誰 / 何 / 何処 / 何時 / 如何」。

　　日本的「わび茶」或「わびしい」有一個對應的漢字就是「侘」，表示苦惱、悲歎、失意等，萬葉假名時代用「和備」「和備思」來表示。這個「侘」字出自中國。如屈原就寫過：「忳郁邑余侘傺兮。」《廣韻》釋「侘傺」是失意之意。日本人將「侘」字拿過來，賦予了極簡、貧寒和殘缺的要素，並讓其扮演茶道和俳句中的原理主義角色。這是原本「侘」字所沒有的意義功能。

　　在日本，技能性的級數都用阿拉伯數字來表示，如「2 級」。但在精神修養方面獲得的級數和段數一般用漢字數字表示，如「書道二級」、圍棋的最高段數「九段」。當然也可以用阿拉伯數字表示，但分量就顯得輕。日本大街上的地址也是先漢字數字後阿拉伯數字，如「銀座二丁目 2 番地」。

　　同樣是「かえる（kaeru）」，可以寫成「帰る / 代える / 換える / 替える」，用不同的漢字表現不同的意思。同樣是讀「とめる」（tomeru），「車を停める」，這個「停」字，表示臨時停車；「車を駐める」，這個「駐」字，表示這輛車要暫時停在駐車場；「車を止める」，這裡的「止」，表示本來在移動的車要停一段時間。比如發生

了跳軌自殺事件，電車要停駛，日本人就用這個「止める」，因為至少要停 20 分鐘到 30 分鐘。

日本也有「癌」字。但日本的「國立癌症中心」是這樣表示的：「国立がんセンター」。「癌」用假名「がん」（gan）來表示。為甚麼不直接用漢字呢？因為日本人說漢字的「癌」給人一種很冷硬的恐懼感，給人無法根治的感覺。「癌」這個字原本出自中國的宋朝（一說最早出現於 1264 年的《仁齋直指方》），當時是用來表示良性腫塊。日本雖然早在 1843 年就普遍使用這個字了，但現在日本人在選用這個字的時候還是考慮到了當下人們的感受。2016 年 12 月，日本政府出台了「修正がん対策基本法」，其他七個字都用漢字表示，唯獨癌字用「がん」表示。現在日本已經進入兩人中就有一人患癌的時代，出台基本法是為了對應這個時代，又怕引起民眾的恐懼感，所以還是用了假名。但日本有「日本癌學會」和「日本癌治療學會」，都直接用了「癌」字而不用假名。原因在於這些學會成員大多是醫生和研究者，不存在恐懼的問題。

2. 「雲丹」比「海胆」更優雅

前文說過，日語固有詞（和語）、來自古漢語的漢字詞（漢語）、主要來自歐美語言的外來語（外來語、洋語）是日語詞彙構成的三大塊。

屬於和漢搭配的有：「重箱／緣組」、「手數／結納」。前二者是漢一和構成，後二者是和一漢構成。

　　屬於和漢洋搭配的有：如「花形スタ阪」、「シャンソン歌手」、「貸しボート業」。前者是和—洋複合語，中間是洋—漢複合語，後者是和—洋—漢複合語。

　　下面是日本某學校的告示欄上的通知：

　　英語Ⅱでは 2 月に二つの課題が出る。

　　這句話的有趣之處是數字表示的各異：

　　① 漢文數字「二」。

　　② 阿拉伯數字「2」。

　　③ 羅馬數字「Ⅱ」。

　　有人說這是日語表示不安定要素的典型表現。但筆者以為這恰恰是日語詞語表示的智慧表現。因為是通知，通知就要吸引更多人的眼球。如何吸引呢？只能在文字的表示上，給人有眼睛一亮的新鮮感。

　　日本人用漢字「卵」（tamago）表示雞蛋，給人鮮活的感覺，但烹飪後的「卵」就表示為「玉子」。「海老」（ebi）和「雲丹」（uni）分別比「蝦」和「海胆」（uni）來得婉轉與優雅則是公認的。

　　「会」/「遭」/「逢」發音都是「あう」（au），但不同的漢字用於不同的場合。

　　學校遇見了老師用「会う」。如「学校で先生に会う」。

　　站前遭遇了跟蹤者用「遭う」。如「駅前でストーカーに遭う」。

　　公園遇見了戀人用「逢う」。如「公園で恋人に逢う」。

　　同樣是「おもう」（omou），常用的漢字寫法有兩個：「思う」

與「想う」。前者是表內字，後者是表外字（常用漢字表之外的漢字叫表外字）。一般對家人用前者，如「両親のことを思う」（思念父母親）；對他人用後者，如「恋人のことを想う」（想念戀人）。10 世紀的《伊勢物語》裡有「懸想」一詞，明治小說《浮雲》裡有「想いを懸ける」一句。現在日本人表示「單相思」時，「片想い」比「片思い」用得多。笛卡爾的哲學名句「我思故我在」，日語的公認翻譯是「我思う故に我在り」（われおもう / ゆえにわれあり），用的是「思」而不是「想」，表明日本人是將其區別使用的。

在日本，同樣是陽光照射的意思，春天說「陽差し」，夏天說「日射し」，秋天說「陽射し」，冬天說「日差し」。梅雨過去，夏天的陽光最耀眼。所以夏天是「日」春天是「陽」。所以「日焼け」（曬黑之意）用「日」而不用「陽」。日本女孩對男孩表白喜歡用帶漢字的「好き」（愛你，喜歡之意），認為這是真愛，而片假名的「スキ」（suki）是逗你玩。所以日本女孩用手機發短信，為了避免誤解的發生，一定會再三確認打的是「好き」而不是「スキ」。

3. 叫誰不要再犯過錯？

英語的「lunch」，日語有「昼食 / 定食 / 弁當 / ランチ」等說法。

英語的「hotel」，日語有「旅館 / 宿屋 / ホテル」等說法。

同樣是嬰孩，有「赤ん坊 / 赤ちゃん / ベビー / 赤子」等說法。

同樣是廁所，有「便所 / 厠 / 化粧室 / 洗面所 / 手洗い /WC/ TOILET/ トイレ」等至少八種說法，有漢字、平假名、片假名、

羅馬字。日本人得意地說這是語言水平卓越的表現。

　　日本人曾用多數表決的方法，選定嬰孩與廁所的一般用法。結果是「赤ん坊」與「便所」勝出。但在會話教材裡，日本人還是喜歡用「赤ちゃん」和「トイレ」。

　　日語中第一人稱的說法也是繁多雜亂。如：

自分／小生／手前／当方／不肖／予／俺／愚生／僕／我が輩／私／わし／わたくし……

　　至少 13 種。甚麼場合用怎樣的漢字表示，還真是一門學問。

　　這門學問挺有難度，而且日本習慣經常省略第一人稱的主語表述。這樣有時也會出問題。如在日本的文字史上有廣島「碑文論爭」的小插曲，說的是和平紀念公園慰靈碑的碑銘。碑銘是這樣寫的：

安らかに眠つて下さい

過ちは繰返しませぬから

（請安息吧　因為不會再犯過錯了）

　　這裡，叫誰安息？叫誰不要再犯過錯？誰又在發誓不再犯過錯？

　　不清楚。不確定。

　　但有日語專家說這是「日本語らしい」（標準日語）。為甚麼說是「日本語らしい」呢？是否就是碑銘用六個漢字夾雜在假名中，沒有主語的日語結構，我汝共存的語韻系譜，擔當了日本人曖昧和委婉心緒的最大庇護者的角色？當然從另一視角來看，日語確

8

實也不像英語那樣總是患有原理主義和正義病。所以日本人也總說自己的語言是「やさしい日本語」（優雅柔和的日語）。

　　夏目漱石的小說《少爺》裡有「靴足袋ももらった。鉛筆も貰（もら）った。」同是「もらう」[1]（morau）（得到，獲得），一遍用假名寫，一遍用漢字寫。問漱石本人恐怕也說不出理由。就如同「人」可以寫成「ひと」（chito）也可以寫成「ヒト」（chito）一樣是沒有理由的。

　　《朝日新聞用字用語集》裡，允許混書的日語詞有「あん馬」（鞍馬）、「改ざん」（改竄）、「しゃくし定規」（杓子定規）、「じん肺」（塵肺）、「天真らんまん」（天真爛漫）、「ばい煙」（煤煙）、「へき地」（僻地）等等。這是假名與漢字的混書。有兩個原因：一是漢字筆畫多，書寫不易；二是混寫更能奪人眼球。法律用語也是，如「覚、醒」二字《常用漢字表》都有記載，但法律名用「覚せい剤取締法」而不用「覚醒剤取締法」就是用了混書，從而達到「意味的喚起性」，即具有鮮明的警示性。

　　江戶時代的讀本有在左右兩邊注假名的習慣。如「是則艷書也」這句話，「艷書」右側的假名是「えんしょ」，左側的假名是「アダナルフミ」。顯然，前者是音讀，後者是訓讀。但容易被記住的顯然還是音讀。再如「約莫男女密會」這句，「密會」右側的注音是「みそかごと」，左側的注音是「ミツクワイ」。江戶時期的小說

---

[1]　文中的「もらう」動詞變化為「もらった」（貰った）。

家瀧澤馬琴（滝沢馬琴），被譽為和漢混用假名混用的高手。他的自筆小說《南總里見八犬傳》的稿本，圖書館裡還有保存。從「黃昏時候に」「你の面影」「結果なば愉快れど」「頻に焦燥て」可以看出他首先是漢字高手。其次是注假名的高手，如「看病」「君命」「別人」「悲泣」「疑心」「孤客」「眩惑」「効驗」等都有兩個讀音。「看病」讀作「みとり」「カンビヤウ」；「疑心」讀作「うたがい」「ギシン」；「別人」讀作「ことびと」「ベツジン」等。

日本人用片假名「ファクス」表示傳真，但用得更多的是羅馬字「FAX」。如「FAX を送ってください」（請發傳真）。日本人在 16 世紀的時候就開始使用羅馬字了。如安土桃山時代的《平家物語》用口語翻譯後在九州的天草出版，其書名就是用羅馬字表示的「FEIQE MONOGATARI」。日本人非常高興的是當時的發音被保留了下來。「平家」，現在的日語發音為「へいけ」，而當時的發音則是「ふぇいけ」，表明那時「へ」的發音為「ふぇ」。

4. 用漢字表示死天下第一

與枯燥無味的「123」「ABC」相比，日本人更喜歡「松竹梅」「優良可」；與西曆的「1912 年」相比，更喜歡「大正元年」的年號；與一月、二月相比，更喜歡「睦月」「如月」。東京都港區麻布原本有「狸穴町」，可能是由於「狸」「穴」二字太不雅觀的原因，被當地人改掉了。再比如「才」與「歲」。對 5 歲小孩要用「才」，對 78 歲老人要用「歲」，顯然「歲」更敬重。近十多年來，日本小說家有

避開使用「々」字的傾向。如「鬱々」改用「鬱鬱」,「轟々」改用「轟轟」。2006 年朝日電視台播放的連續劇《轟轟戰隊ボウケンジャー》(《轟轟戰隊冒險者》)就是一例。顯然這不是基於某種規範意識,而是考慮漢字的表現力和震撼力。

日本的正倉院收藏着奈良時代的各種文書,其中也包含信件。那時的信件都以「誠恐々謹啟」為開首句,以「誠惶誠恐謹啟」為結束句。1920 年(大正九年),永井荷風寫給作家日夏耿之介的書簡裡,有「五月念六」幾個字。這裡的「念」與「廿」的發音相同,表「二十」之意。夏目漱石喜歡用「一生懸命」,森鷗外喜歡用「一所懸命」。描寫明治書生生態的讀物《一讀三歎 當世書生氣質》,是坪內逍遙在 1886 年(明治十九年)完成的。尾崎紅葉的小說《金色夜叉》寫於 1897 年(明治三十年),小說裡經常出現語句:「如何したの」。這個「如何」讀音就是「どう」。「可笑い / 可厭だわ」。這裡的「可笑」讀音為「おかし」;這裡的「可厭」讀音為「いや」。這表明了明治時期文人的漢字意識與漢字情懷。

2012 年東京都美術館舉辦「大英博物館‧古代埃及展」。其宣傳文案為:

緑は再生‧復活 / 黄は金の輝き‧永遠

赤は血‧火‧太陽 / 黒は死‧冥界‧豊穣の地

青は水‧空‧天国 / 白は日光‧聖色

這裡,緑黃赤黑青白各表甚麼,恐怕沒有日語基礎的人也能看懂吧。

「宇宙是意志的表現，意志的本質是煩惱。」

這是德國哲學家叔本華的哲學語言。翻譯成日語的話會如何？

宇宙は意志の表現であり

意志の本質は悩みである。

漢字的明了性不成問題吧。

著名詩人萩原朔太郎的散文詩《浪與無明》中的一段文字：

情慾的浪 / 意志的浪 / 邪惡的浪 / 暗愁的浪 /

浪 浪 浪 浪。

朔太郎的另一首詩的名字用了《珈琲店醉月》五個漢字。這裡「珈琲」二字也是詩人在玩優雅，因為日本有咖啡的片假名表示（コーヒー）。食慾用上「閑雅」一詞來修飾也是這位詩人的發明。他有一首詩名就是《閑雅な食慾》。食慾何以是「閑雅」的？可見其思路的不一般。

專門寫百鬼百怪的京極夏彥，他的漢字能力超強。如厚厚的小說《百鬼夜行・陽》中，有一句「恐怖が悔恨が怒気が苦痛が悲哀が」，如果除去無用的「が」，就等於是用中文在寫作：「恐怖 / 悔恨 / 怒氣 / 苦痛 / 悲哀」。最為叫絕的是他故意將「キラキラ」用漢字「綺羅綺羅」來表示，以示青鷺鬼火的神秘。

在中國叫「大賣場」，在日本至少有六種叫法：

催會場 / 催事場 / 催物會場 / 大催場 / 催物場 / 催場。

高島屋寫「催會場」；

日本橋三越本店寫「催物會場」；

銀座的松屋寫「大催場」；

新宿伊勢丹寫「催物場」。

問題是日本的國語辭典裡只有一個表示：「催事場」。

那麼，其他叫法和寫法是從哪裡來的？這也是日本漢字組合的怪異之處。

在外面吃飯叫「外食」，這是從 1990 年開始的；在食品店買來的食物叫「中食」，這是從 2006 年開始的；下班就回家並在家裡吃飯叫「內食」，這是最近流行的叫法。

外食─中食─內食。這是向內收斂的一個結果。

日本的大街小巷，飯店的寫法也頗多。如：

居酒屋 / 酒房 / 酒亭 / 酒処 / 酒餚処 / 酒爐 / 酒樓。最近還出現了「旬鮮酒場 / 旬菜漁理」的表示。如在新宿的歌舞伎町、在高田馬場的繁華街能經常看到。

日本人用漢字表示死，也是天下第一。如：

死 / 病死 / 戰死 / 戰病死 / 事故死 / 自殺 / 急死 / 頓死 / 心中 / 殉死 / 散華 / 相対死 / 往生 / 冥福 / 死裝束 / 覚悟 / 辞世 / 成仏 / 天寿 / 人柱。

如果再加上假名表示的表示死的詞語，那就更驚人了。如：

不慮の死 / 死ぬ / なくなる / おかくれになる / くたばる / 見送る / 今生の別れ / 露と消える / 死んだん気になる / おさらばをする / 先立つ / お迎え / 死にいそぎ / 死におくれ / のたれ死に /

むだ死に / 死花を咲かす / 死んで花実が咲くものか。

真是「死」語的大國。

但也有日本人用這樣的句子表現死：「私は原爆で娘を殺しました」。

譯文：我用原子彈殺死了女兒。

一位日本人母親在電視上這樣說。

有比這句話更能表示死，更能譴責戰爭的罪惡的嗎？

5. 和漢混合：白菊夕刊語

混合，是日本語的最大特點。

和漢洋混合：駅前ビル / 半袖シャツ。這裡「駅」是和語，「前」是漢語，「ビル」是外來語。

和洋混合：輪ゴム / ペンキ屋 / ガラス窓。這裡如「輪」是和語，「ゴム」（gomu）是外來語。

和漢混合：男餓鬼（をがき）/ 女餓鬼（めがき）。「男」讀「を」、「女」讀「め」是和語，「餓鬼」是漢字詞。平安時代的《源氏物語》裡的「経箱」「院方」「忌月」「絵所」、鎌倉時代的《平家物語》裡的「座敷」「勢揃」「分捕」等也是和漢混合。

再比如「白菊夕刊語」。這裡「白菊」是表示日本人從平安時代開始的花卉意識，「夕刊」是近代新詞。古新一體。白菊如同和語，夕刊如同漢語。「白菊夕刊語」某種意義上就是和漢混合語。

《萬葉集》裡有歌：「印結而　我定義之　住吉乃　濱乃小松

者　後毛吾松」。

讀音是：「しめゆひて　わがさだめてし　すみの　えのはま
のこまつは　のちもわがまつ」。

這裡值得注意的是「義之」讀「てし」。「義之」是指中國書法
名手王羲之[1]，也就是「習字的先生」。這表明當時已經有「手師」（て
し）的叫法了（「手」是指寫字，是和語，「師」指先生，是漢語）。
這是最為古老的混合語。

和漢混合的詞語還有──

台所 / 気持 / 荷物 / 莊屋 / 場所 / 相場 / 石段 / 不屆 / 両手 / 陣
笠 / 貴樣 / 役目 / 茶畠性根 / 誕生日 / 料理屋 / 絵葉書 / 喧嘩腰 / 世
話物 / 無駄足 / 貯金箱 / 反対側 / 高利貸

還有一種叫和製漢語。如日本快餐店有事先買食券的機器，
日語叫「券売機」。這是原有的漢字詞所不能表述的。漢語的語序
是「動詞＋賓語」，所以有「賣血」「賣國」的說法，「賣」字必須放
在前面。但是日語的「券売」是「賓語＋動詞」的語序。這就是典
型的和製漢語。中暑，日本有「熱中症」的說法，但按照漢語的語
序應該是「中熱症」，就像「中毒」一樣。

日語有一些固有詞也用漢字表示，如「かへりごと」寫成「返
事」，後來錯念成音讀「ヘンジ」（henji）。這樣「返事」就變成了和

---

[1]　據大岡信《古典を読む》中的「閲讀經典《萬葉集》」的考證，《萬葉集》中出
現的「義之」指的是王羲之。

製漢語。「ではる」（政府職員去別處辦公）寫成「出張」，之後音讀成「シュッチョウ」（syutyou）。「ものさわがし」寫成「物騷」、後讀成「ブッソウ」（busou）。「おほね」寫成「大根」、讀成「ダイコン」（deikon）。「ひのこと」寫成「火事」，讀成「カジ」（kaji）。這樣產生了大量的和製漢語。

《萬葉集》編撰者之一橘宿禰在詩歌的前言裡寫道：

於時左大臣橘卿、率大納言藤原豐成朝臣及諸王諸臣等、參入太上天皇御在所。

這裡的「參入」二字，日語讀音為「まいる」，但因為寫成「參入」，所以讀音變成了「サンニュウ」（sannyuu）。語言學家高島俊男在《漢字與日本人》一書中說，「和語轉換型和製漢語」的第一例或許就是「參入」。高島俊男還說，最新的由和語轉換而來的和製漢語，或許就是登山事故中經常使用的「滑落」一詞，原本為「すべりおちる」，寫成「滑り落ちる」，然後取其漢字讀音成了「カツラク」（katuraku）。平安時代誕生的和製漢語只有「院宣」（いんぜん /inzen）、「惡靈」（あくりやう /akuryou）等，並不是很多，中世紀以後逐漸增多。

蘋果在日語中用漢字寫成「林檎」，但超市裡一般用假名「りんご / リンゴ」（ringo）表示。「檎」字難寫是個因素，更重要的是「檎」不是常用漢字。草莓在日語中用「イチゴ /itigo」（苺）表示，「苺」因為是固有詞，所以用平假名書寫是沒有問題的。「スイカ」（suika）的漢字是「西瓜」。西瓜二字大概是在江戶時代從中國傳

來的，用的是漢語的發音。「葡萄」的漢字讀音也是從中國傳來的。基督教的「耶穌」也是中國翻譯的。「地震」不是固有詞而是漢字詞。「地」讀「じ」是吳音，讀「ち」是漢音。漢語裡的「全球化」，日語用外來語「グローバリゼーション」（gurobari zesion）。還有「全然大丈夫」。原本「全然」要跟否定搭配，但現在也就這樣用了。日本漢字的「壱弐參」與中國漢字的「壹貳叁」不同。「気持ち悪い」的簡約形，現在是「キモい」（kimoi）。

也有日本人讚歎說如中國語一「片」到底——喜劇片／悲劇片／愛情片／偵探片／科幻片／動畫片，日語中的對應說法是：コメデイ／悲劇／ラブストーリー／探偵もの／SF／アニメーショウ。怎麼看都是凌亂的。漢字和語外來語亂成一堆的感覺。

除「混合」之外，日語中的漢字一般呈現三種形式。

（1）與漢語相同含義的漢字。如：

銀行／学校／学生／教授／作家／英語／財産／恋愛／失恋／結婚／離婚／宣言／体育／衛星／小説動物／地球／宇宙／人生／経済／人権／文学／感性

（2）看文字就明白的漢字。如：

新登場（新上市）／素顔（沒有化妝的臉）／誕生日（生日）／超人気（非常受歡迎）／大好評（很受歡迎）／宅急便（快遞）／不倫（外遇）／無料（免費）／元気（精神）／物語（故事）等

（3）與漢語語義完全不同的漢字。如：

手紙（書信）／汽車（火車）／勉強（學習）／野菜（蔬菜）／怪我

（受傷）/床（地板）/御袋（母親）/泥棒（小偷）/切手（郵票）/結
束（團結）/我慢（忍耐）/癡漢（色狼）/林檎（蘋果）/稻妻（閃電）
/結構（很好）/質屋（當舖）/野球（棒球）/高等学校（高中學校）/
大丈夫（沒有問題）/新聞（報紙）/非常口（安全門）/大家（房東）
/大事（保重）/丈夫（結實）/天井（天花板）/心中（殉情）/方便（臨
時手段）/皮肉（諷刺挖苦）

6. 原來漢字可以這樣「玩」

平安時代的第五十二代嵯峨天皇，有一天一連寫了 12 個字：

子子子子子子子子子子子子。

並要當時的學問家小野篁試讀。小野臨機一動，讀成了這樣
的句子：

ねこのこのこねこ　ししのこのこしし。

甚麼意思呢？就是：貓之子之子貓，獅子之子之子獅子。

這裡，聰明的小野篁把「子」分成二種讀音：「こ」與「し」。
前者為訓讀，後者為音讀。嵯峨天皇聽後，拍手叫絕。說有誰能
成為此人之子，就是「弓馬之士」了。

世界上最長的單詞是英國一個有名的站名：

Llanfairpwllgwyngyllgogerychwyrndrobwllllantysiliogogogogh

世界上最長的漢字地名則在日本：京都府京都市東山區三條
通南里二筋目白川筋西入二丁目南側南木之元町。共 32 個漢字。

日本最古文獻《古事記》中皇孫的名有 20 個漢字：天邇歧志

国邇歧志天津日高日子番能邇邇芸命。

　　現代日本最長的漢字單詞是：禁酒運動撲滅対策委員会設立阻止同盟反対協議会。

　　現代日本最長的漢字官名：運輸省鉄道監督局国有鉄道部日本鉄道建設公団本州四国連絡橋公団管理官付補佐官。

　　日本最長的站名：南阿蘇水の生まれる里白水高原（14字）。這14字的站名如果寫成假名的話是：みなみあそみずのうまれるさとはくすいこうげん（22字）。絕對日本第一。

　　日本有一個地名重複6個「志」字的：鹿児島県志布志布志布志町志布志。

　　日本江戶幕府的開創者德川家康用17個漢字取戒名：安国院殿大相国公徳蓮社崇誉道和大居士。這是日本迄今為止最長的戒名。

　　當然日本還有一個世界上最長的古代國家名：トヨアシハラノチイホアキノガイホアキノミツホノクニ。

　　對應的中文是：豐葦原之千秋長五百秋之瑞穗國。

　　坐落在東京都港區芝公園的一家高檔法國料理店，其精緻的菜單上有一道是：

　　黑いちじくのコンポートと胡桃のアイスクリーム

　　漢字夾在假名中，一種雅致，一種恬靜。

　　此外，廚師長還用了幾個「最」字：

　　最高級的食材

　　最高的美味

最佳的狀態

最高的奢侈

哲學家西田幾多郎《善的研究》中經常出現的最重要的概念是「絕對矛盾的自我同一」。乍一看，好像是中國人在做研究。

日本有「天地無用」「倒置嚴禁」等詞。這個「天地無用」就是中文的「切勿倒置」。於是有日本人提出，不用「天地無用」而用「倒置嚴禁」如何？也有日本人說有「口外無用」「他言無用」的說法，為甚麼不能保留「天地無用」的說法呢。うるさい用漢字「五月蠅」來表示，明治初期的小說家坪內逍遙已經這樣用了。

中國六朝時期南朝宋的鮑照寫有三首詩謎，其中一首是：「二形一體 / 四支八頭 / 四八一八 / 飛泉仰流」，謎底是個「井」字。日本人在《本朝文粹》中有「火盡仍為燼 / 山高自作嵩」的字訓詩。「丼」（どんぶり /donburi）這個字是「井」裡加一點，日語中牛肉蓋澆飯就叫「牛丼」。日本的牛丼店「吉野家」在中國開店已經有多年，中國人也漸漸接受了這個漢字。其實這個漢字中國自古就有，只是中國人忘記了，日本人將其拿來活用。生於明治時代的外村繁取「澪標」為小說名，澪標是航路的木樁標誌，同時也是男性器的暗示。

思無邪。日本語是「思い、邪無し」。

除去無用的，便是「思邪無」。

是「思無邪」好還是「思邪無」好？

就像問中國人好還是日本人好一樣，沒有答案。

沒有答案，是否就是答案？

日本人經常這樣發問。

7. 用「鳥肌」替代「感激」的混合氣質

這樣來看，字義上的混合性還是非常明顯的。

妊娠／懷妊——有趣的是，如果與日本皇室有關的女性懷孕了，報紙與雜誌一般不寫「御妊娠」而是寫「御懷妊」。這是因為日本人覺得「懷妊」比「妊娠」更具尊敬成份。但日本小說家阿刀田高對這種使用方法提出質疑。他認為「懷妊」的「懷」有「包隱」的意思，外表看不出的狀態叫「懷妊」。而懷孕後的八九個月，肚子大大地鼓出叫「妊娠」。在醫學不發達的年代，有必要區分孕婦初期和中期的狀況。另外「妊」有鼓出的意象，「娠」有動態的意象。與妊娠反應相對應的漢字詞是「惡阻」（つわり／tsuwari），即孕吐之意。這也是與我們相當不同的用語。

篇／編——篇與編，如何用？短篇小說和中篇小說，日本人都用「篇」字，但長篇小說日本人用「編」字而不用「篇」字。如寫成「長篇」，編輯會改成「長編」。但也有例外。如岩波書店出版的《語言散策》一書中，就有「《安城家の兄弟》という作品は、文庫本三冊に及ぶ長篇だが」這句話，裡面寫着「長篇」二個漢字，或許是編輯的疏漏。

篇／編，日語都讀「ヘン」（hen），但意思和用法是不同的。「篇」是指數個作品。如一篇、二篇、三篇等。還有將作品組合成

前篇、後篇。此外，篇還指作品的篇幅（如分量、長短等）。如短篇、小篇、掌篇等。「編」則是指用繩或用線將其串起來或編織起來的意思。做書也叫編輯、編撰等。長篇的話就是做書了，故用「長編」而不用「長篇」。戰後日本政府敲定「當用漢字」（即後來的常用漢字），在 1956 年規定，篇—編，長篇—長編，短篇—短編，編輯—編集。

感激／鳥肌——用「鳥肌」替代「感激」，這幾年已經很普遍了。如「品格のある美しさに鳥肌が立って」這樣的句子，經常出現在《朝日新聞》上，確實是屬於新用法。無怪乎 2012 年的大相撲九州賽場的優勝者日馬富士在千秋樂獲頒內閣總理大臣獎的時候，滿面笑容地說「鳥肌が立った」（太感激了）。

栄養／営養——東京有「日本女子栄養大學」。雜誌社出版的刊物名叫《栄養與料理》。學校名與雜誌名都是「栄養」而不是「営養」。兩個詞語都讀作「えいよう」，日本的辭典如《廣辭林》《新潮國語辭典》《岩波國語辭典》兩個寫法都收錄，《角川國語辭典》《旺文社國語辭典》則只表示「栄養」而不表示「営養」。

一般認為，「営養」是漢語，「栄養」是日語。但從字源上看，「栄養」一詞也是中國造。《晉書·趙至傳》云：「吾小未能榮養使老父不免勤苦」，意思是「我未能讓老父穿美服食甘旨，老父只能自我勤勉了」。這樣看來，帶有孝養之意的「榮養」並沒有取動植物養料，使體質強壯的「營養」之意。那麼日本的「女子栄養大學」不就是「習得孝心」的大學，與營養沒有半點關係？日本人將西

文「nutrition」翻譯成學術用語是明治時期的事情。當時的翻譯就用了「栄養」二字。雖然出自中國古典，但學術接軌則是日本人完成的。

降服／降伏——「服」與「伏」日語都念「フク」（huku）。是用「服」還是用「伏」，日本人還是有自己的考量的。1945年（昭和二十年）8月，當時的報紙上是這樣寫的：「日本は連合国に無条件降フク」（日本向聯合國無條件投降），用的是片假名「フク」而不是漢字。日本語言學家高島俊男在《漢字與日本語》中說：「青木保《日本文化論的變容》第27頁中講到日本向聯合國投降，用了『降伏』二字，而由長谷川松治翻譯《菊與刀》，目錄的第十三章是『降服後の日本人』，翻開書的第十三章，標題則是『降伏後の日本人』。」看來當然是校對不統一的問題，但也表現出日本人並不太在意「服」與「伏」的區別。再查看1945年8月15日的《朝日新聞》，這一天既沒有使用「降伏」也沒有使用「敗戰」，同一天的《讀賣新聞》則用了「降伏」。可能是看到《讀賣新聞》的用字了，《朝日新聞》在8月28日的報道裡，提到英美在重慶發表聲明，要日本無條件地「降伏」。這裡也是用了「降伏」二字。「服」與「伏」，從分量和語感看，自然是「服」字來得厲害。顯然，日本人是在玩漢字的遊戲，避重就輕。

赤／紅——赤與紅，日語都讀成「アカ」（aka）。這個「アカ」原本不是指向色彩而是表示明亮光輝，如「明し」。從「明亮」再到觀念上的明亮色，明亮的赤系色統稱為「アカ」。萬葉時代的比

喻句「像花一樣的女性」就是受「紅一點」的啟發。在日本人看來，「朱」是帶黃色的鮮豔色，「緋」是濃赤色，「丹」是赤土色。現在日本人一般都將「アカ」寫成「赤」。但和「白」字一起出現時，通常使用「紅」字。如紅白歌會、紅白饅頭、紅白幕布等。表示喜慶的「紅白」之意，平安時代就已經開始使用了。在日本兩個隊伍的對抗賽也用「紅白戰」來表示，這是始於「源平合戰」。平氏用紅旗，源氏用白旗，以區別敵我。學校開運動會的時候，也帶赤帽與白帽。但是這個帽子的稱呼是「紅白帽」還是「赤白帽」，各地差異很大。NHK 放送文化研究所的一個調查表明，大約有 29% 的地區稱為紅白帽，大約有 60% 的地區稱為赤白帽，還有 11% 的地區認為二者都可以稱呼。東日本和北海道用紅白帽的多。

再比如，総 / 惣，屬於字形不同音義相同的漢字。一般寫成「惣菜」（そうざい /sozai）與「惣領」（そうりょう /soryou），但也有寫「総菜」與「総領」的。涙 / 泪，意思一樣，但後者「泪」較多用於歌詞。針 / 鍼，前者為裁縫用針，後者為醫療用針，如針灸用針為「鍼」。

同樣是「棋」字，日本有「將棋」漢字寫「棋」，但圍棋就用「碁」（ご /go）字。當然這與用材不同有關。「棋」與「碁」的原材料分別是木頭與石頭。裝茶盛飯用的器皿一般叫「盌」（わん /wan），但根據用材的不同，可寫成「椀 / 碗 / 埦 / 鋺」。神奈川縣川崎市的「崎」、埼玉縣的「埼」、島根縣日御碕的「碕」，都讀「さき」（saki），但可以是山，可以是土，可以是石。在圍棋界，有「棋聖」與「碁聖」

兩種寫法，是同一意義的不同表述，但感覺還是帶「木」字的「棋聖」語感更重一些。

8. 《言海》在和《康熙字典》比拚？

《易經》說：「上古結繩而治，後世聖人易之以書契」。後來鄭玄（127—200）加註：「事大大結其繩，事小小結其繩。」史前文明的「結繩文字」，確實是一種最原始的記事手段，但還不能說是文字，最多只能說是「符號」。人們在半坡遺跡中第一次確認了 20 個「符號」的存在。3500 年前的甲骨文才是人類最初的漢字。

後漢的許慎撰著《說文解字》，可以說是漢字文明史上第一部字書，計 9353 字，540 個部首。對每個文字作形、義、音的說明，是其最大的特點。之後是南北朝時代梁朝的顧野王（519—581）編撰的《玉篇》，成書於 543 年，全 30 卷，收錄 16917 個漢字，542 個部首。《玉篇》的殘卷發現於京都高山寺和奈良東大寺。隋代陸法言的《切韻》（601 年），共 5 卷，收 12158 字。《切韻》最大的一個特點就是反映了當時漢語的語音，共分 193 韻。其中平聲 54 韻，上聲 51 韻，去聲 56 韻，入聲 32 韻。這些韻在唐代初年被定為官韻。再之後是陳澎年的《廣韻》和丁度的《集韻》。前者完成於 1008 年，收錄 26194 字，分 206 韻。後者完成於 1067 年，收錄 33525 字，分平聲 4 卷，上聲、去聲、入聲各 2 卷。

集大成的是《康熙字典》。編撰者以張玉書、陳廷敬為代表，共 30 人，用了 6 年時間，於 1716 年（康熙五十五年）完成，全

42 卷，是《說文解字》之後漢字字書的里程碑，收錄 49030 字，是 1600 年前的《說文解字》五倍的漢字量。而成書於 1915 年的《中華大字典》，收錄的漢字量比《康熙字典》少 1000 字，為 48000 餘字。直到 82 年後的 1993 年，《漢語大字典》問世，收錄漢字 56000 餘。 1994 年的《中華字海》，更是驚人地收錄了 85000 餘漢字。

再來看看日本，其字書出版的年代順序又是如何的呢？

《日本書紀》裡有一條很奇怪的記載：命令境部連石積等人開始編撰《新字》一部，44 卷。這是 682 年的事情，也就是天武天皇的時代。境部連石積是 653 年的遣唐留學生。為甚麼說這條記載很奇怪呢？因為所謂的《新字》，誰也沒有看到過，也就是說最終並沒有留下實物。日本現存最古的漢字字書是 830 年成書的全六帖《篆隸萬象名義》。前半四帖由日本真言宗的開山祖師空海撰寫，後半部分作者不明。但這部字書的問題是只簡單地標注了漢字的音與義，沒有訓讀（和音），故嚴格意義上還不能說是完整的日語字書。《篆隸萬象名義》之後，出現的是僧人昌住編撰的《新撰字鏡》。這部編撰於 900 年的字書特點是開始用「和訓」標注漢字讀音。再之後是源順編撰的《倭名類聚鈔》和法相宗僧侶們編撰的《類聚名義抄》。但被譽為日本國語辭典先驅的則是平安時代橘忠兼編撰的《色葉字類抄》，這部字書的特點是開始按假名順序分類排列漢字。

進入中世紀，識字階層逐漸從武士階級向庶民擴展。《下學集》《節用集》等字書的問世，使得一般民眾也能用上字書了。特

別是室町時代出版的《節用集》，更是在編撰上有所用心。日本最早收入漢字「醬油」二字的就是這部字書。書中將政治名詞「大名」分「たいめい」（taimei）與「だいみょう」（daimyou）兩種發音，前者指守護、大領主之意，後者指有錢人，這也是從《節用集》開始的。漢字的表示開始用片假名，也是從這部字書開始的。如「伊勢」（イセ /ise）、「印度」（インド /indo）等。進入江戶時代，較有特色的是谷川士清（1709—1776）的《和訓栞》，93 卷 82 冊。將「けだもの」（kedamono）作為獸類的總稱，將「けもの」（kemono）作為家畜的總稱，就是《和訓栞》的提議。此外還有石川雅望（1753—1830）的《雅言集覽》，50 卷。

近代日本第一部國語辭典，則是在明治時期由大槻文彥（1847—1928）編撰的《言海》（1891 年），總頁數達 1110 頁，收錄 39103 字語，其中外來語為 453 條（英語佔 73 條），佔總數的 1.2%，在日本銀行第二代總裁富田鐵之助、第一任國學院院長高崎正風等人的策劃下，1891 年 6 月 23 日在東京芝紅葉館舉行了出版慶賀會。當時的《東京日日新聞》評價大槻文彥是「學界之偉人」。在慶賀會上，伊藤博文和福澤諭吉分別發表了祝詞。進入昭和時代後，《言海》又經過修訂、編輯，成為《大言海》。有一個有趣的話題，中國的《康熙字典》成書於 1716 年，日本的《言海》成書於 1891 年，時間上相差 175 年。那肯定是「言海」在挑戰「康熙」了吧。在向「康熙」看齊的同時，又想超越「康熙」。但語言這東西，何以能輕談超越？可不，現代日本人的漢字思維仍然沒有

能跳出《康熙字典》的框架，仍然受困於《康熙字典》的博大精深。這正如曾為《言海》寫序的西村茂樹說過的「欲知文化之高卑，觀其國之辭書。」

　　1893 年（明治二十六年）山田美妙（本名山田武太郎）的《日本大辭典》編撰完成，只用了 17 個月，是日本辭書編撰史上最快的。全書共 12 分冊，1399 頁，是第一部用日語口語體解釋詞義的辭典。但這部大辭典的整體均衡性不如《言海》。《日本大辭典》到サ行時已是第 988 頁（全書 71% 處），言海則是 581 頁（全書 52% 處）。現在日本人經常使用的《岩波國語辭典》（第七版新版），頁數有 1625 頁，到サ行結束是 869 頁（全書 53% 處）。《新明解國語辭典》（第四版）頁數有 1405 頁，到サ行結束是 751 頁（全書 53% 處）。這樣看來《言海》內容與頁數的分配與現代刊行的辭書是一致的。

　　1898 年（明治三十一年），落合直文編撰的《言語之泉》出版。其特點是固有名詞和百科詞條較多。三省堂在 1903 年（明治三十六年）出版的《漢和大字典》，是日本第一部正式的漢和字書。雖然語言體系是模仿英和辭典的，但這部字典作為日本漢和辭典的初始之作則是毋庸置疑的。此外這部大字典也首次收錄了熟語 [1]。1907 年（明治四十年），金澤莊三郎編撰的《辭林》問世。

---

[1]　熟語（じゅくご），是由詞或語素構成的常用而定型的詞組和短語，通常可分為慣用語、成語、諺語、歇後語、格言等。

其特點是新造詞和學術用語有所增加。這部《辭林》在 1925 年（大正十四年）改訂為《廣辭林》，被中學生廣泛使用。

進入大正年代後，1917 年（大正六年）《大字典》編撰完畢。這部《大字典》不僅收錄漢籍，還收錄日本古典書裡的熟語。當時這部字典的出版方是啟成社。戰後，講談社獲得了該字典的出版權，並於 1993 年出版了《新大字典》。其特點是收錄了大量其他辭書裡所沒有的漢字異體字，其實用價值獲得好評。

1919 年（大正八年），上田萬年，松井簡治編撰的《大日本國語辭典》初版四冊面世。其中包括古語、現代語、學術用語、外來語、諺語、成語、格言等，共收錄 20 餘萬條。這部辭典與《大言海》齊名，在日本屬於給之後的國語辭典編撰帶來巨大影響的辭典。

9. 作為文化現象的《廣辭苑》

進入昭和時代以後，二戰前出版的辭書主要有平凡社出版的《大辭典》24 冊，出版時間是 1936 年（昭和十一年），特點在於國語辭典與百科事典相結合。二戰後日本出版的主要辭書有：

金田一京助的《辭海》，1952 年。

新村出的《廣辭苑》，1955 年。

山田俊雄等的《新潮國語辭典現代語古語》，1965 年。

山田俊雄等的《日本國語大辭典》20 冊，1976 年。

金田一春彥、池田彌三郎的《學研國語大辭典》，1978 年。

時枝誠記等的《角川國語大辭典》，1982 年。

松村明的《大辭林》，1988 年。

梅棹忠夫等的《講談社彩色版日本語大辭典》，1989 年。

松村明監修的《大辭泉》，1995 年。

日本小型版國語辭書有：

《岩波國語辭典》（第七版）──65000 詞條，1625 頁，號稱「百年前日本語」最好的版本。

《角川必攜國語辭典》（初版）──52000 詞條，1498 頁，號稱「日本高中生人手一冊」。

《三省堂國語辭典》（第七版）──82000 詞條，1698 頁，號稱「反映現時代的一面鏡子」。

《集英社國語辭典》（第三版）──95000 詞條，1984 頁，號稱「日本國民人手一冊」。

《新明解國語辭典》（第七版）──77500 詞條，1642 頁，號稱「追求創意和個性」的樣本。

《明鏡國語辭典》（初版）──70000 詞條，1784 頁，號稱「反映 21 世紀日語的一面鏡子」。

《新選國語辭典》（第九版）──90320 詞條，1425 頁，初版於 1959 年，面世半個多世紀的辭典，號稱其特點是「控制漢字字數」。

出生於 1894 年的加藤常賢是日本漢字的著名研究者和漢字辭書的編撰者。這位 1978 年去世的漢字專家，是日本綜合研究字源的第一人。從 1949 年開始，他開始發表漢字起源研究的結果。1970 年出版單行本《漢字的起源》。在形義音三要素中，加藤重視

字音。另一位重頭人物是藤堂明保（1915—1985）。他在 1965 年出版了《漢字語源辭典》。這是他在自己的學位論文《上古漢語的詞族研究》的基礎上改寫而成的。該書收錄單詞約 3100 個。出版後意外地暢銷，一版再版。1980 年出版了大部頭的《學研漢和大字典》。

上面兩位學者專注字源的研究，白川靜（1910—2006）則是注重字形到字源的研究。他著有《說文新義》《金文通釋》《漢字百話》《中國古代文化》等書；集大成的是 1984 年出版的《字統》；之後，86 歲時出版大部漢字辭典《字通》；人生的最後一部著作是 96 歲時寫下的《殷文札記》。

值得一提的是日本著名的詞語學家安田敏郎在《辭書的政治學》（平凡社，2006 年）一書中論述了「作為文化現象的《廣辭苑》」。一部辭典，何以能成為一種文化呢？原來，從 1955 年第一版到 2008 年第六版，《廣辭苑》累計銷售了 1200 萬部。被譽為「一家一冊」的當之無愧的「國民辭書」。《廣辭苑》到第三版還維持在 20 萬詞條，1991 年的第四版增補到了 22 萬詞條。這顯然是受了 1988 年《大辭林》22 萬詞條的影響。1995 年《大辭林》第二版增加到了 23.3 萬詞條。《廣辭苑》1998 年的第五版也增加到了 23 萬詞條，2008 年的第六版則是 24 萬詞條。無論如何也要打敗競爭者，這是《廣辭苑》的一個理念。《廣辭苑》的權威性在日本是公認的，但也有人對它的權威性提出質疑。如《廣辭苑》對「水商売」（みずしょうばい）的解釋：「因為客人的人氣旺盛與否導致收

入不穩定的買賣的俗稱。諸如專供找妓遊樂的酒館、料理店、酒吧等。」這個解釋沒有把這個行業的色情講透，有了《廣辭苑》的這個解釋，日本成千上萬家深處於黑暗中的小酒吧，才理直氣壯起來，陪酒小姐才堂堂正正起來。《廣辭苑》中還有「素顏」一詞，指「沒有化妝的肌膚」。但現在日本的口號是：「姐妹們，用化妝打造素顏的時代到了。」人氣女性雜誌《FRaU》2015 年 10 月號上出現了新詞「偽造美肌」。看來《廣辭苑》若再版的話，這個詞條非得修改不可。

針對「國民辭書」《廣辭苑》，日本的中國問題專家竹內好（1910—1977）公開表態對《廣辭苑》不持好感。他說這部辭典被吹捧為日語辭書的代表與權威，反而讓自己失去了購買的動力。身為一名文化人，看該字典對語義的說明解釋，食慾會減退。而歷史學家谷澤永一與渡部升一合著的《廣辭苑的謊言》（光文社，2001 年），則對出版《廣辭苑》的岩波書店的左翼意識形態提出批評。

10. 日本人為甚麼也想廢除漢字？

歷史上，日本也有廢除漢字的文化運動。在漢字存廢的問題上，日本人一方面表現出對漢字的喜好，一方面又感到它是個「負擔」；一方面認為漢字就是日語的一部分，一方面又主張羅馬字才是世界性的語言。所以，早在 18 世紀日本就已出現了批評漢字不如羅馬字的聲音。如極力為德川家推廣朱子學的新井白石，在

1713 年寫的《西洋紀聞》中就感受到了羅馬字的魅力。區區二十幾個字，卻可記錄天下所有語音；漢字縱有數萬，但難記難解。賀茂真淵在 1765 年的《國意考》中說，印度用 50 文字寫了 5000餘卷佛教書，荷蘭用 25 個羅馬字寫滿科學書。言下之意漢字甚麼都不是。類似觀點在森島中良於 1787 年寫的《紅毛雜話》中也能發現。不過，他們都沒有明確主張廢除漢字。在日本漢字歷史上，第一個明確提出「廢除漢字」的是前島密。

（1）前島密的「漢字廢除之議」

日本限制漢字的歷史可以追溯到 1867 年（慶應二年），前島來輔（密）（1835－1919）向最後的將軍德川慶喜提出建白書。建白書的標題是「漢字廢除之議」（漢字御廃止之議）。文中提出漢字的關鍵問題是「繁雜不便，宇內無二」。故「國家富強」的基礎和「與其他列強並立」所要做的事情就是「停止使用漢字」，改為「表音文字」。

那個年代（幕府末年到明治初期）的日本人的心情關鍵詞就是「西洋」、「國家」、「教育」、「國語」。前島是學西洋醫學的，很早就接觸了荷蘭語和英語，基於自己的經驗寫成的建白書也可說是關於語言的心得之談。他主張漢字用假名表示，如「忠孝」寫成「チウカウ」。所以前島的漢字廢除論也可叫假名專用論。他被日本人認為是宣揚漢字廢除論的第一人。

（2）福澤諭吉的「漢字節減論」

1873 年（明治六年），福澤諭吉出版《第一文字之教》。在「端

書」（序言）中，福澤諭吉指出假名和漢字雜用非常不便，但考慮到實際情況，即自古傳承下來的書籍都是用漢字寫的，如果馬上廢除漢字會很不方便，因此問題不是廢除漢字，而是應該限制漢字字數。這就是所謂的「漢字節減論」或「漢字限制論」。他還提出漢字字數應該在「二千或三千」。應該說這是有先見之名的，因為這與現在日本常用漢字表所收錄的 2136 漢字相符。作為實踐，他自己編撰的《文字之教》三冊書總共用了漢字 802 個，成了「限漢」最早的小學語文教科書。

（3）矢野文雄的「漢字節減論」

以政治小說《經國美談》博得人氣的矢野文雄（1851－1931），在 1886 年（明治十九年）3 月發表《日本文體文字新論》。「新論」裡更為具體地提出了「三千漢字」的主張，並且規定報紙雜誌上使用的文字也必須在三千字以內。為此矢野在第二年編撰了《三千字字典》。其中「實字」（名詞／代名詞）一千字，「虛字」（動詞／形容詞／副詞／前置詞／感歎詞／接續詞等）兩千字。

這位矢野是個奇才，當時擔任《郵便報知》社社長、《大阪每日新聞》社副社長。中級武士家庭出身，專門研究英美憲法史、政治制度等。1890 年，他出版了日本文學史上首部海洋冒險小說《浮城物語》。該小說的特點是漢字多。諸如「繁華宏壯／不快感／我等雙方／首府／後边」等。但搞笑的是，他自己喜歡漢字，自己的筆名也是漢字「龍溪」，居然主張節減漢字。矢野文雄天才地發現漢文新格式的確定是從《春秋左氏傳》到《史記》。和文新格式的

確定是《源氏物語》之後的《太平記》。他在 1886 年出版《日本文體文字新論》，將文體分為「普通書」和「文學書」。前者用於政府的布告、教科書、新聞、日用書信等，後者用於小說、論文、專著等。

（4）西周的「羅馬字論」

森有禮、福澤諭吉、加藤弘之、西周等西洋學者在 1873 年（明治六年）結成「明六社」。結社後刊行《明六雜誌》，其創刊號的卷首文是西周（1829—1897）的大作《洋字ヲ以テ国語ヲ書スルノ論》（《用洋字書寫國語論》）。他在文章中呼籲採用羅馬字，並為此議論了「十利」與「三害」。其論點是任何人只要認識 26 個字母，便基本具備了閱讀與書寫能力，採用羅馬字還能原封不動地導入西方的學術用語，可與歐洲共享精神財富。這位創造出「哲学／現象／理性／主観／客観／演繹／帰納」等大量人文詞彙的西周，可能是在翻譯西文的時候，感到漢字不如西文。

西周言論的支持者、英語學者、植物學家矢田部良吉在 1885 年出版《羅馬字早學》，同時還創設了「羅馬字會」。羅馬字的傑作就是半個多世紀之後，江戶川亂步出版的《羅馬字獨習：夢的殺人》（1959 年），就是用平假名和羅馬字寫成的。他在前言裡寫道：「我是羅馬字書寫的贊成者。語言不統一，世界就不能統一。」

還有明治時期的首任文部大臣森有禮，他也曾擔憂地說，貧弱的日語輸給英語是其命運。在蒸氣和電氣的時代，日語無法學習西洋的科學。他的孫子，哲學家森有正那個時候正在巴黎的東

洋語學院教日語，也在自己編寫的教科書裡說：「像日語這樣沒有邏輯性的語言，在其他語言裡是沒有的。」

（5）岡崎常太郎的「漢字限制」

昆蟲學者岡崎常太郎在 1938 年（昭和十三年）出版《漢字限制的基本研究》，提出漢字應該限制在 500 字內。作者對當時報紙上出現的漢字進行了深入的調查，所調查的報紙有：《東京朝日新聞》《讀賣新聞》《報知新聞》《時事新聞》《大阪每日新聞》。調查內容是 1935 年 1 月到 12 月政治版面與社會版面刊發的文章。

調查的結果如下：

共出現不同漢字 3542 字，出現頻率度合計為 447575 次，其中音讀使用 354699 次，訓讀使用 92876 次。使用頻度第一的漢字是「一」，其次是「日」「十」「二」「会」「大」「三」「国」「政」，第十位是「時」。這個調查與 1993 年全年《朝日新聞》報道使用的漢字頻度驚人地相似：第一位是「日」，其餘依次是「一」「国」「十」「大」「会」「人」「年」「二」「本」。

11. 全員玉碎的軍國思想來自漢字？

1898 年（明治三十年）7 月 24 日，加藤弘之、井上哲次郎、上田萬年、嘉納治五郎等人發起成立「國字改良會」。當時文部省參事也參與其中。過了兩年，成立了以前島來輔為部長的「國字改良部」，內設「假名字調查部」「羅馬字調查部」「新字調查部」「漢字節減調查部」四個部門。1900 年，國字改良部向內閣及文部省

等各省大臣、貴族院、眾議院兩院議長提交了《關於國字國語國文改良的請願書》。請願書裡提出,一個漢字應該有「音」與「訓」兩種讀法。為此他們提出了四條具體的標準:

（1）用假名可以明白的就不用漢字。

（2）不用筆畫多、難寫的漢字。

（3）不用筆畫少但容易出錯的漢字。

（4）用比假名還要便利的漢字。

當時的明治政府並沒有接受比較極端的漢字廢除論,而是接受了較為緩和的漢字限定論。在 1900 年（明治三十三年）8 月,當時的文部省制定並頒佈了《小學校令施行規則第三號表》,限定 1200 個漢字。到了 1923 年（大正十二年）5 月,臨時國語調查會頒佈了《常用漢字表》,限定 1963 漢字。進入昭和時期,在「二戰」前頒佈了三次漢字表,分別是 1931 年 5 月的《標準常用漢字表》,1858 字;1942 年 6 月的《標準漢字表》,2528 字;1942 年 12 月的《修正標準漢字表》,2669 字。

1945 年日本戰敗後,又一次面臨失去漢字的危機。美國人認為日本人之所以會有全員玉碎戰鬥到最後一刻的想法,一個原因就是接受的都是錯誤信息,無法收到正確的信息。因為在當時的報紙上,都是難懂的漢字,一般民眾不可能讀懂。所以美國人認為,要在日本實行民主主義,就必須要給他們傳送一看就明白的信息,而要傳送一看就明白的信息,就不能再使用漢字了。於是漢字廢除論開始抬頭。

　　但美國人做事也並非一味只憑主觀看法。他們首先要尋找讓一般民眾都能接受的廢除漢字的依據，於是實施了一個日本識字率的調查。1948 年 8 月對全國 270 個市町村 15 ～ 64 歲共計 17100 人進行了調查。調查中發現，日本人的識字率竟高達 97.7%。這讓美國人感到震驚，震驚於日本教育水平之高。在震驚的同時，也感到漢字在其中起到了一定的作用。美國人尊重這一事實，並向高層如實彙報了這個調查。美國教育使節團的報告書中，再沒有提及日語拉丁化的問題。於是日本又從廢除漢字走上了限定漢字的老路，結果日本漢字得以保留，這是日本的萬幸。即便是萬幸，也有日本學者表示了極大的不滿。石川九楊在《二重言語國家——日本》（NHK 出版，1999 年）一書中，仍然將限制漢字作為美國佔領軍的三大惡政之一。其他兩個惡政是廢除毛筆字教育和推行橫排書寫政策。橫排書寫為甚麼也是「惡政」呢？原來在日本人看來，日語的豎寫，從天到地，有個重力的意識問題。而改為橫寫，這個重力消失了。重力消失了，方向感也就消失了。

　　戰後不久的 1946 年 11 月，國語審議會頒佈了《當用漢字表》，共 1850 字，比戰前的 1942 年 12 月的字表少了 819 字。《當用漢字表》同時還規定了使用上的八項注意事項：

　　（1）表內漢字不能表現書寫的話，轉換其他語言，或用假名書寫。

　　（2）代名詞、副詞、接續詞、感歎詞、助動詞、助詞等，盡可能用假名書寫。

（3）外國的地名、人名用假名書寫，但是「米國」「英米」等按照原來的習慣寫法。

（4）外來語用假名書寫。

（5）動植物的名稱用假名書寫。

（6）借用字用假名書寫。

（7）原則上不使用平假名。

（8）關於專門用語，希望以該表為基準加以整理。

現在看來，當時之所以做這樣嚴格的限制，是因為當時歐美的一個擔心是，如果日本人今後再大量使用漢字，再讀太多的儒教文獻，就難以脫離「忠君孝親」的封建思想，有再次「軍事大國化」的危險。

只能使用 1850 個漢字，語文生活就發生了問題。如「偵」字，由於沒有入表，當時的報紙雜誌等就不能寫「探偵」。戰前江戶川亂步的《少年探偵團》等「探偵小說」就已經很有人氣了，但現在「探偵小說」這個詞就不能使用了。「偵」只能用假名書寫，表示為「探てい小説」。日本人看了都感覺彆扭，於是後來有了「推理小說」這個詞。再後來，「偵」字總算進入了常用漢字表，日本人現在可以公開書寫「探偵小説」了。換寫的例子還有很多，如「暗誦」寫成「暗唱」；「輿論」寫成「世論」；「激昂」寫成「激高」；「肝腎」寫成「肝心」；「鄭重」寫成「丁重」；「訣別」寫成「決別」；「日蝕」寫成「日食」等。日語經常用「瀆職」表示「官僚賄賂」含義，但是「瀆」字沒有入表，只得用「汚」字代替，變成了「汚職」。字變了，

讀音也變了，現在「汚職」反而成了正式用語。由於「拉」「拿」沒有進入漢字表，所以報紙上出現了「ら致」「だ捕」的混雜書寫。此外，當用漢字表還採用了較多的新字體。如「學—学」「廣—広」「圓—円」「藝—芸」「辨・辯—弁」等。值得一提的是，戰後的 1946 年的漢字表裡，連「貓」「熊」二字都屬於限制對象。「犬」字則作為例外被採用了。「狂犬病」「愛犬家」便可以自由組合出來了，可能是考慮到當時有狂犬病的緣故吧。

12.「朕」字成了常用的廢字

1981 年 10 月，日本國語審議會又頒佈了《常用漢字表》，收錄了 1945 個漢字。從「當用」到「常用」，34 年過去了，能使用的漢字雖然只比 1946 年的 1850 字增加了 95 字，但這是一個表明「對漢字的限制開始寬鬆」的強烈信號，表明歐美放棄了對日本意識形態的管控。「貓」字也被收編，愛貓人士當然感到高興。

原來的表外字這次也幾乎都收錄進去了。原本「拉致」的「拉」、「伴侶／僧侶」的「侶」都屬於表外字，但在生活中廣泛使用。「冤罪」「愛玩」「剝奪」等字也常見於報刊，但「冤／玩／奪」三字原本屬於表外字。大學的「助教授」有被「准教授」替代的傾向，所以「准」字的使用頻度也高了起來。常用漢字表都將這些字都收錄入表了。另一方面，表示重量單位的「匁」字也意外地被收編了。之所以說「意外」，是因為在購物的時候，基本不用「匁」（モンメ／monme）這個重量單位了。「膳」「劾」二字也「入常」，問題是「膳」

字只用在「戶籍謄本」上,「劾」字也僅用於「劾裁判」。日本人說:「這怎麼說是『常用』呢?」顯然表述有不妥之處。再如日本天皇自稱「朕」的時代早已過去,現在已經自稱「わたくし」(watakusi)了,但「朕」字也屬於常用漢字。對此日本人不無調侃地說,這個「朕」字現在成了常用的廢字。

同樣是常用漢字表裡的字,由於 20 世紀 80 年代開始的電腦和手機等電子機械的普及,鍵盤打字變得日常化,日本人稱之為「OA 革命」。但也帶來不少問題。如當時的打字機(ワープロ / wa-buro)打明治作家「森鷗外」的名字,打出來的是「森鴎外」,但教科書等印刷品裡都是「森鷗外」,「鷗 / 鴎」的不同,今日本人困惑,不知哪個是正確的。此外還有將「醬」打成「醤」,將「箪」打成「箪」等。這些都是 1983 年「擴張新字體」帶來的問題。當時日本文藝家協會理事長江藤淳發出了「救救漢字」的呼聲,要求在技術上改進電子用品的規範。當然現在電腦打出來的是「森鷗外」而不是「森鴎外」。但走到這一步花了 20 年時間,殘存的大量印刷品上有無數擴展的新字體,都成了無法更改的見證。日本人將其稱作「簡易慣用字體」。

29 年後的 2010 年 6 月,日本文化審議會又頒佈了《改定常用漢字表》。這是對 1981 年的常用漢字表的改定,結果是追加了 196 字,削減了 5 字,共 2136 字。《改定常用漢字表》的前言部分是這樣表述的:在廣泛使用情報處理器具的現在和將來,如何習得漢字,為甚麼還要習得漢字,是必須思考的一個問題。從小學

到中學，反覆練習，就會形成視覺、觸覺、運動感覺等複合狀態，這有利於增加腦的活力。顯然，這裡提出了一個學習漢字的新觀點：漢字能培養人的複合感覺。

在追加的漢字中，包括都道府縣使用的地名用字如「茨」「岡」「潟」等 11 字。其中最大的亮點是將「熊」「鹿」二字收入表內。熊本縣的「熊」、鹿兒島縣的「鹿」再也不是表外字了。這樣一來，繼「栃」「阜」之後，日本 47 個都道府縣名全部可以用漢字表示了。此外，「丼」「呂」等日常生活用字，與法律有關的「毀損」的「毀」、「賄賂」的「賂」，與醫學有關的「咽喉」「潰瘍」，與歌舞伎有關的「伎」，與淨琉璃有關的「琉璃」等都進入了表內。「私」的讀音之前一直就是「わたくし」，但這次追加了「わたし」的讀音。另外，改定常用漢字表還追加了「頃／捗／旦／鬱／箸／淫／弄／俺」等漢字。「貪欲」的「貪」、「破綻」的「綻」也被收錄的原因是為了消滅帶假名的「どん欲」「破たん」的寫法。

從常用到改定，是如何確認字種的呢？原來，改定漢字表的制定是經過廣泛調查的。調查方法主要是統計漢字出現頻率。其方法是：

取 860 冊書籍（教科書）中的 49072315 字。

取兩個月的《朝日新聞》各版面中的 3290795 字。

取兩個月的《讀賣新聞》各版面中的 3674613 字。

取網站上各個新聞用字中的 3428829 字。

各網站用字 1390997102 字。

也就是說在這些頻繁出現的字種基礎上，最終確定了 2136 字。判斷取捨的標準有四點：

出現頻度高，造詞力也高的漢字。如「眉、溺」等。

能提高漢字和假名交混使用的字。如「謙遜」的「遜」、「堆積」的「堆」等。

出現頻度高的代名詞如「誰／俺」等。

作為例外的固有名詞。如都道府縣名的「岡／阪」以及「韓／畿」等。

出現頻度不高，但日常生活中不可缺少的字。如「訃報」的「訃」字。

13. 百年前後的兩個字：梅／梅

夏目漱石的小說《從此以後》，從 1909 年 6 月 27 日開始每天在《朝日新聞》上連載，至 10 月 14 日結束。《朝日新聞》為了紀念「106 年前的全 110 回連載」，於 2015 年 4 月 1 日開始了新的連載。8 月 3 日連載的第 86 回開頭一句是這樣的：

代助は今まで冗談にこんな事を梅子に向かっていった事が能くあった。（之前代助經常向梅子開玩笑地說這類事。）

但 106 年前連載的文字是這樣的：

代助は今迄冗談に斯んな事を梅子に向かって雲った事が能くあった。

注意觀察的話可以看出兩段文字有幾個不同點。首先是 106

年前的「梅」字與今天的「梅」字寫法上的不同。因為在 2010 年公佈的《改定常用漢字表》裡出現的是後一種「梅」字，所以現在的印刷都是用這個「梅」字。其次是當時「今まで」用了漢字「今迄」，表明那個時候漢字使用比現在更頻繁。再次是當年用「斯」字，現在用假名「こ」。如果現在還用這個「斯」字，日本的年輕人恐怕不會讀。

有「小說之神」之稱的志賀直哉也曾經直言：造成不幸戰爭的一個原因是日語的欠缺。為了成為一個真正的文明國家，必須廢除日語改用法語。用日語寫了 40 多年的小說，卻說這樣的話，日本人評論說這是「暴言」（暴力的語言）。

但也有日本學者說，「我們比韓國人聰明的地方就在於沒有廢除漢字。廢掉一個漢字，看上去只是一個漢字，但這個字所負載的文化和歷史的信息，也就丟失了，丟失了這個字後面的一連串的珠寶。」這就令人想起井上圓在 1900 年就喊出的口號：「廢除漢字，猶如打倒貴族。」

有趣吧？還真的有趣。

再比如睫毛／まつ毛／まつげ（matuge）——眉毛／まゆ毛／まゆげ（mayuge）。睫毛與眉毛，日語都有三種表示。但哪一種表示最受年輕女孩的喜歡呢？就是不用漢字的表示。因為「毛」字，給人髒兮兮不清爽的感覺。但如果是鼻毛怎麼辦？日本女孩說就用「鼻毛」二字沒有問題，因為已經是鼻毛了，所以也只能用鼻毛表示了。

從百年前後的兩個梅／梅字，我們還想到了「期」字的發音：

一期一會──いちごいちえ（itigoitie）。

最期／末期──さいご／まっご（saigo/ma—go）。

「期」在這裡都讀作「ご」（go）。這個「ご」的發音是從哪裡來的呢？原來是和尚的發音。日本和尚在念經的時候，都將「期」字念成「ご」。

14. 日本漢字的百年攻防軌跡

　　如果再粗線條地歸納一下漢字在日本的攻防軌跡，我們會看到日本人對漢字的那麼一種「漢心」的執着與喜愛。日本漢字有「三規格」之稱：常用漢字／人名用漢字／情報交換用漢字符號系（也叫 JIS 漢字）。

　　常用漢字──用於法令、公用文、報紙、雜誌、廣播等。

　　人名用漢字──常用漢字之外，嬰兒起名使用的漢字的集合。在日本出生的嬰兒，如果具有日本國籍，出生後二週以內必須到政府部門去申報出生，使用的名字必須是《戶籍法》所規定的文字。

　　JIS 漢字──針對工業產品使用的漢字而制定的規定。

　　從其攻防軌跡來看，下面的點與線是不可忽視的。

　　江戶後期的 1867 年 2 月，前島密向德川慶喜建議「漢字廢除之議」，主張普及假名文字教育。

　　明治二年的 1869 年，南部義籌向舊土佐藩主山內豐信建議「修國語論」，提議用羅馬字作國語表示。

　　1872 年，首位文部大臣森有禮倡導廢除日語，以英語為國語。

　　1873 年，福澤諭吉在《文字之教》中提議限制漢字。用假名表示的報紙《まいにち／ひらかな／しんぶんし》（每日／平假名／新聞社）開始發行。

　　1874 年西周發表《用洋字書寫國語論》。

　　1900 年 8 月，文部省頒佈《小學校令施行規則第三號表》，限定 1200 個漢字。

　　1902 年成立「國語調查委員會」作為討論國語問題提言施策的機構。

　　1921 年，「國語調查委員會」又改為「臨時國語調查委員會」。

　　1923 年 5 月，在文部大臣監督下的「臨時國語調查委員會」發表了《常用漢字表》（1960 字，簡易字體 154 字）。

　　1931 年發表《常用漢字表及假名使用改定案修正》（1960 字減去 147 字再加 45 字等於 1858 字）

　　1934 年，「臨時國語調查委員會」改為「國語審議會」。

　　1938 年制定「漢字字體整理案」。

　　1942 年，「國語審議會」發佈《標準漢字表》（2528 字。常用漢字 1134 字加準常用漢字 1320 字加特別漢字 74 字）。

　　1945 年 8 月 15 日日本戰敗。9 月 3 日佔領軍發出指令：道路標示和車站名的表示、公共設施的通告用羅馬字表示。11 月，學校和警察等公家機關禁止柔道和劍道的訓練。

　　1946 年 4 月，志賀直哉在《改造》雜誌上發表文章，主張用法

語替代日語。11 月 16 日內閣告示《當用漢字表》，提出義務教育要用「國民漢字」的概念。

1947 年 4 月，依據學校教育法，國民學校改為小學校和中學校。7 月，國民漢字改稱為「教育漢字表」。9 月，義務教育用漢字主查委員會將「當用漢字別表」改稱為「教育漢字表」，共 881字。12 月，《戶籍法》開始實施人名的漢字限制。

1948 年 2 月，《當用漢字別表》《當用漢字音訓表》發佈。8月，GHQ（聯合國軍佔領日本時設立的總司令部）傘下的民間情報教育局提議，在全國實施識字能力調查。12 月，國立國語研究所成立。

1949 年 4 月，內閣告示《當用漢字字體表》，選定 723 字。

1950 年 4 月，時枝誠記擔任漢字部會會長，設置羅馬字調查分科審議會。

1951 年 5 月，內閣告示《人名用漢字別表》，追加 92 漢字。

1961 年日本表音派和表意派空前對立。

1964 年吉田富三提出「國語用漢字和假名混合表示是正則」。

1966 年在第八期「國語審議會」總會上，中村梅吉文部大臣作「漢字假名混合文為前提」的發言。

1968 年文部省頒佈《學年別漢字配當表》，115 字。

1977 年國語審議會報告《新漢字表試案》，1850 字加 83 字再減去 33 字等於 1900 字。

1977 年文部省頒佈《學年別漢字配當表·標準字體》，增加

996 字。

1978 年 9 月，打字機商品化。日本工業規格「情報交換用漢字符號系」JIS C 6226—1978 推出。

1981 年 10 月，內閣告示《常用漢字表》，1926 字加 19 字等於 1945 字。同時廢除《當用漢字表》《當用漢字改定音訓表》《當用漢字字體表》。《當用漢字別表》吸收進《學年別漢字配當表》。《人名漢字別表》成為《戶籍法施行規則》的「別表」，人名用漢字的管轄權移至法務省。

1989 年日本改年號「平成」。《學年別漢字配當表》的漢字，也叫「教育漢字」再增加 1006 字。

1995 年開始審議「表外字」。

1997 年日本文藝家協會舉行「救救漢字」的活動。

1998 年 6 月，在第 21 期國語審議會上報告「表外漢字字體表（試案）」。

1999 年移動電話可以發送文字郵件等。

2000 年 12 月，第 22 期國語審議會總會向文部大臣提交《表外漢字體表》，共 1022 字。

2001 年 1 月，廢除「國語審議會」，由「文化審議會國語分科會」統籌國語問題。

2006 年 12 月《新教育基本法》公佈。

2010 年 6 月《改定常用漢字表》發佈，1945 字加 196 字再減去 5 字等於 2136 字。

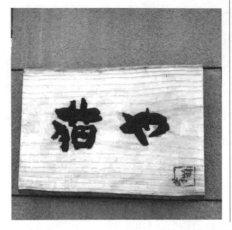

當然可以寫成「貓屋」。但日本人還是將「屋」寫成了「や」。點畫了貓的可愛一面。

青椒肉絲。日本人最喜歡吃的中華料理之一。菜是外來菜，乾脆文字也用外來語了。

魚旁漢字。日本人將自己最得意的漢字，迫不及待地寫在了壽司店裡的杯子上。

鮎 AYU 　鰕 EBI 　鯨 KUJIRA 　鯖 SABA 　鯛 TAI 　鰰 HATAHATA 　鰤 BURI
鮑 AWABI 　鮄 KAJIKA 　鯉 KOI 　鮫 SAME 　鮹 TAKO 　鱧 HAMO 　鯔 BORA (INA)
鮻 ISAGI 　鯑 KAZUNOKO 　鮱 KOCHI 　鰆 SAWARA 　鱈 TARA 　鮠 HAYA 　鮪 MAGURO
鯒 IRUKA 　鰹 KATSUO 　鮗 KONOSHIRO 　鯱 SYACHI 　鯲 DOJO 　鰉 HIGAI 　鱒 MASU

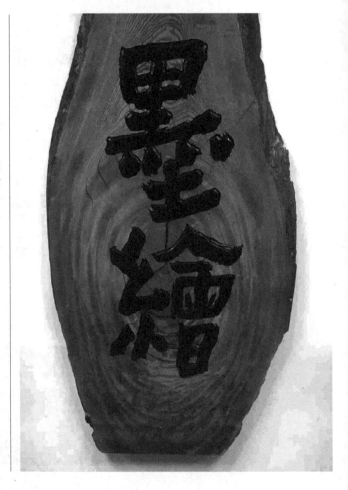

産地は商品に記載
熟成黒にんにく
1パック（大）
＜本体価格＞ **1,180**円
＜税込1274.40円＞

「熟成黑」是一種甚麼黑？但把「熟成」顛倒為「成熟」。哦，原來是成熟黑。一切成熟的東西，在日本是熟成。

日本人玩漢字的功夫還真的不差。兩個字寫得多傳神。

京都的先斗町。黑暗中的一家漢字小酒店。

整段只有一個漢字，幸福的「幸」。但整段
文字說的是幸福。問你幸福還是不幸福。
文字遊戲中的漢字一點紅。

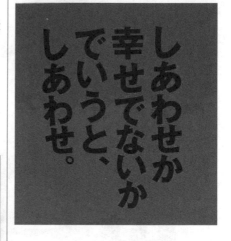

日語漢字的新幹線／中文簡體的新幹線／
中文繁體的新幹線。

漢字＋假名。味の
逸品。更是文字圖
式的逸品。

冰見，日本的一個
港灣名。用魚將冰
見組合成一個字，
日本人説這就是國
字了。

白川鄉的巴士站。
漢字／片假名／英
語。日本人基本的
言語組合拳。

完全的漢字漢文。
好像置身在中國。

第二章　造詞力：三明治和明治有甚麼關係？

1. 讀錯漢字是甚麼滋味？

　　日本是一個對漢字十分講究且十分認真的國家。講究和認真到甚麼程度呢？只要看看社會小說家池井戶潤在 2010 年出版的小說《民王（たみおう）》就知道了。這部小說極受歡迎，於 2013 年再版成文庫本。2015 年 7 月，朝日電視台將這部小說改編為電視連續劇。小說與電視劇的主要情節就是新當選的首相武藤泰山與蠢貨兒子靈魂交換，讀出的漢字錯誤百出，令國民嗤笑不止，民眾紛紛質疑：一個不能讀準漢字的人怎麼能當首相？

　　這位武藤首相讀錯了哪些漢字呢？

　　將「脫卻／だっきゃく」（da-kyaku）讀成「だつきゃく」（datukyaku），以為這裡的「脫」讀「だつ」（datu）。這是小學生的錯誤。

　　將「踏襲／とうしゅう」（tousyuu）讀成「ふみしゅう」（humisyuu），以為這裡的「踏」讀「ふみ」（humi）。這是中學生的錯誤。

將「直面／ちょくめん」（tyokumen）讀成「じかめん」（jikamen），以為這裡的「直」讀「じか」（jika）。這是高中生的錯誤。

將「未曾有／みぞう」（mizou）讀成「みぞゆう」（mizoyuu），以為這裡的「有」讀「ゆう」（yuu）。這是大學生的錯誤。

首相在電視直播中讀錯漢字，一時間輿論喧嘩。新聞報道評論：「這太有失國體啦。」反對黨說：「真不敢相信自己的耳朵。」顯然，小說和電視劇裡念錯漢字的情節是有影子的，是有指向的。明眼人一看就知道這是指向日本前首相麻生太郎。

麻生太郎是個讀書迷，更是個漫畫迷。他在日本政治家中屬於掏錢買書較多的一位。一般的人文素養應該是沒有問題的。他任職期是 2008 年 9 月 24 日至 2009 年 9 月 16 日，一年差 8 天。有日本記者將麻生任職期間讀錯的漢字詞羅列如下：

踏襲／とうしゅう（tousyuu）念成ふみしゅう（humisyuu）。

措置／そち（soti）念成しょち（syoti）。

有無／うむ（umu）念成ゆうむ（yuumu）。

詳細／しょうさい（syousai）念成ようさい（yousai）。

未曾有／みぞう（mizou）念成みぞゆう（mizoyuu）。

頻繁／ひんぱん（hipan）念成はんざつ（hanzatu）。

低迷／ていめい（temei）念成ていまい（temai）。

順風満帆／じゅんぷうまんぱん（jyunbu manpan）念成じゅんぷうまんぽ（jyunbuu manbo）。

破綻／はたん（hatan）念成はじょう（hajyou）。

希求／ききゅう（kikyun）念成ききょう（kikyou）。

傷跡／きずあと（kiziato）念成しょうせき（syouzeki）。

怪我／けが（kega）念成かいが（kaiga）。

三種の神器／さんしゅのじんき（sansyunojinki）念成さんしゅのしんぎ（sansyunosingi）。

最令日本記者吃驚的是，日本天皇家皇位繼承的象徵物——「三種神器」都念錯，這要在戰前，就屬於「不敬之罪」了。2008年11月27日的《每日新聞》對此推出了「麻生首相輕率語」大特集。其中特別以被麻生讀錯的漢字詞「頻繁」為例，說他在中日交流活動致辭時，自豪地表示「（中日）首腦往來頻繁」。不過他將「頻繁」讀錯了。杏林大學外語系日語教育專業金田一秀教授辨別後認為，當時麻生首相一定是將「頻繁」（ひんぱん）錯讀成了「繁雜」（はんざつ）。這樣意思就全變了。因為「繁雜」的意思是「過多，複雜」。難道是嫌中日首腦往來太多了？顯然麻生發自內心的好意不經意間表達得全然相反了。

麻生前首相有「讀字障礙」？這是東京大學醫學部著名解剖學者養老孟司提出的一個疑問。麻生念錯漢字後，日本出版界也緊跟市場出版了《看似會讀實則不會讀的易錯漢字》等實用書，銷量居然突破百萬冊。電視裡的漢字專題節目收視率也創新高，如通過猜字謎遊戲展開競爭的《阿Q猜謎王》《六角猜謎II》等節目大受歡迎。對此現象，有日本媒體評論說：「在連豐田都虧損的日本，與漢字相關的產業幾乎成了唯一賺錢的地方。」

2. 漢字的「整形」美學

漢字尊形。

將原本不太雅觀的文字形象改變成雅觀耐看的文字形象,日本人在這方面也是動足了腦筋。

有町村的公廁命名為「香和家」,改變了原本「公廁很臭」的印象;垃圾箱寫成「護美箱」;百貨店打出「多価楽市」的橫幅,給人高價品低價賣的感覺;造酒廠商將燒酒命名為「翔酎」「祥酎」,也是改變形象的做法;將「豆腐」寫成「豆富」,表示了營養豐富的同時,也將「腐」字驅逐了出去;女性雜誌裡將女性愛吃的牛肉火鍋「すきやき」(sukiyaki)寫成「壽喜燒」和「家喜燒」,以討個吉利。

日本人的創意還有很多。如「數寄屋」是在庭園裡建造的茶室,因為「數寄」的發音是「すき」(suki),暗合「好き」,表風流之意。「仲見世」這三個漢字也妙極,它表示寺廟和神社裡面的商業街。「見世」的發音是「みせ」(mise),正好就是「店」的發音。在東京,說起「仲見世」,最為典型的就是淺草的「仲見世」商店街。在有的居酒屋裡,還可以看到「御手茂登」的字樣,讀音為「おてもと」(otemoto),和「お手元」同音,意思是指筷子。顯然「御手茂登」這四個漢字不壞。

日本雜誌報紙上的一些廣告用語也是漢字組合,非常有趣。如某個電機商家出品的複印機廣告詞是「彩色兼美」,顯然是來自日本固有的四字熟語「才色兼備」。類似的還有:

香気心——香水廣告用語。模仿三字熟語「好奇心」。

通勤快足──襪子廣告用語。模仿四字熟語「通勤快速」。

乾坤一滴──毛髮劑廣告用語。模仿四字熟語「乾坤一擲」。

一機當千──OA 機器廣告用語。模仿四字熟語「一騎當千」。

胃丈夫──胃藥廣告用語。模仿三字熟語「偉丈夫」。

三行革命──打字機廣告用語。模仿四字熟語「產業革命」。

一植即髮──假髮廣告用語。模仿四字熟語「一觸即発」。

更雷人的是痔瘡藥的廣告語──「痔憂痔在」。為痔煩惱的人不在少數，如何做到「自由自在」呢？日本人異想天開用了「痔憂痔在」四個字。

日本自衛隊的訓練用語裡，「匍匐前進」改成了「步伏前進」。「匍匐」二字讓人想到的是肚子貼着地面爬行的不佳形象，而「步伏」則有整齊劃一的美感。表示有生氣且活潑的日語漢字詞為「溌剌」（はつらつ /haturatu），注重美的日本人給「剌」字加了三點水，成了「溂」字，組合成「溌溂」，這是中國沒有的漢字。「纐纈」是日本奈良時代的一種印染方法。一般寫成「絞纈」也是可以的，但考慮到與「纈」字相配，便造「纐」字成為「纐纈」（こうけち / こうけつ），生出了左右對稱的自然美感。「纐纈」是一種非常美麗的印染花紋，原本表示為「暈繝」，後來動「整形」術，改成更美觀的「繧繝」。車輪發出的摩擦日語叫「軋轢」（あつれき /atureki），這兩個漢字來自繁體字，讀作「zaat³lik¹」，現在多用「傾軋」表示。日本人用這兩個漢字表示日常生活中生出的不協調和摩擦。如日本人常說「私と兄の間には軋轢がある」（我和哥哥有摩擦）。看

看日本人一筆一畫寫「欒」字，也有一種快樂感。惡言中傷被日本人表示成「罵詈讒謗」（ばりざんぼう /barizanbou），看了這四個漢字，你是想罵人呢還是被這種氣勢擊退？

3. 日本人是戀舊還是重情？

2017 年上半年，日本前衛藝術家，當時 87 歲的草間彌生生涯最大個展「我永遠的靈魂」在東京六本木的國立新美術館舉行。東京的山手線車廂內、主要大街的廣告牌上，在個展開幕前都早早張貼了展覽的海報。海報上醒目的「草間彌生」四個大字中的「彌」字，引起了筆者的注意。為甚麼要用舊體的「彌」而不用表示日本歷史上的「弥生時代」的「弥」？顯然，拿「彌→弥 / 弥→彌」作視覺對比的話，更具張力更前衛的不是「弥」而應該是「彌」字。看來草間彌生也是玩弄漢字的高手。

當我們抱着簡體與繁體的漢字感覺，走在新宿的街頭，會發現「紀伊國屋」「英國屋」等商店名，用了舊體字的「國」而不用當用漢字裡的「国」，表明店主在戀舊的同時，也想高揚一把歷史感和高級感。這裡，漢字「國」又成了營銷的手段。你說奇妙不？再比如「螢」字。日本有一首類似我們的《友誼地久天長》經典歌曲，在明治時代表示為《螢の光》。這個「螢」字被 1981 年的常用漢字表收編的時候，參照「栄」「営」，簡化成了「蛍」字。但現在的日本人在表示「ホタル」（hotaru）（螢火蟲）的時候，還是喜歡用「螢」字。雖然日常生活中的「蛍光燈」不可更改地用了「蛍」字，但有

兩個「火」的「螢」，在黑暗中發光發亮，倒也是螢火蟲形象的再現，故日本人喜歡。

「龍」在日本的常用漢字表裡簡化成了「竜」字，但「龍」字人氣不衰，在人名和店名上更是如此。如作家村上龍、東京大學著名的法哲學教授長尾龍一。如坐落在東京都港區六本木的米其林三星店「龍吟」。還有「烏龍茶」。日本人沒有捨「龍」取「竜」寫成「烏竜茶」，這一方面固然顯現出日本人對中國漢字的尊重，另一方面「龍」字本身也表現出圖騰般的幻想感覺，令日本人喜歡。從這點看顯然「龍」比「竜」更人文。雖然現在日語漢字詞如「恐竜」「竜巻」「竜田揚げ」等多用「竜」字而不用「龍」字，但記憶裡的「龍」字形象，難以消散。

同理，舊體字的「櫻」也深受日本女大學生的歡迎。比起略字「桜」，「櫻」更有一種淑女形象。1990 年上映的電影《櫻の園》，也助推了這種優雅。橫濱在現代日語中的寫法是「横浜」，但之前寫成「橫濱」，令人想起戰前橫濱港的異國情調。所以在横浜的元町商業街，還經常能看到浪漫的「橫濱」。「大坂」，大阪人嫌「土」字旁太土氣，便改成現在的「大阪」。日本的電視台曾經做過調查發現，電視「哲学」講座，如果將「哲学」寫成「哲學」，報名的人數就會大大增加；大學招生，如果將「大学」寫成「大學」，報名的人數也會增加。看來，筆畫多，有的時候還真能撩撥人的複雜心緒。

東京都墨田區兩國這個地方有座大相撲國技館。相撲的最高級別是「橫綱」（よこづな /yokozuna），在國技館邊上有一條叫「橫

網」的小路。很多人都以為這也讀「よこづな」，但其實是讀「よこあみ /yokoami」。再仔細看，一個「綱」字，一個「網」字，還是有差異的。顯然，舊體字在使用時有一種「穿鑿」萬物之感，用來表示一些特殊的情感似乎是恰到好處。

「野村證券 / 野村証券」是日本最大的證券公司。請注意這個「證」字是繁體，而「証」字一般用於「証券会社」。一個公司用不同的證 / 証，有些怪怪的，同時也凸顯着對漢字文化的執着。「罐」字在日本用「缶」字，但日本有一家公司就叫「日本製罐」，不用「缶」而用「罐」。「慶應義塾大学」是日本著名的私立大學，校名裡的「應」字應該用「応」還是用「應」，在大學裡還有一番爭論。最後還是傾向於「應」字，理由是「慶」字太重「応」字太輕，不協調，如果是「慶應」並列，就輕重一致了。日本皇太子妃就讀過的女校「田園調布雙葉學園」，棄「双」選「雙」，顯然是想表現甚麼象徵甚麼。「文藝春秋」是日本著名的出版社，雖然「藝」字在日本有新字體寫成「芸」，但老牌的出版社還是不棄「藝」字。

除了表現情感效果之外，日本人喜歡舊體字的寫法也是一個原因。「才」用「戈」來表示的書寫法，日本至今還能找到。如文化財寫成「文化財」，奈良法隆寺裡，就掛有「文化財を大切にらく書はやめましょう」（保護文物，請勿亂塗亂寫）的警示語。還有將「財布」（錢包）寫成「財布」。小說裡，「體」喜歡寫成「躰」，「欲」喜歡寫成「慾」，「座」喜歡寫成「坐」，「奇跡」喜歡寫成「奇蹟」的作家還真的不少。《朝日新聞》有段時間喜歡將「默禱」寫成「默

祷」，將「冒瀆」寫成「冒涜」。這種類推簡化字遭到了讀者的批評。《讀賣新聞》將「渡辺」寫成「渡邊」，則贏得一片讚揚聲。看來日本人還真戀舊。順便提一句，在日本「辺」字至少有 65 種寫法。

4.　桐桜欅 / 柿朴庭落葉

「行春や鳥啼魚の目は泪」（草草春將歸，鳥啼魚落淚）。

這是日本著名俳句家松尾芭蕉的著名俳句。令人注意的是芭蕉在這裡用了「泪」字而不是「涙」字。芭蕉還用過「離別の泪」。芭蕉為甚麼喜用「泪」而不是「涙」？原來，根據《角川新字源》裡的規定，「泪」為別體，「涙」為正體，也就是說「泪」是異體字。井原西鶴以《好色一代男》為代表的 23 部作品裡也都是用「泪」字。1816 年（文化十年）的《早引節用集》裡，「なみだ」（namida）的對應漢字有「涙 / 泪 / 恋水」三種。

松尾芭蕉有一首完全用漢字羅列的俳句：「奈良七重七堂伽藍八重桜」。句中出現的都是沉甸甸的東西。「奈良七重」是歷史之重，「七堂伽藍」是佛教之重，「八重桜」是文化之重。芭蕉用了 11 個漢字來表現，真可謂重上加重。芭蕉還有另一首名句：「古池や蛙飛び込む水の音」。古池，青蛙，水音，漢字思維組合的構圖，將永恆與瞬間、動與靜的想像空間很好地表現了出來。這正好與日本人的「もう時間です」的隨意度相吻合。「もう / 時間 / です」，既是開始的時間，也是考試結束的終了時間。於是考生看手錶，發出「あ、もう時間だ」的自語。這個自語，也正如京極夏彥在《鐵

鼠之欄》小說裡念真言經的自語：「每日每日帰命不空光明遍照大印相摩尼宝珠蓮華焔光転大誓願。」

日本每年的漢字能力檢定考試（漢檢），應試者從 5 歲到 94 歲不等。考試要求掌握相當量漢字的音訓讀法和寫法。僅這點而言就有相當大的難度。如前幾年有道一級考題是看漢字標讀音：櫺 / 髫齔 / 黜陟。你看，難度大吧。我們中國人都很難保證能標上正確的中文讀音。這三個詞的日語讀音分別是：れんじ / ちょうしん / ちゅっちょく（renji/tyousin/tyu-tyoku）。再如看讀音寫漢字：ウダツ / コハク / ツッケンドン（udatu/kohaku/tu-kendon）。答案分別是：梲 / 琥珀 / 突っ慳貪。當然漢檢也少不了考查日本的和製漢字。如用作鳥名的「鶫」（ツグミ /tugumi）、表示職業的「錺」（カザリ /kazari）。有一題是「元旦にハラカの奏を執り行う」，要求將「ハラカ」寫成漢字。答案是「鰚」。這裡的難點有兩個：一個是要知道有這麼一個漢字，而且會寫；一個是要知道這個禮儀的由來，這是平安時代的太宰府向朝廷呈獻的一種魚，朝廷再等到元旦這天獻給天皇。也就是說，既要漢字知識豐富也要懂日本古代史才行。這樣有難度的一級考試，及格者中不乏 10 歲到 20 歲的青少年，這足以表明日本人對漢字的興趣與熱情。

數學家加賀野井秀一說，他的工作單位寫成英語的話是：

a department of science and engineering in Chuo University

如用漢字表示則是：

中央大學理工學部

簡單吧，八個漢字。

其實，日語也是很繁瑣的。如：

くわしいことは会ってから決めましょう。

如用漢字，只需四個字：委細面談。

而日本報紙的廣告更為簡潔，將四字再省去二字，只留下：細面。

「春眠不覺曉」的五個漢字若用萬葉假名漢字表示的話，是「春眠安可都吉乎不覚」。九個漢字。

當然，最令日本人頭疼的是來自英語的「identity」一詞。用片假名寫成「アイデンティティ」（aidentiti）。但如何用漢字表示呢？候選寫法有「自己確認／自己同一性／自己証明／獨自性／主體性」等，甚至還有「身元／正體」這樣的新造詞，但沒有一個是權威的，沒有一個是被廣泛接受的。善玩漢字的日本人，也遭遇了無法用漢字表達的尷尬與困惑。這是再戀舊再重情也無濟於事的。這就如同瀧井孝作的俳句《椿開》所要表達的「identity」：

桐桜欅／柿朴庭落葉。

想將柿樹落葉、櫻樹落葉、銀杏樹落葉、桐樹落葉、欅樹落葉、朴樹落葉，全數一葉盡收於自己的庭院裡，這有可能嗎？

5. 漢字能力強就是滑稽的表現？

漢字能力強是文化殖民的一個結果？日本語言學家高島俊男就持這一觀點。他針對的是江戶時期的史學家賴山陽用漢文（古

漢語文言文）書寫的紀傳體《日本外史》，該書講述了源平之亂到德川幕府後期的史事。賴山陽的漢文水準如何？我們來看卷五的一段總論：

外史氏曰、予修將門之史、至於平治承久之際、未曾不舍筆而歎也。嗚呼，世道之變，名實之不相讐，一至於此歟。古之所謂武臣者、勤王云爾，如源氏平氏、莫不皆然。平治之後，乘綱維之弛以逞鴟梟之欲，有暴悍無忌者焉，有雄猜匪測者焉，雖所爲不同，而其蔑王憲，營私利一耳。

完全是漢文。漢字水平高超。「世道之變」「莫不皆然」「營私利一耳」。非常得體。有明治知識人高度評價賴山陽的文章，說是「完全日本化的漢文」。清朝的中國學者也對此有高度評價。但高島俊男在《漢字與日本人》一書中則批評道：這是賴山陽的滑稽，是文化殖民地根性的表現。高島還說，與賴山陽對中國的卑躬屈膝相比，新井白石和本居宣長就硬朗得多。

漢文好就滑稽？就是文化殖民？這肯定是有失公允的看法。因為在日本人當中，漢文好的人太多了。如平安時代的《職員令‧神祇官》條目對「鎮魂」的漢字解釋：

謂鎮安也、人陽氣曰魂、魂運也、言招離遊之運魂、鎮身体之中府。故曰鎮魂。

你看，漢字表示得多精到。

泉鏡花的《外科室》小說，有這樣的漢文句子：

其聲，其呼吸，其姿，其呼吸，其姿。

　　泉鏡花的主要作品有：《義血俠血》《照葉狂言》《高野聖》《風流線》《春晝》《草迷宮》《歌行燈》《鴛鴦帳》《婦系図》《紅雪錄》《日本橋》《薄紅梅》《雪柳》。他還是用「貴下」而不是用「貴方」稱呼對方的首創者。他更是「一寸用事」的造詞人。

　　太宰治的《人間失格》裡談到了語言遊戲，用了「喜劇名詞」「悲劇名詞」「男性名詞」「女性名詞」「中性名詞」。他說「汽船」和「汽車」是「悲劇名詞」；「市電」是「喜劇名詞」。

　　日本歌詞裡，排名第一位的是淚 —— 淚（なみだ /namida）。組合出的「淚語」有：淚雨 / 淚顔 / 淚月 / 淚花 / 淚泉 / 淚恋 / 淚聲 / 淚瞳 / 淚夜 / 淚露 / 淚町 / 淚的笑顔 / 淚的汽笛 / 淚的谷間 / 淚的夕陽。

　　總之，唱不完的是：淚淚淚 / 淚淚淚 / 淚淚淚 / 淚淚淚。

　　日本酒廣告的最妙一語：

　　今宵一献，心地醉。

　　聖德太子的「十七條憲法」第一條：

　　以和為貴。

　　奈良時代編撰的《日本書紀》開頭句：

　　古天地未剖，陰陽不分，渾沌如雞子，溟涬而含牙……

　　佛教經典《阿彌陀經》經文：

　　爾時仏告　長老舍利弗　從是西方　過十万億仏土　有世界　名曰極楽……

　　1976 年 4 月 25 日的《京都民報》，用「性溫厚」「親和誠」「肉

親等驚愕悲愴憤懣」「思想蘊蓄」「切齒憤激」等漢字詞，對被警察拷問了 106 天而死的小學老師倉岡愛穗表示了深深的敬意。

日本隨筆家根本浩寫有《日本人想寫的漢字》（角川文庫，2013 年）一書。裡面說日本人最想寫的漢字前 20 是：

壽 / 強靭 / 一瞥 / 末裔 / 悽慘 / 晚餐 / 信憑 / 羊羹 / 一縷 / 黙禱 / 怒濤 / 黎明 / 摩訶不思議 / 祇園精舍 / 冒瀆 / 凋落 / 辛辣 / 朦朧 / 畏懼 / 躊躇

這樣來看，如果照日本學者高島俊男的漢字能力強就是滑稽的表現的話，全體日本人豈不都滑稽可笑？連帶他自己的《漢字與日本人》這本書，豈不更滑稽可笑？

6. 表徵日本世態的年度漢字

選用一個漢字來表現一年來的社會面貌和重大事件，在源頭上說雖然不是日本的發明，但日本人的高參與度、長久持續性和模式化是做得最到家的。如果說文化傳播需要一種力度，那麼日本人也給予了令我們驚訝的一種力度。

日本漢字能力檢定協會從 1995 年開始，每年在 12 月 12 日「漢字日」這天，舉行推選「年度漢字」的活動。京都清水寺住持森清範會當眾揮毫，把投票選出來的漢字，通過他的巨筆，龍飛鳳舞地寫在 1.5 米長、1.3 米寬的紙面上。代表一年特徵、世態變化的年度漢字，就會躍然紙上，再通過報紙圖片和電視畫面，把東洋思維和傳統藝術，淋漓盡致地傳遍世界。這是文化盛事。日本人把

這一文化盛事稱之為「歲末的社會風物詩」。

從 1995 年到 2016 年的 22 年間，共選出了如下 22 個漢字：

震、食、倒、毒、末、金、戰、歸、虎、災、愛、命、偽、変、新、署、絆、金、輪、稅、安、金

22 個漢字一路寫來，抽象地概括了日本社會 22 年中所發生的重大事件和世態變化。

如 2005 年的「愛」字，是對在愛知縣舉行的「愛‧地球」世界博覽會、乒乓球選手福原愛留學中國的總結。

2006 年選擇「命」，一方面是因為皇室成員秋筱宮紀子王妃產下了天皇長孫悠仁，另一方面則由於學生在校受欺負後自殺以及虐待事件頻發，兩者都使人們深刻體會到只有一次的生命是多麼沉重和寶貴。

2007 年的「偽」字，這年日本出現食品企業使用過期原料和虛假原料的問題，之後又出現了政治資金及養老金記錄不全等問題。清水寺住持森清範書寫完這個「偽」字大發感慨：「今年選出這個字，我覺得很可恥，悲憤難消。」時任日本首相的福田康夫則表示，自己更願意選擇同為「人」字旁的「信守承諾」的「信」字。

2011 年的「絆」，在日語中表示人與人之間無法切斷的聯繫、紐帶。這一年發生在東日本的 3.11 大地震和大海嘯，奪去了20000 多人的生命。

2013 年是「輪」字，這年日本東京申辦 2020 年奧運會（日語

稱為「五輪大會」）成功；富士山成功申遺；日本國家足球隊順利晉級 2014 年世界杯決賽圈。這些都是日本民眾團結奮鬥，凝聚成環共同努力的結果。

2016 年的「金」字，是繼 2000 年和 2012 年之後第三次當選日本年度漢字，表明日本人也確實喜歡這個「金」字。這年的里約奧運會，日本獲得了 21 枚金牌，創下歷史紀錄；東京都知事舛添要一私用政治資金辭職；以洗腦神曲《PPAP》風靡全球的日本滑稽表演者 PICO 太郎演唱神曲時穿了金色服裝。

說到日本人喜歡金，還有一個有趣的話題。「二戰」前的日本，鐵道的「鉄」都寫成「鐵」。但戰後不久頒佈的「當用漢字」就將「鐵」字簡化為「鉄」。從原本的 20 畫到 13 畫，書寫確實便利了，問題是簡化後的「鉄」字是金字旁加失去的「失」組成，鐵字就暗含了「失金」之意。鐵路公司和製鐵公司的社長們很有意見，心裡不舒服，所以繼續使用舊體字的「鐵」字。如使用至今的有「滋賀縣信楽高原鐵道」、「靜岡大井鐵道」、「栃木縣真岡鐵道」等，還有日本最大的鋼鐵企業「新日本製鐵」等。甚至有日本人把右邊的「失」改成了「矢」字，造了一個新字出來。從漢字的變遷也可管窺日本人有趣的一面。

7. 怎麼會有三個「明治時代」？

運用漢字，中國人絕對是高手。

日本人驚歎中國人翻譯的「三明治」這個詞。「三」與「明治」

有甚麼關係？這個「明治」與日本的「明治維新」有甚麼關係？當然日本人也知道中國人不會作這類思考。但怎麼會取「三明治」這個名字呢。怎麼會有三個「明治時代」呢？

　　日本人還驚歎中國人翻譯的「巧克力 / 冰淇淋 / 馬拉松 / 寵物小精靈」，認為太有感覺了，特別是「寵物小精靈」要比日版的「ポケモン」（bokemon）更有感覺。英語的「cool」，配上漢字「酷」，真叫天才，「酷日本」，日本人說沒有比這更好的表述了。尊尼事務所的人氣偶像團體「Sexy Zone」，片假名為「セクシーゾーン」（sekusi-zoon），中國人將其翻譯為「性感帶」。日本人大叫太直率太坦真。

　　運用漢字，日本人也表現不俗。

　　日本人的創意是將「マジ」（maji）配上漢字「本気」，將「ヨロシク」（yorosiku）寫成「夜露死苦」。「秋桜」叫「コスモス」（kosumosu），或者「コスモス」取漢字「秋桜」，這是怎麼拍腦袋也想不明白的。「公孫樹」能與「いちょう」（ityou）（銀杏）對上，莫非是大腦短路？最令人吃驚的是 TWO-MIX 的歌詞「悲觀的現實主義者」上的注音假名——「おとな」（otona），意思是「大人」，這是一位日本中學二年級學生的主意。「因囚」這二字組合是一名日本女高中生發明的。她真想將自己的父母親給圍困起來，原因是他們整天叫她學習學習，她都厭煩死了。日本人將運動後的出汗叫「快汗」；出軌的快感叫「快姦」；看黃色錄像帶叫「視姦」；輕視老人叫「輕老日」；高級官僚對女性不禮貌叫「癡性振舞」。此

外還有「美肌器 / 隆房術 / 健腦食」等新造詞。

　　「大蒜」的日語讀音為「にんにく」(ninniku)。於是有的超市裡就寫成「人肉有り」。何以是「人肉」？原來「人肉」與大蒜發同樣的「にんにく」音。肉店裡有店員將「すじ肉」寫成「筋肉」，故意讓人聯想起人的「きんにく」(kinniku，肌肉)。東京的神保町是日本最大的舊書店街。這條街創造的一個新詞是「稀覯本」(きこうぽん /kikoubon)，表稀少貴重之意。在有些魚店，寫有奇妙的價格牌：「生子 / １つ¥580-」。這個「生子」是甚麼意思？原來是一種叫做「ナマコ」(namako)(中文為「海參」)的動物。「ナマコ」在日語中正確的漢字表示是「海鼠」。把這個詞寫成「生子」，當然是一種調皮的幽默。日本的商家很喜歡做這樣的改動，一方面是吸引顧客，一方面為圖好運。理髮店裡的價目表上，時常有「輝男カット /4410 えん」的字樣。這個「輝男」是誰？其實誰都不是，它是「キラメン」(kiramen)的漢字表示。日語中「キラキラ」(kirakira)表示「閃爍發光」之意，「輝男」意思就是「閃閃發光的男人」。屬於東京都下町的戶越銀座商業街，有戶越的名品「衣柿」，讀音為「ころがき」(korogaki)，是用黑黑的乾柿做成。漢字一般寫成「枯露柿」「転柿」。問題是「枯露」太冷寂，「転」(轉)字又不吉利，所以商家用上了「衣」這個漢字。

　　日本百貨店對一些物品的標示更能看出日本人靈活運用漢字方面的感覺其實是很棒的。如：

男女性用手袋 /¥1500

　　這裡有趣的是「男女性用」，很容易讓人聯想起黃色用語，但這裡倒是一點也不涉黃。它實際上是「男性用 / 女性用 / 男女兼用」的意思。這是近年來的常用語。它的來源是甚麼？日本學者飯間浩明這樣分析：我們習慣上將「青年」「少年」合併成「青少年」，將「動物」「植物」合併成「動植物」，即將「AC/BC」表達成「ABC」，這是過去已有的造詞結構。我們看到日語裡有很多三個漢字的詞語，如「給排水 / 出退勤 / 出入国 / 中高年 / 入退院 / 利活用 / 行財政 / 視聴覚 / 発送電 / 風水害 / 輸出入 / 祝祭日」等，所以「男女性」也是這種三字構造的結果。那麼為甚麼在過去日本人很少用這樣的說法？原因在於日語中稱謂的變化。過去說「男女」就可以了，所以有「男用手袋 / 女用手袋 / 男女用手袋」，但現在必須要在男或女後面加個「性」字，才算是敬稱，如「男性 / 女性」，那麼男女統稱的話就是「男女性」。

8.　小便何以是無用的？

　　打折、減價的日語是「割引」（waribiki）。但自從 20 世紀 90年代日本航空公司推出「早割」「特割」服務價之後，也就開創了用「割」字來表示甚麼的先例。「早割」就是提早訂票有打折的意思，「特割」就是特別減價的意思。之後，日本的三大手機公司推出了「学割」（學生打折）/「家族割」（家族成員打折）/「一人割」（獨身一人打折）/「友達割」（介紹朋友打折）/「轉換割」（調換電話公司打折）等新詞，令人眼花繚亂。其他行業也不甘落後，理髮店造出

「初回割」（首次來店打折），旅館業造出「地元割」（到自己家鄉旅遊打折），健身房造出「誰都割」（人人都打折）。

還有結婚叫「婚活」；轉職活動叫「轉活」；早晨上班前的學習叫「朝活」；妊娠叫「妊活」；離婚叫「離活」；參加葬禮和尋訪墓地等活動叫「終活」；大學生在校參加興趣小組叫「部活」；就業找工作叫「就活」。據日本全國版新聞記事數據的調查表明，最早使用「就活」二字的是 1995 年 5 月 27 日的《產經新聞》。然後在 2000 年被《現代用語基礎知識》（自由國民社）採用。最近還出現了「美活／寢活／溫活」等新詞。特別是近年獨身在日本女性中流行，「獨活」也就火了。日本語言學家說，不斷增加「○活」，反應了不斷變化的生活樣態，是世俗的一個風向標。

2016 年日本流行語 Top20 中有「民泊」一詞，翻譯成中文就是家庭旅館。中國人也創造出「民宿」一詞與之對應，因為如果再用「家庭旅館」的表述就太老土了。這是漢字互動的好例子。

近年日本出現「待機兒童」一詞，指無法入託的嬰幼兒。有一位年輕的媽媽在網上發帖說「保育園落ちた日本死ぬ」（找不到保育園的日本去死）。帖子發出後非但沒有遭到非議，反而引起社會的強烈共鳴，還入選「2016 年日本流行語 Top20」。

「不倫」是日本多年前出現的表示婚外戀的漢字詞。日本女星貝琪（ベッキー）與樂團「極品下流少女」主唱川谷繪音搞婚外戀。從他們的「LINE」聊天記錄中產生了一個新詞 —— 文春。因為週刊雜誌《文春》披露了他倆的關係，也證實了婚外戀的事實。於

是「文春＝不倫」的用法在日本走紅，比如說「這位女優在搞『文春』」，還出現了「文春戀」一詞。

最近幾年，日本的鐵道愛好者也發明了很多新漢字詞。如喜歡車輛的叫「車輛鐵」（車両鉄）；喜歡拍攝鐵道的叫「撮鐵」（撮リ鉄）；喜歡發車音樂的叫「音鐵」（音鉄）；喜歡鐵道模型的叫「模型鐵」（模型鉄）；喜歡鐵道旅行的叫「乘鐵」（乘リ鉄）；喜歡車站的叫「站鐵」（駅鉄）；全家都愛好鐵道的叫「子鐵與媽鐵」（子鉄とママ鉄）；喜歡廢線鐵道的叫「葬禮鐵」（葬式鉄）等。

日本醫學發達，臟器移植非常普遍。與此有關的新詞也層出不窮，如「獻體／獻腎／獻眼」。日本人喜歡喝啤酒，為了讓肝臟多休息，造出「休肝日」一詞。判定死亡不再僅僅依據「心臟死」，於是「腦死」一詞出現了。日語中「乳房」有「ちち」（titi）的說法。「ち」與血同源，與「命」（いのち/inoti）的「ち」也相關，表徵着生命力。巨乳的女性上了年紀，難以抵擋重力，出現下垂的老態。日本又造出「垂乳根」一詞，讀音為「たらちね」（taratine），作為「上了年紀的母親」的代名詞。

以前在金澤兼六園附近的某戶人家牆上立有木牌：

立ち大小便を禁じます

男人小便是站着的，但大便如何站立？特別是在行人很多的大街上，這更是無法想像。

東京淺草公園的公共廁所的小便處寫着：

この所小便無用

在便所裡不能小便？搞不懂。

也有可能是醉漢惡作劇的「傑作」。

9. 巷街道町的漢字 —— 朱肉不要

閒逛日本的大街小巷，特別是閒逛日本大大小小形形色色的商業街，會發現漢字的很多新奇寫法與用法。

如東京都豐島區大塚的一家拉麵店，將「由丸」的店名頑皮地表示為「由〇」，發音為「ヨシマル」（yosimaru）。牛肉快餐店「吉野家」到處都是，但仔細一看，這個「吉」的上面不是「士」而是「土」，但這個字，日本的電腦，無論是 PC 機還是蘋果機，一般打不出來。百元店裡買圖章的地方，寫有「朱肉不要」的字樣。何以「朱肉不要」呢？原來是賣一種自動出紅印泥的圖章。紅印泥在日語裡就是寫成「朱肉」。可不要誤認為是「朱門酒肉臭」的那個「朱肉」。百貨店裡高掛「感謝一念」的大字。感謝何以是「一念」而不是專念的呢？中國人看了可能會不明白日本人的這種表述。但在不明白的同時，也在努力體會日本人那種感謝的心情。旅行社的海報推介旅行者去日觀光旅遊，寫的是：「JR 東武相互直通列車」。我們疑惑了：「相互直通」是日語嗎？超市裡有「寒熟甘栗」的標識。何謂「寒熟」？又寒又熟？顯然不是中文的表達。天津栗子被日本人萌萌地說成「楽笑栗」，是又樂又笑嗎？鹿兒島縣出產一種「純粋黒豚」，我們只知道做人要做純粹的人，沒想到豬也要做純粹的豬。是小題大做的搞笑？不是。這就是日本人的漢字思維。

日本大街上的松屋（以牛肉飯為主的快餐店），走進去，會看到大大的宣傳海報，首先表明自己的快餐屬於「無添加」，然後再表白如何的「無添加」：「合成著色料不使用／合成保存料不使用／化學調味料不使用／人工甘味料不使用」。松屋是中國人開的快餐店嗎？不是。既然不是，我們就不得不佩服日本人的漢字和漢文能力了。近年生意不錯的中華快餐店「日高屋」又叫「熱烈中華食堂」，而且「熱烈」二字還帶特地用紅色標出。在池袋的車站看到大幅海報，文字是「合同企業説明會」，莫非日語有「契約書」的說法也有「合同書」的說法？原來，這裡的「合同」是「聯合」的意思，也就是說企業聯合起來開說明會。日本的料理店，有時掛出這樣的牌子：「お下見大歡迎」。何謂「下見」？為甚麼還要大歡迎？原來日語中「下見」是「預先做、看甚麼」的意思。餐館說「下見歡迎」，就是歡迎你先來看店再行預約。冬天的日本超市裡有「嚴寒嚴選」的大字橫幅，表明日本人很會運用漢字的音與義來表達自己的想法。鞋店裡的廣告：「防水／防寒／防滑」，這「三防」與我們說得一模一樣。在超市賣旅行拖箱的櫃台，對新品種的介紹用了六個漢字：「增／雅／量／輕／止／快」，可謂字字「入戲」。居酒屋門前的招牌上寫着：「串天各種／120 円」。何謂「串天」？其實就是我們說的「串燒」。那為甚麼要帶「天」字呢？其實就是對「各種」的解釋，形容種類太多，可以把天給串起來。日本市區政府納稅科有一張很醒目的海報是：「自動車差押」。何謂「差押」？表示自動車性能很差？表示自動車用來押送犯人？都不是。是扣押你的

自駕車充當稅金的意思。誰叫你不納稅金或遲緩納稅的呢？遊玩世界文化遺產白川鄉，一間屋子的壁牆上寫着「白川村消防団中部分団第四班」，中國遊人好像置身於國內一般。

日本人將點心包裝成「菓心遊楽」；他們也講傳統的「継往開來」；他們將車站出售的便當叫「驛弁」；他們用「美白以上 / 乳液未満」表白想要美容的心；他們用「侵入泥棒追放重點地區」表示這個地方小偷經常光顧，行人和住家要注意安全，當然這個「泥棒追放」很難理解；他們將「優」字美化成萬人皆「悠」；他們詩意地起店名「一夜一夜」「心花洞」；他們俳意地將點心起名為「反魂旦」。是漢語「反混蛋」的反哺嗎？不好說。他們也直接說「新裝開店」「青椒肉絲」「所要時間」；他們將養豬的雜誌命名為「養豚界」；他們在東京站的站牌上，將「新幹線」書寫兩遍，將「新干线」書寫一遍，第一遍的「新幹線」是寫給日本人看的，第二遍的「新幹線」是寫給使用繁體字的港澳台遊客看的，第三遍的簡體「新干线」是寫給大陸人看的。

10. 女性雜誌的漢字之王

日本有「物の理」的表述。這個「理」並不讀「物理」的「り」，而是讀「ことわり（kotowari）」。一個漢字讀四個假名，要記住還真不容易。如「礎」字讀「いしずえ」（isizue）；「幻」讀作「まぼろし」（maborosi）；「丼」讀作「どんぶり」（donburi）等。當然日本還有一個漢字讀五音的，如「志」（こころざし /kokorozasi）、「詔」（み

ことのり /mikotonori）、「政」（まつりごと /maturigoto）、「釉」（う
わぐすり /uwakusuri）。日語也有「反掌」的說法：「掌を反す」。
問題是連日本人都將這裡的「掌」讀成「てのひら」（tenohira），其
實應該讀「たなごころ」（tanagokoro）。可見，日本漢字的讀法還
真難。

　　日語中，三個人談論一個問題叫「鼎談」。這個「鼎」自然來
自中國古代用於儀式的三隻腳器具，日本人將它拿過來用於表示
三人談，倒也是活用。日本女性雜誌經常出現的漢字是「贅沢」（ぜ
いたく /zeitaku）「定番」（ていばん /teiban）「醍醐味」（だいごみ /
daigomi）。日本人很形象地譽其為「御三家」。身着名牌，去高級
店吃高檔飯菜，這叫「贅沢」；不趨炎附會，誰都喜歡的那種安心
叫「定番」；竭盡「贅沢」了，也滿足於「定番」了，也就叫「醍醐味」
了，用中文的說法就是「妙趣橫生」了。女性雜誌使用漢字有一個
特點，一般都是表外字，所以更顯多彩。如「お灑落の醍醐味」中
的「灑」字，就屬於表外字，一般用假名「おしゃれ」（osyare）表
示。但女性雜誌比較喜歡用漢字表示，以彰顯一種品位。「灑落」
就是日本女性雜誌的漢字之王，誰也撼動不了。

　　而「可憐」（かれん /karen）「清楚」（せいそ /seiso）「華奢」（きゃ
しゃ /kyasya）這三大漢字詞語，則是對現代日本女性美的讚美，
女性雜誌自不用說，就是一般的女性小說裡，這三大詞語的使用
頻度也很高。問題是「憐 / 楚 / 奢」都屬於表外字。按照規定，報
紙一般就用假名表示了，但女性雜誌和女性小說，為了更好地表

現女性美，自然不會循規蹈矩。如椎名高志的漫畫作品名就是「絶対可憐チルドレン」（《楚楚可憐超能少女組》）。作品中的明石薰、野上葵、三宮紫穗這三位少女就是「可憐な少女」（可愛的少女）形象。還有日本較早就有的「清楚系女子」一詞，也深得男人們的心儀。同樣的「清楚系」三個漢字，最近又和「ビッチ」（Bitch）組合，產生了新詞「清楚系ビッチ」，也引起了日本女網友們的熱烈回響。她們說沒想到「清楚系」可以和「ビッチ」搭配。女孩子們不是發自內心想這麼做，而是為了討好他人，在乎男人的眼光，才假裝自己是「清楚系」女子。這個詞相當於內地流行的「綠茶婊」。

11.「喂」與「もしもし」的思慮

日本的漢字，仔細品味起來還是很有意思的。如「階梯」這個詞，在日本有入門書的意思，如「代數階梯／経済学階梯」等。這在「二戰」前經常使用，現在基本不用了，但學者中沢新一有一本書叫《虹の階梯》，在 1981 年出版後不斷重版，非常受歡迎。從書名看似乎是氣象學或光學的入門書，但實際上與氣象和光學沒有一點關係。這是一本佛教派別中的密教入門書。這本書後來成了奧姆真理教最重要的理論書，信徒們都讀這本書，講述如何從現世到開悟的世界。這本書就像架設起來的一座虹橋一樣，書名應該是這個意思。對此，日本語言雜家吳智英說，應該是「虹の橋」寫成了「虹の階梯」，作者自己都不明白語言的意思而亂用，是否也是導致奧姆真理教隨意殺人的一個原因？（參閱《語言的煎藥》

雙葉社，2010 年）

　　日本沒有「白夜」現象，但也在使用這個漢字詞。如森繁久彌作詞作曲的《知床旅情》中，就有「山岡上眺望遠方 / 看見了白夜快消散」句子。知床位於北緯 44 度，與歐洲的亞得里亞海屬於同一緯度。這個緯度是不會有白夜現象發生的，從這一視點來看，「白夜」應當屬於外來語。是從哪裡來的呢？其實是俄語的直譯。陀斯妥耶夫斯基著有小說《白夜》，由明治時期翻譯家直譯成漢字詞。那麼「白夜」怎麼念呢，讀「はくや」（hakuya）還是「びゃくや」（byakuya）？日本人讀後者的多，但正確的讀法是前者。因為原則上漢字除佛教用語之外，都是讀漢音的，而「びゃくや」是吳音。不同的念法有時候表示不同的含義，如同樣是「白衣」的漢字，讀成漢音「はくい」（hakui），是指醫院護士穿着的白衣；讀成吳音「びゃくや」，是指僧侶們穿着的內衣。但情況有時候也很複雜。日本高中生的國語考試，經常考一道題目就是將「絢爛豪華」標上讀音。寫成「じゅんらんごうか」（syunrangouka）算錯，寫成「けんらんごうか」（kenrangouka）就是對的，儘管「絢」的吳音是「じゅん」（syun），但這個詞裡應該讀「けん」（ken）。

　　中國人打電話的呼叫語是「喂」，只有一個字。日本人打電話的呼叫語是「もしもし」（mosimosi），四個音節。「もしもし」是「申す申す」的轉換形，是稍稍說幾句的意思。問題是為甚麼要用重疊詞？柳田國男在《妖怪談義》中談論日本各地的風習說，黃昏時聽到「もし」（mosi）招呼聲的話，千萬不能回答。因為這是妖怪

在招呼。如果是妖怪會說「もし」，那麼自稱不是妖怪的人，就必須重複一下說「もしもし」。妖怪具有超能力，這是人所不能及的，但是人能自由地驅使自己的語言，也是自信的表現。再看日本的民間傳說和神話故事，如《古事記》《日本書紀》中就寫過「一言主」的神。這個神的最大特點就是無論善事惡事只說一句話。現在奈良縣葛城山中有一言主神社，祭祀着一言主神。這家神社在介紹錄裡寫着用「一言祈願」的事項。但關鍵是真的僅僅「一言」就可行嗎？「東大合格」「病気全快」等是日本人新年時祈福的最大心願。但絕不是所謂的「一言」。

「懷中電灯」是手電筒的意思。何以是「懷中」？理由不清楚。日語還有「懷中時計」，中文是「懷錶」。日語還有「懷中汁粉」的說法，是指將粉末放入碗裡，倒上開水，攪拌成糨糊狀，馬上就能食用。

日語有「難易度」一詞，經常用於各種考試。這個「難易度」一般接「上がっている」，如「今年は地方国立大学の入試の難易度が上がっている」（今年的地方國立大學考試的難易度上升了）。這裡說難易度上升了，是難度上升了，還是易度上升了？並不明確。但一般理解為難度上升了。

12. 值 630 萬日元天價的文字處理機誕生了

日本人為常用漢字立表最初是在 1923 年。前面已有提及，這裡再作一個便於記憶的統計：

1923 年當用漢字為 1962 字；

1942 年標準漢字為 2528 字；

1946 年當用漢字為 1850 字；

1981 年當用漢字為 1945 字；

2010 年當用漢字為 2136 字。

統計一下日本平安時期的漢字詞語：《竹取物語》（平安初期）有 90 個詞；《枕草子》（平安中期）有 720 詞；《今昔物語》（平安末期）有 1498 詞。這表明了當時漢語傳播的力度。

日本國立國語研究所室長宮島達夫，曾經發表過一份有趣的研究報告，題目為《從芥川獎獲獎作品看漢字的將來》。報告對《文藝春秋》上發表的作品做了調查。從第一回獲獎者石川達三的小說《蒼氓》到第九十四回獲獎者米谷文子的小說《過越之祭》中，取出一千字的段落來比較漢字字數的變化，並以 5 年為一個單位。結果是：

1935—1940 年是 340 個漢字；

1941—1945 年也是 340 個漢字；

1946—1950 年是 345 個漢字；

1951—1955 年是 318 個漢字；

1956—1960 年是 266 個漢字；

1961—1965 年是 263 個漢字；

1966—1970 年是 285 個漢字；

1971—1975 年是 270 個漢字；

1976─1980 年是 275 個漢字。

可以看到，漢字使用最少的年份是 1961─1965 年。這是為甚麼？宮島的解釋是 1950 年的當用漢字是 1850 字，1976 年的當用漢字是 1945 字，日本保守化的言語政策使得漢字在作家筆下仍然是「修養」和「學識」的象徵。

1978 年，是日本漢字史上必須要記住的一個年份。這年的 9 月，日本誕生了第一台文字處理機（日語叫ワープロ /wa─puro）：東芝 JW10 型號。機器重 220 公斤，大小如小型電子鋼琴，當時的價格是 630 萬日元。現在看來真是天價了。雖然該文字處理機只能打出 1850 個漢字，但這在當時已經是相當卓越的表現了。東芝之後，富士通、日立、NEC 等廠商也相繼開發相關產品。1980 年前後，各社開始獨自開發。五年後，這一帶來打字革命的文字處理機開始進入千家萬戶。結果，認為打字機不能打出漢字的漢字廢除論者逐漸偃旗息鼓，漢字熱在日本興起。到 1985 年，只要 30 萬日元就可以買到一台打字機。

從ワープロ打字到電腦打字，並沒有經過幾年的時間，但漢字的處理能力提升驚人，達到了 6500 字左右。這個數字是日本「常用漢字」的 3 倍，是ワープロ包含字數的 3.5 倍。即便如此，還是有很多漢字打不出來。如中國六朝時代的「竹林七賢」之一嵇康的「嵇」字，用日語電腦就打出不來，這讓研究六朝文學的日本研究家很是苦惱。再如以「色即是空，空即是色」著名的《般若心經》，雖然只有區區 270 個漢字，但用電腦打字，就有兩個字打不出來。

　　日本第一台文字處理機的誕生，對日本漢字的穩定起到了相當重要的作用。筆畫再多的漢字，打字都很容易。如「鬱」（うつ／utu）這個字，如果沒有打字機，有多少人能寫對？在日本患「鬱病」（憂鬱症）的人又特別多，這就苦了精神科的醫生，他們也只能用假名來表示病名。再如「顰蹙」（ひんしゅく／hinsyuku）這個詞，中文表「皺眉頭」之意，但日本人將其與「買」搭配一起，變成「顰蹙を買う」（討人嫌）。這是個使用頻率很高的短語，手寫的話非常麻煩。這樣看來是文字處理機和電腦拯救了漢字。不會寫的漢字，只要會讀，電腦就會幫你打出來，漢字書寫障礙已不復存在。電腦不滅漢字不滅。

　　但打字機也有打字機的問題，弄不好會出笑話。如「単身赴任」能打成「単身不妊」（因為日語讀音都一樣）。一個人單身在外工作，當然是不會妊娠（懷孕）的了。再如日本的五官科叫「耳鼻咽喉科」，但打字不慎會跳出「耳鼻淫行科」，原因也在於讀音相同。

13. 閱讀＝理解／書寫＝表現的交錯共存

　　海海海海海。

　　這是日本的「五海字」。這個「五海字」的創意在於其發音正好是日本假名五十音圖的「あいうえお」：第一個海讀作「海女（あま／ama）」裡的「あ」；第二個海讀作「海豚（いるか／iruka）」裡的「い」；第三個海讀作「海胆（うに／uni）」裡的「う」；第四個海讀

作「海老（えび/ebi）」裡的「え」；第五個海讀作「海髮（おごのり/ogonori）」裡的「お」。這是日本式的文字遊戲。

日本人也用漢字表示億以上的計數單位——

億、兆、京、垓、秭。

日本人也用漢字表示小數點以下的單位——

割、分、釐、毛、絲、忽。

日本人漢字漢文的創意，有時也很幽默地表現在「盜作」（剽竊）上。對誰的作品進行「盜作」呢？對夏目漱石的作品進行「盜作」。他的名作《吾輩是貓》（亦譯《我是貓》，吾輩は猫である）誕生之後，一些寫手們也模仿這個書名，生造出許多新詞。如：

《吾輩是蠶》（中谷桑實/1908 年）

《吾輩是馬》（エー・セウェル著　竹中武吉譯/1913 年）

《我輩是猿》（松浦政泰/1916 年）

《我輩是鼠》（與寶六/1923 年）

《我輩是犬》（林房雄/1953 年）

《吾輩水泡眼》（大響房次郎/1971 年）

《我輩是導盲犬》（小林晃/1987 年）

《吾輩是龜》（冬目隆石/1995 年）

原封不動照抄的有：

《我輩也是貓》（小室白也/1908 年）

《我輩也是貓》（高田保/1952 年）

《吾輩不是貓》（江戶家貓八/1983 年）

《吾輩也是貓》（赤塚不二夫 /1997 年）

《吾輩也是貓》（Miki 著　才園哲人譯 /2000 年）

日本人發揮想像力，跟在「吾輩」後邊的名詞並不限於動物名，「吾輩」還是「孔子 / 居侯 / 膠片 / 學生 / 水 / 人間 / 電氣 / 石油氣 / 靈 / 錢 / 電子 / 結核菌 / 毒雞蛋 / 愛滋病毒」等，五花八門，甚麼都有。

日本人的語言創意還在於：「偶像」的注音可以是「アイドル」，而「アイドル」的西文是「idol」；「合図」的注音可以是「サイン」，而「サイン」的西文是「sign」；「瞬間」的注音可以是「とき」（toki）；「運命」的注音可以是「さだめ」（sadame）；「あるがまま」的注音可以是「let it be」。有的時候漢字並不能表現全部，避免用漢字表述叫「避開漢字」。如，梅雨季裡開的一種花，日語用假名寫作「あじさい」（ajisai），對應的漢字是「紫陽花」三個字，漢字感覺非常美麗，但日本人還是喜歡用假名表示。一個理由是漢字表示限定了紫色，而假名的「あじさい」則使人聯想到紫色之外的粉紅色和藍色，也就是說，還有一種思考的可能性存在。再如「憎い」這個詞，是可恨可惡的意思，但也有「漂亮，令人佩服」的意思。所以日本人在寫這個詞的時候，一般避開漢字的「憎いね」而用片假名的「ニクイね」。

我們知道《萬葉集》是日語異體字的寶庫——收錄詩歌 4500 首，漢字量為 14 萬字。其中有一個「𪫧」字，引起了一番爭論。因為有這麼一首歌：

88

狹尾牡鹿乃　胷別尓可毛　秋芽子乃　散過鷄類　盛可毛行流

　　日本的中小學生為了學習國語，為了應付考試，都要細細研讀《萬葉集》。其中就有不少學生對這個字發出疑問，問是甚麼意思。後來《萬葉集》的研究者再三考證，確定這是當時人的誤寫。是甚麼字的誤寫呢？是「胷」的誤寫。這裡應該是「胸別」（むねわけ）。為甚麼會發生誤寫的呢？理由之一是 14 萬字都要手寫，難免寫錯。

「最大級」。用得很
順手。

あきかん
CANS ONLY
空罐儿
빈깡통

這是垃圾筒旁的指示。日本人也在捕捉中文
的語感。你看，空罐兒。這個「儿」字用得
很人性。但是在正規的告示甚麼的場合，這
個「儿」是輕率的。看來，中文對日本人來
說還是太難了。

「所要時間」的「所要」。中文難點之一的詞語日本人也用得很熟練。

在日本有《養豬界》的雜誌，而且還是月刊。這也是我們漢字本家所不習慣的。

將豐滿性感的女性表現為「超肉食系」，是日本宅男的一大新語發明。頭號目標當然是指向 AKB48 前成員的前田敦子等人。

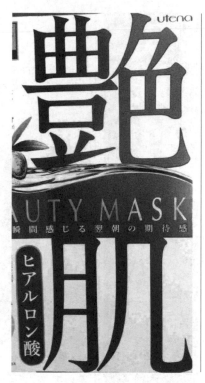

豔肌。豔麗的肌膚。肌膚何以是豔麗的？在我們這裡恐怕是語病吧。但日本的藥妝店，則打出耀眼的兩個大字。確實，語言的生命力在於創新。

何為「下見大歡迎」？如，訂飯店之前，先去飯店看看，這在日語裡就叫「下見」。不要誤認為是「下賤」的意思。

「募集」是中國漢語，「月極」是和式漢語。此處還有片假名、羅馬字、象形文。小小的方塊內，文字信息量大。

実践 快老生活

知的で幸福な生活

レポート

話題沸騰の
ベストセラー！

「快老生活」。快活的老人生活叫快老？日本人很喜歡將文字縮減成二字語。

お

期間
1/19

流氷
網走

網走市
流氷

日本人也很善用漢語中的字意連帶感。既然有嚴寒，那為甚麼不能有嚴選？嚴選還表明我們對食品的把關度。

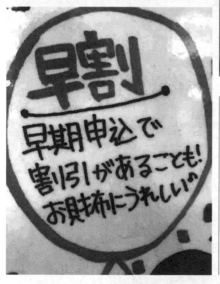

早割／學割／家族割／買替割／集中割，表明的是打折的意思。早點買早打折叫早割；學生買東西的打折叫學割；家族一起申請的打折叫家族割；以舊換新的買東西叫買替割；集中買幾種商品的叫集中割。這也是日語特有的表記方法。

「手頃」的旅遊。「手頃」這個用法在漢語裡是沒有的。在日語裡表示正好、適合之意。

鞋子的「三防」：防水／防寒／防滑。是專為中國遊客定製的？不是的。日語也是這樣說。

還有一種叫素肌感的。誰體驗過？

第三章　正確地喝下一碗味噌湯：「食、吸、啜、飲」中的層次感

1.　科長請客吃「夕飯」（晚飯）

晚飯在日語裡有多種說法──夕食 / 夕飯 / 晚御飯 / ディナー（deina-）

有一天，公司科長對員工說：

「今天加班後一起吃『夕飯』（ユーメシ /yu-meshi）」。

員工 A 說：「謝謝科長。但今晚我妻子已經在準備『晚御飯』（ばんごはん）了。」

員工 B 說：「科長，今天就算了。過幾天我們去吃王子酒店的『ディナー』。」

科長說：「好。今晚就不吃『夕食』了。」

這裡，科長對員工說「夕飯」，表明上下關係，科長是上，員工是下；員工 A 對科長不能說妻子已經準備「夕飯」，要尊敬地說「晚御飯」；而員工 B 說的「ディナー」，是要喝葡萄酒的西式餐食；科長最後說「夕食」而不說「夕飯」，是本想去日本料理的高級料亭的。

　　你看，請客吃頓晚飯，生出這麼多說法。這些就是長年累月的磨煉而形成的一種「心機」的表現。再如同樣是「解約」，在用法上也有微妙的區別。比如以下對話：

　　「先生、明日の夕食ですが、解約させてください。」

　　「解約……ああ、キャンセルですね。」

　　這個對話表明，取消晚餐的用語必須用外來語「キャンセル」（kyanseru）而不是漢字詞「解約」。「解約」一般用於銀行賬號的取消、租房合同的取消等，而諸如機票的取消、約會的取消等一般用「キャンセル」。

　　再比如「やさしい」（yasashii）這個詞，可以寫成「易しい」與「優しい」，但意思有很大不同。有一本書名叫《やさしい日本語》（岩波書店，2016 年），這本書是應該用「優しい」還是用「易しい」？作者在後記中說，二者都有。這正如歌手北島三郎的代表作《函館之女》，這個「女」字的發音是「ヒト」（hito）而不是「おんな」（onna）。還有如日本人常說的「うるさい」（urusai）（吵鬧 / 煩人），其打頭漢字可以寫成「煩い」。中世[1]的日本，貴族們把「うるさい」寫成「右流左死」，暗指被貶的菅原道真怨靈作祟。明治作家坪內逍遙因嫌夏天的蚊蠅煩人，便寫成「五月蠅い」。現在的日本年輕人則把它寫成「八月蟬い」，指向了季節感的蟬聲禪心。日本語學家說「八月蟬い」一詞被字典收編的可能性很大。

---

[1]　指十二世紀末的鎌倉幕府至十六世紀室町幕府滅亡這一時期。

2. 食‧吸‧啜‧飲與味噌汁

「味噌汁」和動詞搭配？日本不同的地方搭配的動詞也不同。

一共有四個表示食用的動詞：食べる／吸う／啜る／飲む。

打頭的漢字就是：食‧吸‧啜‧飲。

味噌汁を○○？用甚麼漢字表示為好？日本全國調查的結果是：

味噌汁を食べる——山口縣、香川縣、愛媛縣與和歌山縣的一部分。

味噌汁を吸う——東北的秋田縣、山形縣，關西的三重縣、滋賀縣，九州的佐賀縣、熊本縣、大分縣等，此外還有千葉縣、石川縣、高知縣。

味噌汁を啜る——青森的八戶，茨城縣，埼玉縣，滋賀縣的一部分。

味噌汁を飲む——日本全國使用。

同樣是液體食物，送入口中的動作有微妙的不同，語言的表現也就有所不同。日本人的細微之處可見一斑。因為味噌汁是家常食物，各地放的佐料也不同，所以說法也不同。但是日本嚴格限定「啜る」的使用範圍，這是因為「啜」要發出聲音，影響周圍用餐的人，故日本人不說「スープを啜る」，而用「食べる」或「飲む」。

再來看看日本人寫信、寫賀年卡的稱謂：

樣、殿、先生、御中、気付

這些漢字究竟如何使用？在日本很有講究。

「樣」是一般的用法。不問男女、尊卑，屬於使用廣泛的敬稱。

「殿」主要用於男性中的同事和地位比自己低的人。原本「殿」屬於敬意很高的漢字，但隨着室町時代「樣」的登場，「殿」的尊敬程度有所下降。所以不加思量亂用「殿」的話，有時會造成失禮。但是在政府部門和公司的文書裡，「殿」的使用還是很廣泛的，這是明治以來的慣例。為了明確區分公與私，在機關名和職位名後面必須帶上「殿」，如「教育委員會　殿」。東京入境管理局發放的「在留期間更新許可申請書」表格上，開頭就有「入國管理局　殿」字樣。

但如果是對自己的恩師，用「○○樣」好呢，還是用「○○先生」好？

從尊敬度來看，「先生」與「樣」屬於同等的敬稱，可用於教師、醫生、各類師傅等，所以「○○先生」的表述是適當的。但是，2005 年日本文化廳的一個調查表明，70% 的人認為在「先生」稱呼的後面也可接「樣」。這表明在越來越多的日本人看來「先生」僅僅是個職業稱呼而不是敬稱。所以應該在「先生」的後面再加上「樣」，如「○○先生　樣」。

「御中」用於公司或團體名的後面，表明不是寄給特定的人，而是這家公司或團體中的任何人都可以閱讀，如「朝日新聞社　御中」等。

「気付」是和製漢語，意思相當於英語的「care of（c/o）」，用

例如「○○旅館気付 □□ 様」。這是由○○旅館轉交給□□樣的意思。

3.　御蔭樣 —— 為甚麼要託您的福？

再看看「不具合」這三個漢字詞，日本人的用法也是很有趣的。

日本人常說：「電腦發生了『不具合』（huguai，不穩定／不順暢）現象。」江戶時代的辭書《詞葉新雅》就有「フグアイナ」（huguaina）的詞條，表明這個詞很早就有了。據最近的調查，日本產業界最早使用「不具合」這個詞是在昭和二十年代中期的飛機維修現場。之後用於公交電車和家用車，再之後電腦業也開始廣泛使用這個詞。日本三大報社（讀賣新聞、朝日新聞和日本經濟新聞）調查了 1985 年到 2001 年「不具合」一詞的使用頻度。使用頻度開始顯著增加是在 1994 年，增加傾向更為明顯的是 1999 年。1994 年，日本制定了「製造物責任法」（PL 法），該法規定如果是因產品缺陷而造成事故，要追究製造方和企業方的責任。面對這一責任非常明確的法規，製造方和企業方開始頻繁使用「不具合」這個詞。1999 年因電腦轉換程序上的「2000 年問題」，大批電腦經常出現意想不到的使用上的故障，「不具合」這個詞成了當時電腦行業的口頭禪。2001 年，日本汽車廠商隱瞞剎車問題，商品住宅缺陷問題被曝光，「不具合」在社會上的使用頻度就更高了。不用含義清晰的「欠陷（缺陷）」一詞而選用意思含糊的「不具合」一詞，有故意隱瞞故障、逃避責任的嫌疑。

更有意思的是「御蔭様 / おかげさまで」（okagesamade）。

日本人在表示感謝的時候必須使用的一句客套話就是「おかげさまで」（託您的福）。如果問：你最近如何？對方回答一般就是「おかげさまで」。為甚麼是託他人的福呢？他人為自己做了甚麼？並不明確。「おかげさまで」若用漢字表示的話就是「御蔭様」。為甚麼是「蔭」呢？原來，「蔭」（陰）的另一面是光，陰與光是一個整體，那麼光的另一面就是陰，是被光守護着的陰。這個思考方式就是平安時代的「藉助神佛加護」。所以，帶有敬意的「御」加上「かげ」，就造出了新詞。這個詞包含了「神様のお助け」的感恩的意思。再之後，發展到不僅是對神佛本身表示感謝，對一般人的受恩與施恩行為，也有了同樣的表示感謝的心情。到了江戶時代，「おかげさま」就定格了。

有意思的是在 2006 年 2 月，NHK 電視台對 20 歲以上的人群做了一個調查。問：對沒有直接關照過自己的人說「おかげさまで」，有何想法？83% 的人回答「沒有問題」，但是有不少 20 多歲的年輕人回答「有問題」，認為對沒有直接給過自己關照的人說這句話總感覺怪怪的。當然現在這句話成了日本人的口頭禪。

與「御蔭様で」（おかげさまで）相對應的是「失禮します」。這個「失禮」並不是真的「無禮」和「失禮」，也不是真的道歉，只是一種謙虛的說法。電視節目最後結束時，主持人總會說上一句「失禮します」。在職場，有誰提早離開公司也一定要說「お先に失禮します」。一個「御蔭様」，一個「失禮」，日本人用漢字將自

己的思考方式還原成了一種感恩報恩的行為模式。

穿在鞋裡的襪子，為甚麼叫「靴下」？這也困惑了不少人。

襪子日語叫「くつした」（kutushita），漢字表示為「靴下」。穿在鞋裡的襪子，為甚麼要帶個「下」字？人的身體的確是從腰部開始分上半身與下半身的。西服在日語中的另一種表述「上下一揃」，也是這個意思。確實，「下」表示低位，但還有被包裹起來或物體的內側的意思。如貼近肌膚內側的叫「下」，朝向外側的叫「上」。日語有「下着」一詞，就是「內衣」的意思。表明不分上半身和下半身，只要是貼近肌膚的服飾就叫「下着」。同理，「靴下」也是表示鞋的內側最貼近肌膚的部分。日語裡還有「上着」一詞，表示外套。日本的和服也分緊縮外側的「上帶」和緊縮內側的「下帶」。

在古代萬葉時代的日本，有一種用布料縫起來的覆蓋從腳尖到腳部的「下沓」（したぐつ /shitagutu）。之後又出現了用布或皮縫成的分開腳趾的「足袋」。現在日本人穿的有伸縮性的「靴下」，則是江戶初期從葡萄牙傳入的「進口貨」。據記載，日本最早穿「靴下」的是水戶黃門德川光。1959 年在他的個人藏品中，發現了與現在形狀相同的「靴下」，當初叫「メリヤス足袋」。這個「メリヤス」表示棉或毛的編織物，詞源是葡萄牙語的「meias」和西班牙語的「medias」。很有可能江戶時代的「靴下」就叫「メリヤス」（meriyasu）。

還有「留守」這個漢字詞，到底是在還是不在？

「留守」這個詞，現在日語中表示「不在家」「出門」的意思。日本的 NTT 電信公司在 1977 年推出固定電話「留守」錄音：

ただいま留守にしております。ピーという発振音が鳴りましたらお名前と御用件をお話し下さい。

中文大意：現在正好外出。聽到「嗶」聲後，請留言告知姓名和事由。

「留守」這個漢字詞來自中國，皇帝不在京城的時候，代替執政的人叫「留守」。再如戰爭期間的「留守部隊」、出國潮中的「留守女士」，字面也是「留下來守衛」的意思。日本奈良時代的《續日本書紀》裡，也有「朝臣藤原仲麻呂為平城留守」的句子，表明那個時候的「留守」用法與中國相同。但到了鎌倉時代，「留守」就有了現在的用法，表示「不在家，外出」等。進入江戶時代，出現了「被他事煩擾了心情，難以平靜」的用法，如「手もとがお留守になる」就是一例。值得注意的是在「留守」前面帶上一個假名「お」，表達的意思有所變化。日語裡也有「不在」這個詞。如快遞上門送貨遇到家裡沒有人的時候，會在郵箱裡放一張「不在票」。這個「不在」顯然是指不在家或不在這個場所的意思。

4. 忘年會還是年忘會？

在日語裡，「天気」主要是指「晴天還是雨天」等等，「天候」則包括氣溫、濕度、風向等在內；「一時」表示 6 小時以內，「時々」表示 8 小時以內；「元日」指新年第一天，也就是 1 月 1 日，「元旦」

則是指 1 月 1 日的早上；與「客間」相比，「応接間」給人以洋氣的感覺，而「応接室」則讓人聯想到公司裡人為隔出來的小小空間。

　　桌子在日語中叫「机」（つくえ /tukue），使用範圍較為廣泛。片假名的「デスク」（desuku）則是指企業裡辦公用的桌子，學校和家庭一般不使用「デスク」這個詞。「貯金」是存款之意，但在日本一般表示往郵局存款，所以有「郵便貯金」一詞，中文是「郵政儲蓄」；同樣是存款之意的「預金」，則基本是表示往銀行裡存款，如「銀行から預金を引き出す」（從銀行提取存款）。

　　再如「時刻」，是指時間的一點，瞬間的一點。如車站的電車時刻表日本人叫「時刻表」。「時間」則是指時刻與時刻之間的「間」。日本人常說「もう時間です」（時間到了），這裡的時間就是觀念上的間。如現在是下午三點，現在是晚上八點。為甚麼是三點而不是五點？為甚麼是八點而不是六點？這還是用先驗的觀念設定的緣故。日本人將其稱之為「時間」。

　　「艶」，日語讀作「つや」（tuya），指人的肌膚、頭髮、水果、傢具等柔和之物的影像。而日語有「光沢」二個漢字，則是指金屬類、寶石、陶瓷器、玻璃器皿等堅硬之物表面的反射之光。此外，由於有柔和之感，「艶」字又生出了風流韻事的含義，如「聲に艶がある」（帶媚氣的聲音），「芸に艶が出る」（帶情事的藝術）等，而「光沢」沒有類似含義與用法。

　　「転居 / 転宅」讓人聯想起個人居家的搬遷，「移転」則多用於公司和事務所搬遷。「啞然 / 呆然」狀態相似，但前者更具瞬間性，

後者具有持續性。「安心／安堵」，前者指從最初就具有的狀態，而且這個狀態可以持續，後者則是在所擔心之事消失時用。「住宅／住居」，同樣是指建築物，但後者指較為集中的生活場所，帶有中文的「住宅小區」之意。「永久／永遠」幾乎是同一意義，但「永遠」有超越時間的感覺，常用於讚美的場合。不能用「永遠」二字代替的有「永久齒」「永久磁石」「永久追放」等，可以看出「永久」是沿着時間之軸來思考來定位事物的。此外，日語漢字裡還有「素裸」和「真裸」的說法，前者有最後一件內衣也被脫下的非連續性到達之意。相對「素裸」，「真裸」是諸如浴巾慢慢錯位最終袒露的一種連續性接近。

日本年末最走紅的「忘年会」這個漢字組合，出現在明治時代。那時領到獎金的新政府官僚在年末要熱鬧一番，便舉行宴會。那個時候的文獻記錄裡已經有「忘年会」三個漢字了。動詞在前的「忘年」這個語序顯然是中文的。如中文有「忘年交／忘年友」等的說法。日語的語序應該是「年忘会」，名詞在前動詞在後。這樣來看「忘年会」是日語漢字用法的一個特例。表明這個「年」與時間及年齡無關，而僅僅是聚會喧鬧，送走疲勞的一種形式而已。

5. 造詞中的「越來越……」要素

日本漢字詞彙中有「愛慾／情慾／色慾」的表示。

從語意上說並沒有太大的差異。但越往後，程度越深，有「越來越……」的感覺：愛慾→情慾→色慾。人「慾」就是一個不斷

升級的過程。如果再添加性慾→淫慾→肉慾→獸慾的話，「越來越……」的思考傾向就更明顯了。雖然後面的一個漢字都是「慾」，但前綴的漢字形象則有不同：愛→情→色→性→淫→肉→獸。有越來越惡，越來越壞的感覺。

再如：仕返し→返報→報復→復讐。感覺越來越重，程度越來越深。筆畫越來越多，當然也就越來越繁雜。

再如日本中學生考試時經常出現的一道國語試題：

① 喧喧囂囂──けんけんごうごう /kenkengougou

② 喧喧諤諤──けんけんがくがく /kenkengakugaku

③ 侃侃諤諤──かんかんがくがく /kankangakugaku

④ 侃侃囂囂──かんかんごうごう /kankangougou

這①─④，何為真熟語？何為假熟語？標準答案則是：①為喧鬧之意；③為侃侃而談之意；②為①的混合語；④為③的混合語。也就是說，①與③是正確的。這道考題，就是測試考生造詞時的「越來越……」的要素。

以前宮中女官們所使用的「女房詞」，從一開始的隱語到現在公開使用，也是心路歷程的慢慢顯現。如「からだ」（karada）與「身体」，「わな」（wana）與「罠」，「しぶき」（shibuki）與「飛沫」，「昼寝」與「午睡」，「誤り」與「誤謬」，「もろい」（moroi）與「脆弱」，「隔たり」與「懸隔」。如果比較的話，顯然前者的和語詞要比後者的漢語詞來得柔軟和貼心。在感覺上，後者帶有堅硬的回響聲。

「小便／小水／小用」。日本人異想天開地說「小用に立つ」。

這就是日語造詞的有趣之處了。在造詞時，和語詞一般在詞頭添加「お」，變成美化語，如「お塩 / お砂糖 / お酒 / お機」等。漢語詞在詞頭加「御（ご）」，如「ご結婚 / ご入場 / ご観覧」等。有時也有例外。日本人習慣說「お紅茶」而不說「ご紅茶」。外來語一般不加「お」或「ご」，但也有例外。如日本人有說「おビール」的。顯然，這些都是「越來越……」的要素在起作用。

6. 漢字何以成了套語？

在日本人的結婚儀式上，司儀總是會說「若輩者」「御協力」「御指導」「御鞭撻」「御盛榮」「御健勝」等套話。民俗學家柳田國男有一次回憶說：上小學的時候，作為套路，晴天的語言是隨口而出的。如寫作文時大家都是「此日天氣晴朗」「燈下に此記を作る」的套句。老一輩的日本人一想起日本海海戰，就會蹦出「天気晴朗にして波高し」的套句。

從歷史上看，日本戰爭指導者們的用語，更是套話連連——侵略用「進出」，退卻用「轉進」，全滅用「玉碎」，戰敗用「終戰」，佔領軍用「進駐軍」，軍隊用「自衛隊」等，導致留下歷史認識問題的禍根。日本雜誌《航空少年》（1944 年 6 月號）有這樣的報道：從美國「最新銳」的 B29 轟炸機「巨體」中噴發出「毒血」般的火焰。這是侵略「神州」的「最後的身姿」，也叫「米鬼」。這是 B29 的「醜態」，在山中被「擊墜」的 B29「殘骸」，表明了「美國的末路」。你看，日本人要徹底罵倒對方，也必須用上漢字的套話：「毒血 / 米

鬼／醜態／擊墜／殘骸／末路」。

　　一個漢字不同的讀法，也是一種思維兩面性的顯現？或者是精神多義性的急頑？

　　建前與本音／表與裡／外與內／公與私／大義與私情。「謹賀新年」是漢語詞；「明けましておめてとうございます」是和語；「ハッピーニューイヤー」是外來語。「日本」本身的讀音也有「ニホン」（nihon）和「ニッポン」（ni-pon）兩種。一個國家的名字有兩個發音，不奇怪嗎？日本人非但沒有感到奇怪，而且還十分清晰地區分了兩種不同的「日本」：「ニホン」的讀法，用於日本民族、日本語、日本刀、日本庭園、日本文化等方面；「ニッポン」的讀法，用於體育比賽的「日本加油」「日本必勝」等，還用於體育日本、經濟大國日本、日本男子等固有名詞。日本國內在「二戰」前和「二戰」中都基本使用「ニッポン」的讀法。戰後的日常生活基本都用「ニホン」的讀法。前者的特點是叫得響亮，屬於力量型，也就是說與其他國家相比為了特別強調「日本」的時候而用「ニッポン」的發音。如果不特別強調的情況下則用「ニホン」的發音。

　　用電腦敲鍵盤，「いっかげつ」這個讀音，至少有以下七種表示：

　　一ヶ月／一ケ月／一カ月／一カ月／一か月／一個月／一箇月

　　過新年，日本人不可缺少的是「おせち料理」，寫成漢字的話就是「御節料理」。「かわいい」（kawaii）的漢字是「可愛い」。「か

わいそう」(kawaison)的漢字是「可哀相」。雖屬同源，但一旦用「愛」與「哀」將其分開使用，其意就截然不同。在戰前，皇室的敬語一般都用複雜的漢字。但在1953年宮內廳發佈了一個告示，要求將皇室敬語也控制在普通的用語範圍內。比如「玉体／聖体」可以用「おからだ」(okarada)表示；「竜顔／天顔」可以用「お顔」表示；「宝算／聖寿」可以用「お年／ご年齢」表示；「叡慮／聖旨」可以用「お考え」表示；「敕語」可以用「おことば」(okotoba)表示；自稱的「朕」用「わたくし」(watakushi)來表示。以前日本法律設有不敬罪。1946年5月1日，有人在皇宮廣場上打出「飯米獲得人民大会」八個漢字的橫幅，言下之意是天皇使得我們陷入貧困，所以向天皇要「飯米」。於是這個人以「不敬罪」被起訴，但隨着新憲法的公佈，依據大赦令而被赦免。

7. 日本人對漢字的較勁

日本人對漢字的較勁，有的時候令我們漢字本家也臉紅。

先祖與祖先——日本人說所謂的先祖，就是指從祖父母曾祖父母等前前代系列中可以追尋的對象。所以日本有「先祖代々」的說法。先祖倒過來是祖先。所謂祖先在日本人的眼裡則是屬於民族史和人類史的範圍。總之，先祖是個人性的可追尋的，祖先則是民族性和集團性的。

將來與未來——日本人說將來是指個人的10年後20年後的事情。如就職問題、老後問題就屬於將來性的問題。而未來則是

指集團的更為遙遠和抽象的大問題。如宇宙人襲擊地球人、環境污染毀滅人類等。如果說將來是小視野，那麼未來則是大視野。

罰（バツ/batu）與罰（バチ/bati）——同一個漢字，發音不同。發音的不同，意思也有微妙的不同。罰（バツ）是漢音，罰（バチ）是吳音。日本老人說：「ものを粗末にするともったいない、バチがあたる。」（不愛惜東西會遭罰的。）這裡的「罰（バチ）」是主觀自帶的。學校老師說：「罰として廊下に立っていなさい。」（罰你到走廊裡站着。）這裡的「罰（バツ）」是學校老師下達的。老師之所以要下罰，一定是這位學生有意或無意地觸犯了校規這個人為的公共意識。也就是說「罰（バツ）」一定是有懲罰者的，而「罰（バチ）」則一般沒有懲罰者，它屬於天意的報應之類。這個天意可以是神佛，也可以是先驗的約定俗成的觀念。這就如同不愛惜東西神佛會發怒一樣。

這樣來看：

A	B
先祖（個人的，近的）	祖先（集團的，遠的）
將來（個人的，近的，具體的）	未來（集團的，遠的，抽象的）
罰（バチ）（私的，現象的）	罰（バツ）（公的，人為的）

總之，A 屬於感覺的個人的，B 屬於理論的集團的；A 屬於有體感的，B 屬於沒有體感的。這就如同和語說「頭が痛い/骨を折る」，漢語詞說「頭痛がする/骨折する」一樣，前者具有抽象的連帶，如「息子のことで頭が痛い」（兒子的事令我頭疼）。後者則

沒有這方面的連帶感，表現的是自己本身。這表明日本人對漢字本意的解構進入了漢字本體的解構。

8. 村上春樹的「小確幸」

村上春樹寫文章說他曾對上門要他訂閱報紙的推銷員說：「我不認識漢字。」但是，這位用「我不認識漢字」為由婉拒訂報的作家，也確實創造了一個在中國走紅的漢字詞語「小確幸」（しょうかっこう /syouka-kou）。拒絕訂報，是因為不想每天看到報紙上那些無厘頭的煩心事，同時也省錢了，村上感到「小確幸」了？如是這樣，村上的「小確幸」也太小市民了吧。

何謂小確幸？村上的解釋是雖小但確實的幸福感（小さいけれども、確かな幸福）。這就像是耐着性子激烈運動後，來杯冰涼啤酒的感覺；這就像把自己的內褲疊放得整整齊齊放入抽屜的感覺——這就像摸摸口袋，居然還有兩個硬幣的感覺；這就像電話響了，拿起話筒聽出是剛才想念的人。這種感覺持續的時間在 3 秒到一整天不等。村上還熟練地念起「雞湯」經，說要是少了這種小確幸，人生只不過是乾巴巴的沙漠而已。

問題是這個「小確幸」並沒有在日本走紅。日本人沒有感到這個詞有甚麼特別新鮮之處。因為早在 1000 多年前，那位靈性地說出「月是蛾眉月」的清少納言就在《枕草子》裡寫了很多很多的小確幸。所以在日本人看來小確幸的源頭並不在村上這裡，他只不過用自己的生活方式實踐了這種小確幸而已。有感覺的倒是中國人。

這是為甚麼？可能是習慣了「高大上」的中國人，可能是習慣了「海闊憑魚躍」的中國人，突然面對一個活在當下的實實在在的「小確幸」，反而有一種無所適從、霧裡看花的新鮮感。就像在路邊採摘了一朵小花，儘管是無名的，但其鮮潤色香同樣令人喜愛一樣。

　　但不管怎麼說，在當代日本的寫手中，村上恐怕屬於對漢字感覺不太靈的也不太上心的小說家。有一位 52 歲的女性公司職員曾發電子郵件給村上說：「我記得您曾經在哪篇隨筆裡說自己不會寫『挨拶』（打招呼之意，是常見的日語漢字）這兩個字。現在會寫了嗎？」村上居然還回覆了，說自己偷懶沒有練習，仍然不會寫。20 世紀 80 年代的影星夏目雅子曾對作家伊集院靜一見傾心，理由很簡單，只是因為他能流暢地寫出「薔薇」兩個筆畫繁多的漢字。依此類推，村上寫不出「挨拶」二個漢字，也是沒有女影星能一見傾心於他的一個理由？

　　但不可否認村上是一個玩弄漢字「僕」（ぼく /boku）的高手。他的小說中都有一個用各種思考和各種行為的面目將自己表現出來的「僕」（我）。這個「僕」所代表的「我」與其說最接近英語中的「I」，還不如說最接近中文漢字裡的「吾」。毫無疑問，恰恰是「僕」這個漢字構築了所謂的「村上文本」。如《挪威的森林》裡的「僕」，就多次在孤淒的夜晚「マスターベーション」/masuta-be-syun（手淫），這是否就重疊了村上自己的青春時代？令人注目的是這裡他還洋氣地用了洋名「マスターベーション」，而不用稍顯土氣的「自慰」二個漢字。

9.「□肉□食」，填兩個漢字

日本小學的漢字考試有這麼一道題目：「□肉□食」，填兩個漢字。

於是有小學生填一個「燒」字，一個「定」字，就變成了「燒肉定食（烤肉套餐）」。老師當然打 × 了。答案應該填「弱／強」二字，成「弱肉強食」的四字熟語。那麼要問：為甚麼「燒肉定食」就不能成為四字熟語呢？日本學者橋本陽介在《破解日語之謎》（新潮社，2016 年）中說：問題在於形態的緊密性這點上。「燒肉」與「定食」從內容上看並不具備獨立的要素。而是連在一起形成「燒肉的定食」或「燒肉的好吃定食」。表明燒肉與定食之間可以分離，可以放入其他要素。而「弱肉強食」中的「弱肉」與「強食」是不可分離的。這種形態上的緊密性也就決定了在邏輯上不能說成「弱肉的強食」或「強食的弱肉」。「弱肉強食」最初出自唐朝韓愈的《送浮屠文暢師序》裡的「弱之肉，強之食」。這裡在弱肉與強食之間放入了「之」字，表明不屬於形態的緊密性範疇，只是一般的文字表達而已。但在語義上發生變化是在達爾文進化論開始流行的近代。契合西文的邏輯，日本人將其固定成了四字熟語。那位小學生填寫成「燒肉定食」，從字義的邏輯面看未必是不通的。如有人問：你今天中午吃了甚麼定食？答：敍敍苑的燒肉定食。有問題嗎？沒有。但這道考題顯然是想考查小學生四字熟語掌握的熟練程度，這裡面就有一個形態緊密性與要素不可還原性的問題。所以從這個角度看，日本人學漢字漢文，其思路和着手點又

有與我們不一樣的地方。

　　再如雞蛋。日語中有兩種漢字表示：「玉子」和「卵」。沒煮過的用「卵」，烹飪之後用「玉子」的傾向比較明顯。所以在日本的超市裡，雞蛋要麼用「卵」表示，要麼用假名「たまご」表示，很少用「玉子」來表示。而料理店裡則用「玉子」表示，如「味付玉子」、壽司店裡的「玉子焼」等。之所以不用「蛋」這個漢字，是因為「蛋」字下面的「虫」字令日本人生厭，有不想碰的感覺。「蠱」這類字，只要看上一眼就心生討厭。這種語言中的宿力，日本人叫「言靈」。日本人相信單個詞語裡潛伏着生命力，而在生命力中又沾附着某種內在的神靈。日本人常說自己的日語是「美しい日本語」（美麗日語），從單向性上看，這個美麗日語的形成，就與日本人的「言靈」信仰有關。日本學生不太喜歡「親鸞」（日本鎌倉時代的僧侶，淨土真宗的開創者）這位聖人，一個原因就是這個「鸞」字太複雜，至少有 30 畫。但反過來，這位聖人用「鸞」字取名，與其他僧侶比，恐怕更有學問吧。日本人就是這樣對漢字進行聯想的。

　　再說說貨幣的「圓」字。中國貨幣的單位在過去用「両」。晚清的時候，鑄造出圓形銀貨，貨幣的「圓」字開始盛行。受中國影響的日本在明治維新之後，決定日本的貨幣單位也用「圓」這個字。但這個字筆畫較多書寫不便，於是日本人想起平安初期的僧侶們曾在「口」字內加一根豎線的寫法。當時的空海和尚就曾使用過這個字。這個字到了室町時代，慢慢變成了「円」這個字。也就是說將口下面的一根橫線往上提了。1946 年的當用漢字表裡

收入了這個「円」字。從「圓」到「円」，從繁到簡，這是手書時代的原則，便利性第一。但當今電腦時代，漢字又有從簡到繁的趨勢了。

日本人使用率最高的「よろしく/yoroshiku（宜しく）」這句話裡有一個「宜」字，但偏偏 2010 年 11 月改定的「常用漢字表」中，沒有認可這個「宜」字。沒有認可是一回事，但在日常生活則又少不了這句話。於是有日本年輕人將「宜しく」寫成「夜露死苦」。喜歡數字的日本人則寫成「4649」。而一查來源，才知道江戶年間的作家龍澤馬琴在小說《南總里見八犬傳》裡，就已經有「四六四九」（よろしく）的寫法了。

日本人的語言細膩還表現在災害用語上。有公園貼出地震後該做些甚麼的告示——

「容器をご持參の上、中央公園にご參集ください。」（帶上容器到中央公園集合。）

從格式上看句話屬於非常標準的公文體，但對非漢字圈的外國人來說，除了「中央公園」四個字之外，其他意思都很難明白，故作為災害用語是不太合適的。這句話如改成「入れるものを持って、中央公園に集まってください。」從原本的 11 個漢字縮成 7 個漢字，這樣非漢字圈的外國人也能看懂災害用語了。看來，漢字有時也有漢字之「愚」。日本人注意到了這點，並加以靈活的修正與調整，表現出語言自信。

10.　「月極駐車場」之謎

一字多音，是日本漢字的一個特點。如一個「生」字，由於搭配不同，至少有以下 18 種常用讀法：

生憎（あいにく）/ 往生（おうじょう）/ 生粋（きっすい）/ 生業（なりわい）/ 生簀（いけす）/ 芝生（しばふ）/ 晚生（おくて）/ 弥生（やよい）/ 麻生（あそう）/ 生田（いくた）/ 羽生（はにゅう）/ 壬生（みぶ）/ 相生（あいおい）/ 福生（ふっさ）/ 生糸（きいと）/ 一生（いっしょう）/ 先生（せんせい）/ 生さぬ仲（なさぬなか）

這樣看，日本人讀錯漢字應該也屬正常的。誰能記住「生」這麼多的發音？再比如「御用達」這個詞，表示向皇宮進貢之意。日本有的糕點店內寫有「宮內庁御用達」字樣，表示這家店與天皇家的關係。日本人想當然地將這個詞讀成「ごようたつ」（goyoutatu），但正確的讀法是「ごようたし」（goyoutasi）。這裡的「達」不念一般的「たつ」而念「たし」。此外，將「既出」（きしゅつ /kisyutu）錯讀成「がいしゅつ」（gaisyutu），將「遵守」（じゅんしゅ /zyunsyu）錯讀成「そんしゅ」（sonsyu），將「老」（しにせ /sinise）錯讀成「ろうほ」（rouho），將「雰囲気」（ふんいき /huniki）錯讀成「ふいんき」（huinki）的日本人還真不少。

最為典型的是「月極駐車場」（按月交費停車場）中「月極」二字的讀音。在日本到處都可以看到「月極駐車場」這幾個字。日本人從小開始就會將「月極」自然地讀成「げっきょく」（ge-kyoku），但為甚麼偏偏是讀「つきぎめ」（tukigime）呢？原來從江戶時代開

始，「極」這個漢字有了「きめる」（kimero）的讀音。在「二戰」前「決/極」二字在使用上是無區別的。但在「二戰」後，「きめる」這個發音就限定於「決」字，如「日を決める」（決定日期）。而「極」的讀音則限定為「きわめる」，如「贅沢を極める」（窮奢極侈）。現在的學校也只教授學生「決める」，不知道還有個「極める」這個古舊用法沿襲至今。在日本，只有北海道和高知縣用「月決め駐車場」的字樣。但感覺上日本人還是喜歡「月極」這兩個漢字。

11. 日語漢字的視線

漢語是「賢妻良母」，日語是「良妻賢母」。這裡有賢妻與良妻、良母與賢母的對照。作為妻子的資質，中國人希望是賢惠的，日本人希望是善良的。而作為母親的資質，中國人希望是善良的，日本人希望是賢惠的。賢與德有關，良與心向有關。漢語的「賢內助」，日語是「內助功」。可見，同樣是表揚妻子，着重點不同。漢語是「領獎台」，日語是「表彰台」，前者是選手的視線，後者是頒發者的視線；漢語是「廣告牌」，日語是「看板」，前者是廣告方的視線，後者是過客的視線；漢語是「參觀須知」，日語是「利用案內」，前者是對參觀者限定的視線，後者是既有對參觀者的要求又有設施方的介紹等混合視線；漢語是「多才多藝」，日語是「多藝多才」，前者是因果順，因為多才所以多藝，後者是分別順，多藝和多才屬於不同的能力。還有諸如：

乳母車－嬰兒車　陸上競技－田徑比賽　婚禮寫真－婚紗

照　食器棚—碗櫃　成金—暴發戶　正月映畫—賀歲片

前者是日語，後者是漢語。兩者對漢字的實用與巧用，只能說是各有千秋，各有所長。日本報紙裡經常出現的法律用語「昏睡強盜致死」。顯然「昏睡」是指被害女性，「強盜」與「致死」是指實施犯罪的犯人。日本人常用「入學拒否」的說法，這裡的「入學」是指學生，「拒否」是指學校方。還有日本人喜歡用「合格發表」的說法，這裡合格的是「學生」，發表的是「學校」。這種主客體同時混用的漢字結構，在我們的漢語中是看不到的。如果漢語要表達「合格發表」的意思，則是用「錄取通知」或「發榜」的表述。還有日本語的「改札口」涵蓋了漢語「檢票口」和「剪票口」的雙重意思。「檢／剪」含義雖不同，但日語在這裡顯然是無視了這種不同。雖然顯示出無視，但「檢／剪」的功能依舊存在。

中國人說「白髮三千丈」。三千丈約 9 公里。白髮怎麼有 9 公里長呢？顯然是誇張的表現。中國人喜歡用「千」字。如一落千丈、千層糕、千層餅、千里香。還有以前廣告詞裡的「包治百病」。這個用法日本人是吃驚的。因為百病就是指所有的病了，一種藥能包治所有的病？日本人說孔子也是類似的表述。如孔子說「聞韶樂，三月不識肉味」。這裡的「三月」可能就是三日。還有我們喜歡用「一衣帶水」來表述中日之間的距離感。中國與日本確實是近鄰，但東京到上海的距離是 1900 多公里，飛機要飛近三小時，這怎麼就是一條紐帶的寬度呢？日本人說酒豪，中國人說海量。像海一樣的酒量，日本人說這太誇張了。漢語可以說：那家店很

火/他很牛。但日語就不能直接用「火」或「牛」來翻譯。中國人喜歡用動物表現。如生龍活虎，龍飛鳳舞，望子成龍。龍/虎/鳳是中國人的最愛。

12. 在日外國人最喜歡的 10 個漢字

　　據 2014 年的統計，在日外國人最喜歡的 10 個漢字分別是：

美　風　道　響　夢　旅　働　愛　花　進

　　為甚麼是這 10 個漢字呢？仔細分析的話，這 10 個漢字都屬於功利和現實的即物性漢字。其實，日語在某種意義上就是一種講究實效的「即物性」語言。它總是用「濡羽色/東雲色/照柿色/納戶色」將自己裹裝起來，顯得優雅有度。而這「四色」恰恰又都是日語漢字。在物品的量詞方面，液體用「杯」，平面物體用「枚」，棒狀物用「本」，壽司用「貫」，兔子用「羽」。在植物顏色名方面，漢字用「藍/柿/淺蔥/芥子/亞麻」等。在動物的色名方面，漢字用「狐/孔雀/老鼠/朱鷺/駱駝」等。在一般物體的顏色名稱方面，漢字用「灰汁/瑠璃/煉瓦/珊瑚/水」等表現。當然還有「紅富士/一斤染/江戶紫」等。僅與粉紅有關聯的色名，漢字就有「桃/洗朱/桃花褐/一斤染/薄曙/薄珊瑚/淡紅/梅鼠/桃染/朱華/紅梅/撫」。

　　日語的這種即物性使得以心傳心的感性情感特別發達。從情緒性出發生出龐大的擬聲語和擬態語。一二三，日本人念英語時的發音是「ワン・ツー・スリー」（wan・tu-・suri-）。很不準，

但有擬音的日式味。

　　和語說：人が道を步く。和漢混交語說：通行人が道路を步行する。詞與辭，前者是漢語，後者是和語。誰厲害？當然是詞厲害。後者只是修飾前者的。如「波」，和語只有「なみ」，但漢字詞就有：波、浪、濤、瀾的細分。此外，漢字還有很強的造詞能力，如：波浪、波瀾、金波、銀波、風波、秋波、音波、電波、千波萬波等。分析力越來越高。

　　「國際聯合設立百周年紀念祝賀式典開催準備委員會委員選出日程——」還可以再繼續造下去，難以窮盡。這就是漢字力了。

　　日本語中的漢語詞，是說漢語詞的背後有和語詞，和語詞的背後又有漢語詞伏貼着，屬於雙重複線化的語韻。如同樣的「雨」字，有「ウ」（u）與「あめ」（ame）的讀法。和語的「あめ」與漢語的「ウ」相重疊。以這個為象徵而成立的文學作品，就是中國詩、日本漢詩、和歌三個體系並存的《和漢朗詠集》（1013年），編撰者是藤原公任。「林間暖酒燒紅葉／石上題詩掃綠苔。」白居易的詩歌被藤原公任引用了。「良妻賢母」是日語的說法。教育史家小山靜子在1991年寫《良妻賢母的規範》，表述國民女性的理想形象。其中對「賢母」的要求是「不戲謔」「不妄語」。這裡的「戲謔／妄語」其實也是漢字的一種色彩，一種和漢交混的色彩。

就活開幕★

部活で選ぶ！
中学高校部活 進学ガイド

婚活中

就活／婚活／朝活／部活／離活。近年日本人在玩「活」字漢字。畢業後的就職活動叫就活；準備結婚的活動叫婚活；早上起床做的事叫朝活；學生在校的課餘興趣小組的活動叫部活；那麼準備離婚活動的叫離活。當然可以理解為二字縮語，但日本人語感上的內涵又與我們單純的文字縮減不一樣。這就是日本漢字的妙處。

早朝通勤でポイント貯まる！

朝活応援

注意這個「酒」字。日語的酒字與漢字一樣。但這家居酒屋的「酒」字，裡面多了一條小橫線。而同樣的「新酒」的「酒」字，則是正規的酒字。表明日本人也喜歡玩書法的變化體。

豆腐寫成了「豆富」。因為這個「腐」字有的日本人不喜歡。而「酒冨士」店名，則將「富」寫成了「冨」，有的日本人不喜歡帶點的富字。看來個人喜好就能對漢字發揮創意，這在我們這裡就被視為語言的純潔性問題了。

駐車駐輪。難解的是「輪」字。但日本有自転車（自行車）的叫法。那為甚麼不是「駐車駐自」呢？自行車有兩個輪子當然是個思路，但自家車也有輪子呀。

在站前出口處，日本人將「出口」寫了三遍。一遍是自己人用，一遍是中國大陸人用，一遍是繁體字的港澳台人用。問題是「出口」二字繁簡一致，沒招，只能再寫一遍。玩漢字的傑作，就在這裡。

一看，一排漢字多熱烈。但再思量，「日高」二字則完全是和式的，讓人聯想到天照大神。

儘管都是漢字，但意思就不好理解了。何為「泥棒」？何為「追放」？沒有學過日語的讀者恐怕是一頭霧水。如果說泥棒就是小偷的話，那何以用「侵入」二個字？我們的感覺中，是敵人才能用的上大舉侵入，而且還不是侵入是入侵。針對一二名小偷用「侵入」？也是我們不理解的。

侵入泥棒追放重点地区

成城警察署

自転車泥棒
通報します

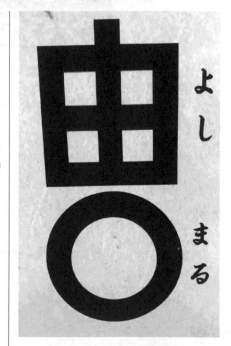

東京都內的一家拉麵店的店名。原本是「由丸」二字，但日本人玩感覺，將「丸」字寫成「○」字，便成了「由○」的店名。當然是為了吸引客人啦。

應該是「痔」字。但掛在銀座大樓上做痔瘡藥的廣告，太不雅觀了。於是想出了用假名的「ぢ」。這是 1989 年的事情。

日本的牛丼快餐店吉野家。但注意看，吉野家的「吉」字上面不是「土」字而是「𠮷」字。顯然，帶「土」字的吉是舊字。現在，日本所有的電腦都打不出這個字。因此，這個字成了只裝飾店名了。

這兩個漢字表示在站內販賣便當。驛用的是舊字，而不用日語的「駅」。表明了和漢混合。

應該是「文化財」，但在法隆寺的境內，則掛着寫有「文化賊」的警示語。將「財」寫成「賊」，將「財布」（皮夾）寫成「賊布」，則是日本人喜歡的。春天的「賊布」打折了。

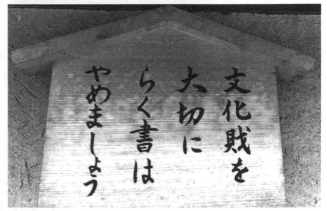

真的是文化上的一衣帶水。看，連「繼往開來」日本人都會將其當四字熟語來領悟。

第四章　佐藤和陽葵：人名漢字裡的大學問

1.　日本百家姓的前3

最新日本百家姓的前3：

第一位佐藤，第二位鈴木，第三位高橋。

日本人的姓氏中與「藤」字有關的還有「工藤」「加藤」「伊藤」「斉藤」「遠藤」「近藤」「安藤」等，其中的「藤」字音讀為「トウ」（tou）。奈良歷史上有「藤原」這個地名。大化改新的功臣中臣鎌足，在藤原這個地方建造住宅，天智天皇就賜給鎌足一個「藤原」的姓。藤原氏在近畿一帶人丁非常興旺，其子孫以東國為中心遷徙至各地。

向佐渡或佐野遷移的藤原氏叫「佐藤」；

向伊勢遷移的藤原氏叫「伊藤」；

向加賀遷移的藤原氏叫「加藤」；

向安芸遷移的藤原氏叫「安藤」；

向遠江遷移的藤原氏叫「遠藤」；

向近江遷移的藤原氏叫「近藤」。

此外，從事木工的藤原氏叫「工藤」；擔任齊宮職（在神宮裡擔任祭祀的女宮）的藤原氏叫「斉藤」。於是在東日本，「藤」字不讀「ふじ」（huji）而讀「トウ」的人很多。相反在西日本，以傳統的「藤原」為代表，人們將「藤田」「藤本」「藤井」裡的「藤」都訓讀成「ふじ」。在北海道，姓「佐藤」的人最多。這表明當年的開墾者大都是從東北來的。而東北地區之所以姓「佐藤」的多，是受下野國佐野莊的「佐」字影響。青森縣姓「工藤」的最多，其次是「佐藤」。

北關東的茨城縣與栃木縣，「鈴木」姓要比「佐藤」姓多。群馬縣「高橋」姓與「小林」姓為多。千葉縣「石井」姓為多。埼玉縣與群馬縣由於受日本南北朝時代的影響，「新井」姓居多。

同樣讀作「さかもと」（sakamoto）的姓，在東日本寫成漢字是土字旁的「坂本」居多，在近畿一帶則是耳朵旁的「阪本」居多。再往西的九州、鹿兒島一帶，則寫成「坂元」的居多，但「元」字不讀「もと」（moto）而讀「ゲン」（gen）。讀作「あべ」（abe）的姓，東日本的宮城縣寫成「阿部」，西日本的大分縣寫成「安部」，寫成「安倍」的則是岩手縣居多。現在的日本首相安倍晉三是山口縣人，這表明在山口縣「あべ」的讀音也表示為「安倍」。

2. 著名的漢字「八色姓」

日本大和時代的名字，基本是美稱與尊稱組合在一起。如天鈿女命的「天」是美稱，「命」是尊稱，「鈿」是實名。神功皇后叫息長足姬尊，「姬」和「尊」是尊稱，「息長」是地名，實名是「足

姬」。除了尊稱，結尾語有帶「比賣（姬、媛、比黃）、郎女、足、比登、女、戶弁、麻呂」等的習慣。帶「子」也是那個時候的習慣。最初是男女通用。如聖德太子時代的小野妹子就是一位遣隋的男性官員。還有當時的歷史人物如蘇我馬子、阿倍鳥子、藤原鎌子等都是男性。

　　日本古代的姓名特點在於氏（うじ /uji）與姓（かばね /kabare）的不同。這種不同主要表現在日本的「氏」代表着「氏族」，也就是遠古氏族社會的氏族區分。而古代日本的姓一般是對新羅王朝制度的模仿，表示的是氏族（血緣集團）家格的稱號。姓氏的起法與大和朝廷的成立也有很深的關係。這種關係表現在歸屬於朝廷的豪族們分擔一定的官職，如果是世襲的話，朝廷則賜予能表明世襲的氏與姓。最初賜予的姓是「大伴」「物部」，其漢字意義表示一種世襲職務名和以地名為對象的氏族集團。不久朝廷又授予有居住地特徵的「葛城」「平群」「巨勢」「蘇我」等氏名。維護姓的秩序，是古代政治的重要課題，所以早在 684 年，朝廷就認可了著名的漢字「八色姓」：真人 / 朝臣 / 宿禰 / 忌寸 / 道師 / 臣 / 連 / 稻置。八色姓由於偏重中央氏族，引起了地方豪族的不滿。於是嵯峨天皇在位時，命專人編撰全國姓氏書《新撰姓氏錄》，收錄了當時查明的 1182 種姓。

　　當年元明女帝推廣二字化的好字地名也波及人名。嵯峨天皇的皇子皇女的名字都是兩個漢字。如皇子是正良 / 秀良 / 業良 / 忠良，發音則是四個音節的訓讀；皇女是正子 / 秀子 / 俊子 / 芳子 /

繁子 / 業子，發音是三音節的訓讀。

　嵯峨天皇在 818 年 3 月，接受菅原道真的祖父，曾經的遣唐使清公的獻策，下令宮中活動、儀式和官服等全部隨唐風。值得關注的是讓皇子皇女臣籍下降（是指日本皇室子孫脫離皇室的做法），並送一字漢名。如：「有、生、至、和、來、加、好、定、治、建、相、保、包、唱、望、舒、光、多、勤、効、選、興、競、計、覚、鎮、進、弼、尋、慎、昇、啟、勝、盈、見、湛」等。

　這種一字或二字並用的制度，是從嵯峨天皇時期開始的，後來成了日本人起名字的基準。

3.　女子名：赤豬子 / 姬夜叉 / 鶴夜叉

　日本文史學家角田文衛在《日本女性名》裡，將日本史上最初的女子名確定為「卑弥呼」（ひみこ），第二位是鎮撫邪馬台國爭亂的女王「壹与」（とよ）。日本神人史書《古事記》第 197 段出現了「赤豬子」的插曲，雄略天皇在美和（三輪）河邊看到美女，問：「你的名字叫甚麼？」答「引田部的赤豬子」。怎麼還有叫「赤豬子」的？再一查當時女子名的歷史資料，確實存在「赤豬子」的名字。這裡用「豬」作為辟邪名，祈求無病無災。恆武天皇的皇子萬多親王的母親叫藤原小屎，看上去很不雅的「屎」，在當時也是典型的辟邪名。

　撰寫《源氏物語》的紫式部，是藤原為時（平安中期的漢字學家）的女兒。這個「紫」是小說裡女主人公紫上的影射，式部是其

父親官制式部丞的影射，表明紫式部根本不是實名，而是後世的再造。

　　在《日本書紀》裡，當時女性實名之後的尊稱，天孫系（是指日本神話裡的天孫降臨者）以及皇族用「姬／尊」，其他人的用「媛／命」來加以區別。《古事記》則用「比賣／毘賣／命」等，並不嚴密。此外還有用「郎女／君／比咩」的。而那時的中下層女性多用「賣／女」等。特別是「女」，一直延續到江戶時代。谷崎潤一郎在1947 年寫有隨筆《磯田多佳女之事》一文。這位磯田多佳是京都茶屋「大友」的女老闆，「女」是對她的尊稱。從正倉院保存的資料來看，奈良時代庶民女性的姓名大體是：阿田賣、豬手賣、得依賣、大海賣、久須利賣、小屎賣、財賣、逆賣、須留賣、玉蟲賣、刀自賣、刀良賣、和子賣、奈爾毛賣、根蟲賣、波加麻賣、羊賣、古賣、比留賣、若子賣等。看得出漢字在那個時代已經被熟練地運用了。當時女性 90% 的名字裡都帶有「賣」字，後來變成了「女」字。如《更極日記》的作者是菅原孝標女。

　　女子名擺脫古代色彩是在平安年間的嵯峨天皇時代，具體說就是女子當中的內親王採用「○子」，臣籍下降的皇女採用「源○姬」。於是，正子內親王、芳子內親王、源貞姬等的名字誕生了。特別是「○子型」的名字，在王女之間流行。到了平安末期，貴族女性基本都起「○子型」的名字。「○子型」的名字，成了後世日本女性名字的主流，特別是從大正後期到昭和五十年代初期。與後世的一個不同點是，當時這些女性的名字都是訓讀。如貞子不

讀「ていこ」（teko）而讀「さだこ」（sadako），溫子不讀「おんこ」
（onko）而讀「よしこ」（yoshiko），成子不讀「せいこ」（seiko）而
讀「なるこ」（naruko）等。安德天皇的母親建禮門院的本名是德
子，據角田文衛的說法，德子不讀「とくこ」（tokuko）而讀「のり
こ」（noriko）。

　　再加上當時日本佛教的流行，庶民階層中女性的漢字名也表
現出多樣化的趨勢，出現了諸如「觀音／無量／地藏前／如來女／
金剛女／彌陀女／藥師御前／釋迦女／多聞女王」等名字。再隨着
女性出家風潮的盛行，法名的漢字表示也很讓人注目，如「妙阿／
淨阿／寶蓮／阿妙／圓明／行女／妙貞／理性／善知／隨善」等。此
外還有很奇怪的「夜叉御前／姬夜叉／鶴夜叉」等的表示，表明「夜
叉」的名字在當時也很流行。

　　在過去，用皇室的「仁」字來為自己起名是被禁止的[1]。而美智
子皇后[2]在 1950 年代成婚之後，很多女性取名「美智子」，模仿美智
子的「美千子／光知子／美知子／久美子／由美子」等也非常流行。

4.　日本人名漢字出自甚麼系統？

　　實際上只要看看日本人名的漢字由來，就能明白日本人名漢
字的一個大體走向。

---

[1]　日本皇室男性成員的名字多以「仁」結尾，而女性成員多以「子」結尾。

[2]　美智子皇后為平民出身的皇后，婚前的戶籍名是「正田美智子」。

男子名的三系統：

（1）幼名系統的漢字，如文麿 / 竹千代等。

（2）呼叫系統的漢字，這裡有兩個種類：

① 表示出生先後的人名漢字：

長男為太郎，次男為次郎，以下類推是三郎、四郎、五郎、六郎、七郎至十郎。十郎以上稱「余一」/「与一」，因此也叫余一郎、与一郎等。《平家物語》裡有名的那須与一宗高就是下野那須的那須太郎資高的十一男。再往下排：太郎之子為小太郎，次郎之子為小次郎；太郎之孫為孫太郎。

② 表示官職的人名漢字，如右衛門 / 兵衛 / 藏人 / 式部 / 外記 / 主水 / 多門 / 數馬 / 太郎兵衛 / 次郎左衛門等。

（3）正式名字系統的漢字，如正信 / 博之 / 重光 / 俊明 / 實 / 茂 / 浩等。

女子名的雙系統：

（1）正式名字系統的漢字，如春子 / 秋子等。

（2）源氏系統的漢字，如春江 / 靜枝 / 春代 / 絹代 / 春野 / 雪野 / 若葉 / 早苗 / 彌生等。

5. 有 45 種漢字表示的「ゆうき」（yuuki）

從明治到大正到昭和，隨着時代的變化，漢字名也在發生變化。明治生命保險公司提供的數據表明，大正元年（1912 年）出生的嬰兒使用較多的名字有：

男子名：正一、清、正雄、正、茂、武雄、正治、三郎、正夫、一郎。

女子名：千代、正子、文子、千代子、靜子。

這裡，男子的「正」與女子的「正子」，來源於年號。

整個大正時期流行的名字是：

男子：清、正雄、武雄、正、茂。

女子：芳子、久子、文子、清子、千代子。

男子名「茂」的流行是因為明治十一年（1878 年）出生的吉田茂，他的父親吉田綱在中國古籍裡找尋到社會的理想人物八大順序的排名是：聖／賢／傑／豪／俊／英／選／茂。於是吉田綱用最末位的「茂」字給兒子起名，表現出仰慕中國的情懷。

大正十二年（1923 年）關東大地震，男子起名「震太郎」的明顯增多。如吉田震太郎（當時的財政學者）、牧震太郎（當時的群馬縣代議士）、鹽治震太郎（當時的工學博士）等。

1927 年（昭和二年）出生的男子漢字名排名是：昭二、昭、和夫、清、昭一、博、勇、茂、實、弘。

女子漢字名排名是：和子、昭子、久子、照子、幸子、美代子、光子、文子、信子、節子。

非常優美，非常淑女。這無疑與昭和年號有關。

昭和初期還有一個特點就是男子「一字名」的傾向一直延續到戰後。當時最為流行的一字名是：清、實、弘、茂、勇、博、進、明、武、正。名字的戰時色彩濃厚。

這個時期女子名的一個顯著特點就是在讀音上從二音節向三音節發展。如二音節「つね／みね」（tune/mine）變成三音節「あきこ／かずこ」（akiko/kazuko）。

1940 年是日本人設定的神武天皇紀元（即位）2600 年的紀念日。當年女子的「紀子（のりこ／noriko）」名、男子的「紀雄（のりお／norio）」名，都進入了前 10。之後是 1942 年「勝」的登場，男子名第一位的「勝」，一直領先到戰爭結束為止。與三島由紀夫一起自殺的森田必勝是在戰敗前夕的 1945 年 7 月 25 日出生的，如果是 8 月 15 日以後出生，想必就不會取「必勝」這個名字了。

1945 年戰敗這年的女子名前 10 是：和子、幸子、洋子、節子、弘子、美智子、勝子、信子、美代子、京子。

戰後日本進入經濟高度成長期，名字也發生了很大變化。如 1973 年時興的女子名有：陽子、佑子、真由美、智子、純子、惠美、香織、惠、美穗、美香。顯露出的一個特點是超半數不用「子」字。同時期的男子時興名有：誠、剛、哲也、直樹、健一、秀樹、學、淳、英樹、大輔。

1960 年，天皇家皇太子德仁親王（稱號為浩宮）誕生，浩／浩一／浩子等漢字名有所增加。

1970 年世界博覽會在日本召開，博／博之／博子等漢字開始出現。

進入平成年代，女子名急速表現出重視漢字字形的傾向。

如 1989 年（平成元年）女子名前 10：愛、彩、愛美、千尋、

麻衣、舞、美穗、瞳、彩香、沙織。

　　再看 2001 年女子名前 10：櫻、優花、美咲、菜月、七海、葵、美月、萌、明日香、愛美。

　　再看 2001 年男子名前 10：大輝、翔、海斗、陸、蓮、翼、健太、拓海、優太、翔太。

　　可以看出，與女性帶「子」字名人氣凋落一樣，男性帶「男／雄／夫」（均讀「お」）字名也同樣人氣不在了。

　　更為引人注目的是，進入平成時期，日本人用人名玩漢字的傾向更為顯著。如「ゆうき」就有 45 種漢字寫法：

　　優希／佑希／裕貴／勇輝／裕樹／優輝／勇紀／佑輝／佑樹／悠貴／雄貴／有輝／勇希／佑貴／侑輝／佑紀／侑生／友樹／友希／悠生／雄紀／雄輝／雄揮／雄暉／由樹／由希／由暉／勇気／結晶／裕輝／優紀／優貴／佑樹／佑紀／佑基／佑記／佑季／佑宜／悠樹／悠希／悠騎／侑樹／侑己／湧記／湧希

　　在平成年代，很多人取小說和歌謠裡薄幸英雄的「忍／雪／夕子」等名字，理智的女性多取「薰／秀／貴子／真理子」的名字。2006 年 9 月，天皇的孫子悠仁親王誕生，社會上「悠太／悠斗／悠人」等「悠」字號名也多了起來。

6.　60 年追加了 1000 漢字

　　日本戶籍法第 50 條規定：嬰孩之名，必須使用「常用平易」的文字。其選用範圍：

（1）常用漢字表中的漢字。

（2）其他表中的漢字。

（3）片假名與平假名。

從日本人名漢字的量的積累來看——

1951 年：追加 92 個漢字。當時人名漢字數 92 個，當用漢字和人名漢字合計 1942 字。追加的漢字有：乃、之、也、亭、亮、嘉、圭、朋、尚、昌、玲、彥、郁、靖、淳、晃等。

1976 年：追加 28 個漢字。當時人名漢字數 120 個，當用漢字和人名漢字合計 1970 字。追加的漢字有：佑、允、杏、梨、沙、芙、茜、那、翠、耶、悠、憐、瑠、瞳、紗等。

1981 年：追加 54 個漢字。當時人名漢字數 166 個，當用漢字和人名漢字合計 2111 字。追加的漢字有：侑、峻、惟、慧、昂、璃、蓉、萌、茉、莉、翔、緋、碧、虹、遙、蕗等。

1990 年：追加 118 個漢字。當時人名漢字數 284 個，當用漢字和人名漢字合計 2229 字。追加的漢字有：凌、凜、昂、椿、嵐、澪、宥、嵯、爽、稀、嬉、汀、慧、燎、秦等。

1997 年：追加 1 個漢字。當時人名漢字數 285 個，當用漢字和人名漢字合計 2230 字。追加的漢字有：琉。

2004 年 2 月：追加 1 個漢字。當時人名漢字數 286 個，當用漢字和人名漢字合計 2231 字。追加的漢字有：曾。

2004 年 6 月：追加 1 個漢字。當時人名漢字數 287 個，當用漢字和人名漢字合計 2232 字。追加的漢字有：獅。

2004 年 7 月：追加 3 個漢字。當時人名漢字數 290 個，當用漢字和人名漢字合計 2235 字。追加的漢字有：駕、瀧、毘。

2004 年 9 月：追加 693 個漢字。當時人名漢字數 983 個，當用漢字和人名漢字合計 2928 字。追加的漢字有：俺、兔、葡、蘆、茨、雁、苔、芯、萱、蒲、莓、雫、峰、麓等。

2009 年：追加 2 個漢字。當時人名漢字數 985 個，當用漢字和人名漢字合計 2930 字。追加的漢字有：穹、禱。

2010 年：追加 5 個漢字。當時人名漢字數 861 個，當用漢字和人名漢字合計 2997 字。追加的漢字有：勺、銑、錘、脹、匁。

從 1951 到 2010 年的 60 年間，從 1942 字到 2997 字，日本的當用漢字和人名漢字增加了 1000 個。這就使得人名進一步個性化和漢字化了。

7.　2016 年男女起名前 5 位的漢字

明治安田生命保險公司以 2016 年 1 月至 10 月出生的 12829 名嬰兒為對象，就漢字取名的前 5 位作了調查。

男子名前 5 位：

第 1 位：蓮

第 2 位：大翔

第 3 位：陽翔

第 4 位：湊

第 5 位：悠真

女子名前 5 位：

第 1 位：陽葵

第 2 位：陽菜

第 3 位：結愛

第 4 位：咲良

第 5 位：桜

　　男子名的漢字「蓮」自 2010 年以來連續 6 年都是第一。女子漢字名首次以「陽葵」為第一。「陽葵」「陽菜」都是少女漫畫主人公的名字。進入前 5 的這些名字都很難讀。如「大翔」讀音為「ひろと」（hiroto），一般電腦打字都跳不出漢字。讀音為「ひまり」（himari）的「陽葵」也是這個問題。

　　再據明治安田生命保險公司的調查，2011 年男子名前 2 是「大翔」與「蓮」；女子名前 2 是「陽菜」與「結愛」。這裡要注意的是這個「翔」字，1981 年它被批准為人名漢字，意外的是在 1982 年，「翔」字名就進入了前 10，1983 年進入前 6。1987 年「翔太」進入前 3，「翔」進入前 7，從此「翔」字的人氣度一路沖天。日本人喜歡「翔」字，據說受 1976 年的暢銷書──司馬遼太郎的小說《翔ぶが如く》（《如翔似飛》）有關。「翔ぶ」的讀音為「とぶ」（tobu）。「とぶ」一般寫成漢字形式是「跳ぶ/飛ぶ」，並沒有「翔ぶ」的寫法。可能正是這個原因使得它贏得了日本人的喜歡，寓意展翅高飛的「翔」字開始走紅。當時作曲家柴田翔（戶籍法制定前出生）很有知名度，他的一個「翔」字很亮眼。於是當時的少女漫

畫的主人公名字也開始叫「藤丸翔」。1977 年，性格開放的女子被稱為「飛翔之女」，還評上了當年的流行語，一下子人氣更甚。

8. 圍繞漢字起名的訴訟

1947 年至 1949 年這三年是日本戰後嬰兒潮時代。這三年日本出生的新生兒合計超過了 806 萬人。加上 1000 萬人的父母數，再加上祖父母數量等，至少有 1300 萬人參與了對 806 萬人的命名。根據明治安田生命的統計，1947 年出生的嬰兒的名字，男女前 10 位分別是：

男：清、稔、搏、進、弘、修、茂、和夫、勇、明。

女：和子、幸子、洋子、美智子、節子、弘子、惠子、悅子、京子、惠美子。

在男女前 10 位的名字中，有「稔 / 弘 / 智」三個漢字不在 1946 年頒佈的 1850 個當用漢字裡。1948 年 1 月 1 日實施的戶籍改正法也沒有收編進去。日本人對此有非常「痛苦的經歷」。1948 年 9 月，家住神奈川縣的一對夫婦生下女兒，商議後起名為「瑛美子」，於是到政府部門登記，但是沒有被受理。理由是「瑛」不屬於當用漢字。其實「瑛」的意思是「水晶」，在當時的日本屬於很時髦的漢字。這年的 12 月，這對夫婦再度給孩子起名為「玖美子」。「玖」表示「黑色生輝的寶石」，但也不是當用漢字，因此也不被政府部門受理。這對夫婦不服，便在 1950 年 3 月，將政府部門告到橫濱法庭，說不受理市民起名的漢字屬違憲行為，結果敗訴。類似有

這種「痛苦的經歷」的人，在當時的日本太多了。

　　1950 年 2 月 7 日的《朝日新聞》「天聲人語」發文說：森鷗外為孩子起名為「於菟」、「杏奴」和「茉莉」等難度較大的漢字，確實有意義，但有多少人能準確讀出發音？人的名字本來不應該取這麼難。但這個字不能用，那個字也不行，用法律禁止起名的國家，日本之外沒有第二個。

　　敗訴的這對夫婦就是不服輸，最終起訴到最高法院。《天聲人語》再次發文說：這個孩子出生於 1948 年 9 月，因為當時有名字爭議，所以無法入戶籍，在法律上成了無名無國籍的日本人。三年了，應有的權利都被剝奪，連注射疫苗的通知也無法傳送。如果最高法院上訴再失敗，這位無名無國籍之人也就失去了將來的義務教育權、選舉權和被選舉權。作為當用漢字的犧牲品，這位日本人遭遇了一生中最大的不幸。

　　正是因為有了 1950 年代漢字起名的訴訟案，進入 1960 年代後，日本人開始希望增加人名用漢字。如在 1963 年第 16 回全國聯合戶籍事務所協議總會上，富山縣提出追加 7 個漢字：悠 / 芙 / 梨 / 沙 / 瞳 / 恂 / 惇。5 年後愛知縣又提出追加「梨 / 沙 / 芙 / 佑 / 喬」等 5 個漢字。

　　2017 年 9 月 25 日，日本法務省修改了規定孩子名字中可使用漢字的《戶籍法》實施規則，並追加可使用的漢字「渾」。這是繼 2015 年 1 月追加「巫」字以來的第 2999 個漢字。法務省表示，居住在關東地區的父母曾在 2016 年 9 月，將新生兒名字中帶有

「渾」字的出生登記遞交地方市政廳。然而由於「渾」字未列入《戶籍法》實施規則內，因此未被受理。父母對此表示不服，提出申訴。家事審判作出認可其主張的決定，東京高等法院於 2017 年 5 月確定審判結果。因此，法務省決定修改這一規則。

日本的《戶籍法》規定，孩子的名字，必須使用常用簡潔的文字。該規則中還具體指定現在常用漢字表中的 2136 個字，人名用漢字 863 個字，共計 2999 字。「渾」字有「全部」等含義，雖有「渾身」等詞彙，但在這之前不能使用在名字中。

9. 歷史名人的漢字幼名

「苗字」與「名字」，日語讀音相同，但在寫法上稍有不同。「苗字」與土地相連，「名字」則是與家族姓氏相連。

日本歷史上，在進入室町時代之後，法律規定除武士之外，一般人禁止使用姓。在整個江戶時代，帶刀與帶姓是武士的特權，只有少數庶民可以使用姓，如莊屋名主（江戶時代村落官人的一種官職）、御用商人以及治水等從事國家工程之人。對這些人而言，姓是一種破例的恩典。當時的農民雖有「山上」「川上」「田邊」等叫法，但這只是屋號，起屋號的目的是為了識別。受到幕府寵愛的是當時的歸化人，具有代表性的秦氏、太秦、大藏、惟宗、宗等姓氏，就是從江戶時代派生出來的。而犬養、鵜飼等姓則是來自歸化人的職業。

在當時的日本，武士出生後必須起漢字幼名（童名）。這個幼

名一直用到元服為止（15 到 20 歲左右）。以德川家為例，初代將軍德川家康的幼名是竹千代。三代將軍家光、十代將軍家治、四代將軍家綱用了同樣的幼名。二代將軍秀忠的幼名是長丸，五代將軍綱吉的幼名是德松，六代將軍家宣的幼名是虎松，十一代將軍家齊的幼名是豐千代，十二代將軍家慶的幼名是敏次郎，十三代將軍家定的幼名是政之助，八代將軍吉宗的幼名是源六，十五代將軍慶喜的幼名是七郎麿。

　　作為一種漢字文化，日本歷史上名人的幼名也經常被日本人提及。如：

　　萬葉詩人紀貫之的幼名是阿古久曾；

　　制訂日本十七條憲法的聖德太子的幼名是廄戶皇子；

　　開創鎌倉幕府的源賴朝的幼名是鬼武者；

　　戰神源義經的幼名是牛若；

　　開創室町幕府的足利尊氏的幼名是又太郎；

　　自譽為神的織田信長的幼名是吉法師；

　　打下天下的豐臣秀吉的幼名是日吉丸；

　　戰神加藤清正的幼名是夜叉丸。

　　幼名常用「丸」。本來的意思是指便器「まる」（maru），屬於典型的辟邪名，同時也兼顧了人德圓滿的意思。使用辟邪名是一種隱藏真名的思考方法，表抗爭鬼神之意。日本人認為在嬰兒死亡率很高的年代，嬰兒的健康有賴於鬼神。鬼神在這個時候具有了保全幼小生命的要素。日本人從「丸」字出發又發展出了讀作

「maro」的「麻呂」「麿」等漢字表示。當然意思也與「丸」字有所不同。有一說法是表「親愛」之意，但更多的學者認為「麻呂」「麿」本身沒有實際含義，僅僅是姓名的後綴而已。

10. 三浦朱門不知酒肉臭

三浦知良是日本著名的足球運動員。讀音上，三浦讀「みうら」（miura）是沒有爭議的。「良」讀「よし」（yoshi）也是被認可的。但是「知」讀「カズ」（kazu），這個暈倒了一大片人。「知」為甚麼念「カズ」？沒有人知道原因。再一查，人名裡念「カズ」的漢字，至少有 57 個：

一／二／三／五／七／九／十／千／萬／壱／叁／円／收／主／冬／會／多／年／毎／利／寿／応／良／效／宗／枚／品／孤／政／記／胤／計／重／員／師／息／料／致／航／般／起／雄／量／運／策／業／種／數／箇／算／雜／影／選／憲／積／頻／麗

可見日本人名漢字的難度有多大。這就如同你新交了一位叫做「やまもと」（yamamoto）的朋友，但你在沒有看到他的名片之前，你不知道這位叫做「やまもと」的該用怎樣的漢字表示。因為在日本人的姓氏裡，「山本」叫「やまもと」，「山元」也叫「やまもと」；「土井」叫「ドイ」（doi），土居也叫「ドイ」。只有看了名片才知道正確的漢字寫法。所以日本又是個名片大國的一個原因，也在這裡。

日本有一位 1981 年去世的著名詩人，叫堀口大學。為甚麼叫

這個名字呢？原來他家以前住在東京大學赤門（東京大學本鄉校區的一個大紅門）前，但卻考進了慶應義塾文學部讀書，名字就變得有些尷尬了。於是他寫詩《某氏的一生》調侃道：赤門前誕生／但被赤門鬼戲弄。中國有「朱門酒肉臭」的說法。日本的原文化廳長官的名字就叫三浦朱門。看來這位長官並不懼怕朱門的酒肉臭，或者他乾脆不知道有「朱門酒肉臭」的說法。

漫畫家赤塚不二夫在 1962 年開始連載《阿松》（おそ松くん）。松野家有六胞胎兄弟，不二夫用漢字給他們起名：小松／空松／輕松／一松／十四松／椴松。六位阿松長相相似，名字相似，但性格迥異，非常有趣。小學館發行的單行本累計發行量超過 1000 萬冊。「六松」也走進了日本的千家萬戶。

日本人曾經要求增加「腥」字作為人名漢字，讀音為「アキラ」（akira）。他們的思路是：能有「日＋月」的「明」字作人名，為甚麼不能有「月＋星」的「腥」字作人名？實際上這個「腥」字的「月」字旁，並不是天體的那個「月」，而是「肉」字旁，這個漢字原本表示「生腥臭」。日本人還希望增加「春＋心」的「惷」字，讀音為「うごめく」（ugomeku）。這個表示「春心蕩漾」的字怎麼能做人名呢？但日本人就是覺得這個字很奇妙。

實際上，日本各地都有一些生僻的漢字名。就拿關東來說，栃木縣有「粂川」；群馬縣有「毒島」；埼玉縣有「御菩薩池」；神奈川縣有「一寸木」；千葉縣有「鏑木」；茨城縣有「疊類鷺」。這個「疊類鷺」屬日本人名筆畫最多的。

　　只要看看最近幾年日本嬰兒起名漢字的傾向，就能明白日本人的心思是何等奇特。

　　「憂」字令日本人喜歡。如「美憂」。為了減少筆畫，不用帶人旁的「優」。

　　「汰」也是最近日本人有感覺的一個字。為甚麼不是「太」而是「汰」？居然是為了不讓小孩發胖。顯然這是新的用法。

　　有連用三個「苺」字起名的。讀音為「なりなる」（narinaru）。沒有特定的意思，只是想奪人眼球。

　　有用「一二三」起名的，讀音為「ひふみ」（hihumi），但最近有讀「わるつ」（warutu）的。

　　也有用「三二一」起名的。怎麼讀呢？由於父母喜歡迪士尼樂園（ディズニー /deizuni-），就發「ミニー」（mini-）的音。

　　日本最長姓名前 3：

　　澤井麿女鬼久壽老八重千代子（奈良縣）。

　　清水子丑寅卯辰己午未申酉戌亥太郎（東京都）。

　　野田江田富士一二三四五左衛門助太郎（香川縣）。

　　就目前而言，日本最長的姓用了五個漢字：勘解由小路，讀音為「かでのこうじ」（kadenokouji）。

11. 倖田來未的「來」字為何有人氣？

　　如前所述，由於「翔」字走紅，日本法務省在 1981 年 10 月為在 1960 年代還沒有人使用的「翔」字，專門開會追加為人名用漢

字。2004 年再增加「狼」字，滿足了部分日本人的需求，如「太狼」名開始出現。因為日本的狼滅絕較早，狼的身姿和習性不被現在的日本人所熟知，以前的「送狼」用語也成了死詞。但動漫裡孤高帥氣的狼的形象，吸引着日本人，所以用「狼」取名也成了一種時髦。

「苺」的喜人之處在於可愛。特別是日本的女大學生喜歡這個與母親形象相重疊的漢字。在中國這個字寫為「莓」，寫法稍有不同，使得日本女生認為「莓」字與「毒」字相近，於是產生了反感。還有「雫」字，表示水滴。宮崎駿在 1995 年上映的動畫電影《側耳傾聽》中，用「月島雫」為劇中的人物起名。日本的家長們紛紛模仿，也要求給自己的女兒起「雫」名，於是在 2004 年法務省也批准了該字。

日本人的《戶籍法》規定嬰孩起名必須是「常用平易」的文字。問題是如何理解「常用平易」。「常用平易」必然要從當用（常用）漢字表中尋找。但漢字表主要針對以法令、公文、報紙雜誌的，日本人經常使用的人名漢字「彥／昌／弘」等都沒有收錄。對此人們意見很大，於是在 1951 年 5 月，日本內閣決定在當用漢字以外，再增加 92 個人名漢字供人們選用。這就是到現在為止嬰孩起名必須在當用（常用）漢字表和人名漢字表中尋找漢字的一個依據。

日本人在增加人名用漢字的同時，也推出了「人名用漢字許容字體表」。也就是說容許漢字舊字體使用於人名。如：国→國／為

→爲／巌→巖等。日本有一位著名的政治家叫「小沢一郎」，也有著名的指揮家叫「小澤徵爾」。一個「沢」字，一個「澤」字，讀音相同，寫法不同，「小沢」更日本化。日本有著名的女演員叫「萬田久子」。「萬」與「万」有雲泥之差。張嘴可以喊「万歲」，但名字要用「萬」字，這樣才給人不一般的感覺。日本有著名的播音員叫「櫻井良子」。之所以不用新體的「桜」字，原因就在於舊體的「櫻」字有兩個的「貝」，女人當然喜歡被寶貝。日本有著名的作曲家叫「團伊玖磨」。如果有人將他的姓名誤寫成「団伊玖磨」，他就生氣。為甚麼生氣？他說舊體的「團」字裡有個「專」字，他喜歡這個字而不喜歡「団」字裡的「寸」字。日本有著名的作家叫「內田百閒」，更常用的寫法是「間」。「閒」字和「間」字，差異在於「月」與「日」。看來內田喜月不喜日是肯定的。倖田來未是日本著名歌手，她故意不用「来」而用舊體的「來」，使得這個本來已經被日本人忘記的「來」字，一下子人氣十足。而且這個「來」與「未」搭配，使得原本的「未來」被顛倒成「來未」，顯得更有意味。於是日本人紛紛效仿，冒出不少「山本來未」「森山來未」等。

12. 糞太郎這個名字能用嗎？

在日本，叫「島岡次郎」的人肯定是有的，因為這個姓名太普通了，但是至少在 1946 年 11 月 17 日到 2004 年 9 月 26 日之間出生的人，沒有叫這個名字的。因為「岡」還沒有被收錄為當用漢字和常用漢字，所以不能用於起名。這個字誰都會讀，但在近 60 年

裡，就是不能用作人名。這也是日本漢字文化的一大怪。

　　在當用漢字表公佈之後，日本人起名字的時候就必須嚴格按照當用漢字。當用漢字以外的文字就不能用於起名。於是「龜吉」「鶴子」「虎之介」等都不能用；「伊一郎」可以，但「伊知郎」不可；「正夫」可以，但「昌夫」不可。此外「弘」「浩」「宏」等也都不可，因為當用漢字表未收入這些漢字。

　　人名漢字還經常遇到常用不常用的問題。「糞／屍／姦／咒／妾」等字在一般書籍裡都能看到，當屬常用漢字。醫學書裡的「癌／痔」、小說裡的「淫／呪」等也都是常用漢字。但常用就能用於人名嗎？父母能用來為孩子起名嗎？可以取名為「痔太郎」「癌太郎」「淫子」嗎？日本人還真困惑。要是為孩子起名「糞太郎」，這孩子要哭一輩子了。為避免尷尬，日本政府發文規定人名中不能使用這些漢字。於是這 7 個字被刪除了。就在這 7 個字被刪除的第二個月，又有「膿／娼／茂／腫」等 79 字被刪除。

13. 起漢字名的高手是誰？

　　日本人給孩子起的名字裡有很多連日本人也讀不出的漢字組合。如和奏、風水、明良向、風空士、星凜、清楓等。看上去很獨特，但如果沒有標音，沒有人會讀。如「風水」讀成「かずい」（kazui），有誰會讀呢？

　　如果要問在日本起漢字名的高手是誰的話，答案會是甚麼？是在本能寺被一把大火燒死的織田信長嗎？他曾經給自己的 11 個

兒子起了這樣的名：奇妙／茶筅／三七／次／坊／大洞／小洞／酌／人／良好／緣。但日本人說，織田信長排不到第一。能排到第一的是誰呢？日本人說是陸軍軍醫、小說家森鷗外。森鷗外曾經在德國留學四年，深感自己的本名「林太郎」（鷗外是他的號）發音之難，外國人很難模仿，於是採用歐化的漢字名一直是他的追求目標。看看他五個孩子的名字：

於菟——Otto

茉莉——Marie

杏奴——Anne

不律——Fritz

類——Louis

特點是發音短，發聲響亮，與西文的名字很契合。再看看森鷗外孫輩們的名字，能讓人切實感到他的「遺產」：

真章——Max　　富——Tom　　禮於——Leo

樊須——Hans　　常治——George　　蒍——Jacques

亨——Thor　　五百——Io

此外，在日本用漢字模擬的西文名字還有「撒母耳／安士禮／宇意里／具里夢／序世夫」等。

這就如吉田兼好在《徒然草》裡說的，人名要閃亮，要引人注目。

日本富士電視台在 2013 年的節目「嶄新嬰兒名」裡，披露過一些閃亮的女孩名：

姫星——きてい /kitei　七音——どれみ /doremi

金星——まあず /maazu　美姫——みっふいー /mituhui-

桃色——ぴんく /pinku　聖碟——あげは /ageha

夢民——むーみん /mu-min　心粹——こいき /koiki

歌楽——から /kara

閃亮的男孩名是：

光宙——ぴかちゅう /pikatyun　大熊貓——ぱんだ /ponda

雷音——らいおん /raion　本気——まじ /maji

熱寿——ひぃと /hiito　幸生大——しいた /shiita

而日本小學館發行的週刊雜誌《郵報》2017 年年初的一期的人名記載如下：

皇帝——しいざあ /shiizaa　男——あだむ

禮——ぺこ /peko　総和——しぐま /shiguma

緑輝——さふあいあ /sahuaia

爆走蛇亜——ばくそうじやあ /bakusoujyaa

△ □ー——みよいち /miyoiti

你看，「△」與「□」的符號也出現了。難道這些符號也是漢字嗎？日本確實是將「卍」（マンジ /manji）視為漢字的：部首為十，筆畫六，表示寺院地圖標示以及家紋文樣等。谷崎潤一郎表現男女愛欲情事的小說《卍》，標題的卍則是功德圓滿的意思。「0」也是漢字，不讀「まる」（maru）讀「ぜろ」（zero），與〇（圓圈）相似。

14. 搞笑取樂的日本人名

隨心所欲玩漢字，起名字鬧出笑話，也是日本人經常面臨的一個尷尬。「花子」在中國意味着「乞丐」。「麻衣」的名字在過去的 10 年間都是進前 10 的，但在中國「麻衣」則讓人聯想到葬禮時穿用的服飾。因為中國有「披麻戴孝」的成語，說的就是身披麻布服，頭上戴白，表示哀悼。這恐怕是日本人做夢也沒有想到的。「龜太郎」也是祈求長壽的人名，過去的日本男人很喜歡這個名字。但「龜」在中國則是「烏龜」的意思。「我孫子」，中國語的語感是「你是我的孫子」。如是這樣，這可是個罵人話了。但日本人能明白這個隱語的深層嗎？「雛」這個漢字，令中國人想起「雛妓」。

此外，諸如「鬼頭」「能活」「百目鬼」等名字第一次出現在電視畫面時，也曾引起中國人的極大好奇。如以前日本國家足球隊的守門員就叫川口能活。在中國這些漢字組合成人名是絕對不可能的。此外，還有一些是日語方面的禁忌。如「早世」，其含義就是早死與夭折；「心中」，其含義就是一同自殺或情死；「里子」，其含義就是寄養的孩子。日本人常嚇唬調皮的小孩說「里子に出す」（送給他人寄養）就是這個意思。

日本人的姓氏種類很多，至少在 12 萬種以上。而在韓國，金、李、朴佔了全體國民姓氏的 45%。美國最多的姓氏是 Smith、Johnson、Brown、Williams 等，其中 Smith（史密斯）最多。日本的姓氏中來源於地名的最多，如青山、藤岡、松原、清川等，非常文藝。當然，姓氏中的珍奇異物也很多，如「四月朔日」

「月見里」等。富山縣新湊市有很多珍稀的姓，如「海老 / 米 / 牛 / 飴 / 石灰 / 鵜 / 菓子 / 酢 / 釣 / 機 / 味噌」等。

　　日本人通過對 3000 萬人的姓氏做調查發現，姓氏中使用最多的漢字是「田」字，共有 4641468 人的姓氏含有「田」。這個結果顯然是與日本的稻作文化相一致的。從比例看，每 7 個日本人中就有一人的姓氏裡包含「田」字。排第二位的是「藤」字，2255121 人；第三位是「山」，2194126 人。此外「野 / 川 / 本 / 村 / 井 / 中 / 木 / 小 / 原」等字，使用者均超過了百萬人。日本人姓氏中的漢字搭配，有的非常有詩意，有的就令人無法理解了，這只能歸結於日本姓名漢字文化的多樣性和趣味性。比如在《古事記》裡，有粗粗一看像和歌的句子：正勝吾勝勝速日天之忍穗耳命。再仔細一看，這是名字，神的名字。這個名字的大意是：肯定會勝，我會勝，像日出一般地快速取勝，天的稻穗之子孫。這個神的名字真是好長啊。

15. 戒名 —— 花錢玩漢字

　　眾所周知，和尚出家要上法號。但在日本，人死後也必須起個法號。法號不能自己隨意取，必須由出家人起才吉利。這裡的法號也叫戒名或法名。按照曹宗洞的僧侶千代川宗圓的說法，戒名就是去陰間的護照。

　　日本最初獲授戒名的是奈良時代的聖武天皇，其戒名是「勝滿」二字，很簡潔。是誰授予這位天皇戒名的呢？是當時唐朝的高

僧鑒真和尚。平安時代享盡榮華富貴的藤原道長的戒名也是兩個字「行寬」。不過這二人都是在生前出家時得到了戒名，與現在人死後給予戒名，性質上是不一樣的。

日本江戶幕府的開創者德川家康的戒名：安国院殿大相國德蓮社崇譽道和大居士。這是日本目前為止最長的戒名。

日本前首相田中角榮的戒名：政覚院殿越山德榮大居士。

日本著名漫畫家手塚治虫的戒名：伯藝院殿覚圓蟲聖大居士。

日本電影大導演黑澤明的戒名：映明院殿紘國慈愛大居士。

日本大相撲橫綱貴乃花的戒名：雙綱院貴關道滿居士。

日本作家山田風太郎的戒名：風風院風風風風居士。

日本殺人魔王織田信長的戒名：總見院殿贈一品大相國泰岩大居士。

日本有伏爾泰之稱的福澤諭吉的戒名：大觀院獨立自尊居士。

日本大文豪夏目漱石的戒名：文獻院古道漱石居士。

日本國民歌手美空雲雀的戒名：茲唱院美空日和清大姊。

在日本，起戒名要花錢，這是常識。但是要花到甚麼程度，則是一般人無法想像的。基本行情，院殿號是 100 萬日元以上；院號是 50 萬到 70 萬日元；信士信女是 10 萬到 20 萬日元；童士童女是 3 萬日元以上。可見，日本人是在花錢玩漢字，即便在死後也不忘玩一把漢字的魔方。

かしんゆうらく

精美點心盒上的四
個書法字:「菓心遊
楽」。真的看不出
誰是漢字的本家了。

招人廣告。有趣的是和式漢字「中高
年」──我們是中老年;「若手」──我們
是年輕人;「未経験」──我們是無經驗;
「美築」──我們是完美建築。此外還有
「固定給 / 歩合 / 手当 / 社宅」,都是我們
「未經驗」過的詞語。

日本人玩「優」字。這個「優」強調的是優先而不是優秀。優先讓座，優先他人。哦，原來是電車裡的公益廣告。

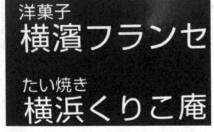

一家超市同樣的櫃檯，橫浜的寫法就不同。浜／濱，一個新一個舊。用舊字的廠家是生產西式點心的，用新字的廠家是生產和式點心的。兩個字，哪個更優雅些呢？還有「國」字。棄「国」用「國」，英國屋的生意就會好起來？有趣，漢字成了營銷手段。

EXCELSIOR CAFFÉ

炭火煎珈琲
皇珈琲亭

カフェ
ラリー
Cafe Rally

椿屋珈琲店
池袋茶寮

おいしい王功珈琲を

咖啡。日本用「王」旁表記「珈琲」，有一種懷舊的高檔感。當然，日本人用不同文字表記咖啡店，也是大街上的一景。

お土産を多数、取り揃えております

I have a lot of souvenirs in our store

在本店，凑齐许多土特产

저희 가게에서는, 선물을 많이 갖추고 있습니다

立入禁止，日本人將其翻譯成了「沒有擅入」。將「本店有備有許多土產」翻譯成了「本店湊齊了許多土產」，將「這裡禁止扔垃圾」翻譯成了「這裡垃圾扔掉，並且不是地方」。看來，日本人並不是個個都是玩漢字漢文的高手。

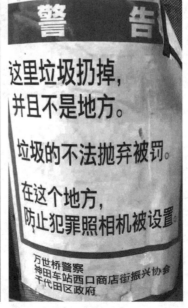

京都では路上喫煙禁止です
Stop smoking on the streets
路上吸烟禁止／路上抽菸禁止　노상 흡연 금지

京都市くらし安全推進課

待合室
Waiting Room
候车室　대합실

但「自動體外除顫器」「候車室」的翻譯就沒有問題了。可能請中國人來把關了。「路上吸煙禁止」雖然意思也明白，但不是中文的語序。動詞應該放在名詞前面，變成「路上禁止吸煙」才對。

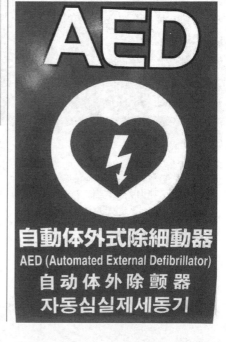

AED

自動体外式除細動器
AED (Automated External Defibrillator)
自动体外除颤器
자동심실제세동기

據說這是最難寫的漢字了。60畫。漢字之最。

稅拔。這是是中文裡沒有的日語漢字。不含稅的意思。

上演漢字秀最好的標本就是日本酒了。你看，「伝心／龍力／一本義／老松／八海山／水尾／千福」，真是漢字接力賽。

第五章　腳底到舌尖：魚旁漢字知幾何

1.　日本魚漢字的 683

在日本，魚有三個發音：「ギョ / うお / さかな」（gyo/uo/sakana）。

甚麼時候讀「ギョ」？甚麼時候讀「うお」？甚麼時候讀「さかな」？這還真的是一門魚學問。

比如「魚市場」，這裡的「魚」讀「うお」；「魚料理」的「魚」讀「さかな」。日本有恐怖漫畫家之稱的伊藤潤二的漫畫《ギョ》，就是魚。

我們按照文獻的年代順序來看以下日本字書裡的魚旁漢字：

830 年《篆隸萬象名義》（空海編），收錄魚旁漢字 218 字，但是沒有訓讀的魚旁漢字。

892 年《新撰字鏡》（昌住編），收錄魚旁漢字 291 字。帶有訓讀的是 78 字。

918 年《本草和名》（深根輔仁編），收錄魚旁漢字 78 字。

934 年《和名類聚抄》（源順編），收錄魚旁漢字 63 字。

1081 年《類聚名義抄》（編者不明），收錄魚旁漢字 371 字。

1164 年《色葉字類抄》（橋忠兼編），收錄魚旁漢字 123 字。

1394 年《倭玉篇》（編者不明），收錄魚旁漢字 162 字。

1444 年《下學集》（編者不明），收錄魚旁漢字 65 字。

室町時代的《節用集》（編者不明），收錄魚旁漢字 54 字。

江戶時代的《書言字考節用集》（編者不明），收錄魚旁漢字 208 字。

1612 年《多識篇》（林羅山編），收錄魚旁漢字 77 字。

1691 年《增續大廣益會玉篇大全》（毛利貞齊編），收錄魚旁漢字 577 字。

1694 年《倭爾雅》（貝原好吉編），收錄魚旁漢字 53 字。

1959 年《大漢和辭典》（諸橋轍次編），收錄魚旁漢字 683 個。

顯然，《大漢和辭典》是日本迄今為止收錄魚旁漢字最多的辭書。在數量上不及中國的《漢語大字典》（魚旁漢字 719 個）和《中華字海》（魚旁漢字 820 個）。後來筱崎晃雄編著的《有趣的魚的雜學》（1982 年）裡，收錄了魚旁漢字 1006 個。這是迄今為止網羅得最多最全的記錄。另外值得一提的是，日本人造的魚旁漢字的數量也大大超過了中國。

2. 淡水魚漢字與海水魚漢字

《詩經》裡出現的 11 個魚旁漢字所表示的魚都是淡水魚，沒有

一個是海水魚。雖然出現了魴、鮪、鱒、鱧等在日本屬於海水魚的漢字，但在當時的中國都是指淡水魚。江戶時代的貝原益軒在《大和本草》裡也說，本草所載諸魚品種中，海魚少，錄入得最不詳細。

日本魚旁漢字的一個顯著特點就是自己造的國字多。按照江戶時代的新井白石在《同文通考》裡的說法：國字是本朝造，異朝字書裡找不到，而且一般使用訓讀而不是音讀。他當時在書裡就認定了 25 個魚旁國字，如「鱛、鰯、魸、鯤、鱈、鮱、鯥、鰔、鮇、鮨、鰊、鱰、鮻、鯤、鯰、鰤、鮞」等。但後來發現中國的辭書裡已經有「鰔」和「鯏」二字。這種與中國已有的漢字相遇的現象，日本語言學者加納喜光把它定義為「半國字」。這位學者就日中魚漢字歸納了以下六種模式：

純國字──如「鮻 / 鮇」等。

半國字──如「鱰 / 鮃」等。

含義不同的漢字 ── 如「鮎」，在日本曾表示「アユ」（ayu）（鮎）、「マス」（masu）（鱒）等。

傳來傳去的漢字──如「鱈」，最初是日本的國字，然後傳入中國，再傳入日本。

中日共通的漢字──如「鯉 / 鯨 / 鰻 / 鮒」等。

中國專用漢字──如「魮 / 鱛 / 鮍」等。

從文字造型的特點來看，中國人重形，強調視覺符號。這在魚造上最為明顯。如鰻魚的「鰻」，從魚的形狀來看，似繩草

狀。滑溜溜的不停地向前方延伸，腦海裡便會出現「曼」的漢字形象——長長的細細的。於是魚＋曼，「鰻」字出世。這是大腦形象與語言形象重疊後的高端「產品」。

日本人則比較重視陳述事實——故事、信仰、漁期、味覺等的綜合表現。如日語叫做「タラ」（taru）（鱈）的魚，多雪的冬天屬於捕撈的旺季，於是創造出「魚＋雪」成為「鱈」。也就是說，日本人重會意。日本人會意造魚字最得意的當屬「鰯」字。

3. 日本最古老的國字 —— 鰯

日本平安初期編撰的《新撰字鏡》（892 年前後）中，已經收錄不少魚字旁的國字。比如當時雖然還沒有「鰯」（中文為沙丁魚）這個字，但是有魚旁加「庶」字，讀音為「以和之」，與「鰯」的現代發音「イワシ」（iwashi）非常接近。為甚麼要寫成魚字旁加「庶」字呢？日語學者分析說，這或許是當時人將這種魚看成是低檔次的下等魚有關，也可能是與這種魚大批洄游的習性有關。但這個寫法很快就消失了，取而代之的是「鰯」字。934 年編撰的《和名抄》裡已經將「鰯」字收錄其中。在 1988 年發掘「長屋王家」時，在發掘到的資料裡發現了「鰯」字。這就把日本國字創造的時間向前推進了 200 多年。

長屋王是持統朝代的太政大臣，是高市皇子的長子、天武天皇的孫子，在朝廷裡擔任左大臣。在 729 年被誣陷為篡奪皇位，犯了所有罪名中最大的罪——不敬罪。朝廷派人包圍了長屋王的

住宅。他和妻兒全家自殺，享年 54 歲。長屋王的住處在哪裡一直是個謎。直到 1986 年才出現轉機。當時因為要建百貨商店，開發了平城宮東南地帶，發現了 3 萬件以上的木簡。時間跨度從 710 年到 717 年。在這些木簡中，有很多從中國傳來的漢字，如「鯵／鮒／鮎／鯛」等，也有中國沒有的漢字，如「鰯」。木簡上記有「鰯五隻」等字樣。

這樣看來，「鰯」是日本史料裡記載的最早出現的國字（前面提及的「魚加庶」字，時間不長就被「鰯」字所替代，所以日本學者都認為「鰯」字為日本最早國字）。人見必大在《本朝食鑑》（1697 年）裡將鰯定性為：柔弱，易腐。稍後的新井白石在《東雅》（1717 年）裡就直說「鰯」就是弱的意思，只要一離開水，即刻就死。這就像鰹魚附上「堅」字一樣，因為鰹魚的生命力在魚類中屬於旺盛的。但也有別的說法。貝原益軒在《日本釋名》（1699 年）中說，「鰯」的意思下賤的魚，因為它是其他魚的餌料。據說紫式部偷吃了「鰯」，留下被夫君斥為下賤之人的趣話。但木簡的發現表明，貴人雲集的皇宮中也在享用這種魚，說明它並不下賤。日本人造的這個國字，不久也傳到了中國。現代中國的辭書裡也收錄這個字了。

說到「鰯」，還必須再說「鰮」字。這個字讀音也是「イワシ」。為甚麼同一個讀音會有兩個不同的漢字呢？這是同一種魚還是不同的魚？從時間上來說，「鰮」字出現很晚。在「鰯」字誕生 900 年之後的江戶時代，中村惕齊的《訓蒙圖韻》（1666 年）裡第一次

出現了「鰮」字。貝原益軒在《大和本草》中，也是依據中國明朝的《閩中海錯疏》中所記載的「鰮與馬鮫魚相似，有鱗體小」的出典，認定「イワシ」的漢字表示就是「鰮」。但後來又有學者認為，從用例上來看，將「イワシ」斷定為「鰮」是有難度的。如同樣是明代的《本草綱目》中記載沙鰮是淡水魚，是鯊的別名。日本學者認為，這裡的「鯊」，日語讀音為「カマッカ」，這個讀音應該表示為「鰮」，意思是沙石裡潛伏的魚。

活躍於大正時期的童謠女詩人金子美鈴，有一首著名的《大漁》詩。其中寫道：

朝焼小焼だ / 大漁だ / 大羽鰮の / 大漁だ

這裡的「鰮」，標注的假名發音就是「イワシ」。這樣來看，至少到昭和初期為止，「イワシ」還是用「鰮」來表示的。谷崎潤一郎寫於 1936 年的小說《貓和莊造和兩個女人》中，描寫到阪神電車沿線的海邊捕魚情景時，用了漁民們歡快的「鰯の取れ取れ」的語句。這裡谷崎沒有用「鰮」而用了「鰯」字，表明從「鰮」到「鰯」，「鰯」字已被認可。

4. 鰆是「回故鄉」的「魚漢字」？

魚旁加春為「鰆」。日本古來就將鰆魚視為報春的喜慶之魚。日語讀音為「さわら」(sawara)。鰆魚在西日本屬於春天的時令貨，尤受歡迎。紅白喜事少不了鰆魚上桌。鰆魚也是懷石料理用材，魚身呈細長形，嘴尖，口部斜面向上。背呈青灰色，光澤耀

眼。產卵時期，閃入瀨戶內灣。

在日本，鰆字最早出現在 1081 年平安末期編纂的《類聚名義抄》中。日本有學者說這個字是和製漢字，但是後來發現中國在 1037 年編撰的《集韻》和 1067 年編撰的《類篇》裡出現了這種魚名。明朝編撰的《正字通》（1672 年）有記載：「鰆音為春。海魚。春來。」

這種魚日語叫做「さわら」，在中國則稱為「馬鮫魚」。明代馮時可的《雨航雜錄》裡記載：「馬鮫魚形似鱅，味如鯧。一說社交。」這裡所謂的「社交」是指春天祭祀土地神的活動。這種魚也總是在這個祭祀時期出現，所以「さわら」亦稱之為「社交魚」。對此有日本學者說，雖然中國人認識到了這種魚是春天的魚，但造出這個「鰆」字的還是日本人。鰆是「回故鄉」的漢字。

鰆在日本關西屬於高級魚。有一句話說鰆的價格由岡山來決定，表明這種魚在岡山縣更受歡迎。瀨戶內海捕獲的新鮮度高的鰆魚做成的生魚片，在江戶時代就已經非常有名了。此外，魚一般都是頭部比較美味，但鰆魚則是尾部比頭部美味。品嘗頭尾不同的味道，也是食魚民族日本人的一大樂趣。

「鰆魚報春」自然是沒有問題的。但是日本還有一種叫做「ニシン /nishin（鯡）」的魚，它的別名直接就寫作「春告魚」。為了定奪「鰆 / 鯡」與春天的關聯性，魚類學家們大為忙碌了一番，最終以帶「春」字具有「優先權」為由，判定「鰆」為報春魚。這當屬日本魚類漢字史上有趣的佳話。

5. 寿司、寿し、すし、鮨、鮓

走在日本的大街小巷，到處可以看到日本壽司店招牌的不同漢字表示。

鮨／鮓／寿司／寿し／すし

「○○鮨」

「△△寿司」

「すし□□」

「××寿し」

令人眼花繚亂。

用日本全國壽司連合會（簡稱「全壽司連」）的話說，日本全國各地的壽司店表示混亂，都道府縣的壽司連合會的表示也混亂。如北海道是「北海道鮨商生活衛生同業組合」，用了「鮨」字；東北的青森縣和福島縣用了假名「すし」；同樣在東北的宮城縣用了漢字「寿司」；在關東，群馬縣、埼玉縣、神奈川縣和東京都用「鮨」字，茨城縣和千葉縣用假名「すし」，櫪木縣用漢字「寿司」。從統計結果看，各都道府縣用「鮨」最多（20），其次是「すし」（17），再其次是「寿司」（4），最後是「鮓」（1）。從分佈情況看，「鮓」大都集中在西日本，「鮨」大都集中在東日本。

銀座一丁目的「すきやばし次郎」就是壽司之神小野二郎的店。但店名既沒有「壽司」二字，也沒有「鮨」字。日本網站上列出了銀座 20 家壽司店，店名用「鮨」的是 10 家，如銀座七丁目的「鮨竹」，銀座六丁目的「鮨太一」、「鮨青木」等；店名用「すし」

的是五家，如銀座一丁目的「すし家一柳」，銀座七丁目的「すし善」；店名用「寿司」的只有一家，銀座六丁目的「銀座寿司幸本店」。還有在東京的大街上經常看到的「天下寿司」「すし三崎丸」這兩家連鎖店，就是各自表示的典型。

2016 年年初，日本網上有個「寿司用語」頻度的調查。從調查的結果看：將做壽司的師傅的職業名稱寫成「寿司職人」的有 22 萬例，寫成「すし職人」的有 55500 例，寫成「鮨職人」的有 22800 例，寫成「鮓職人」的只有 14 例，表明在日本壽司行業用得最多的還是「寿司」，用得最少的是「鮓」。

「鮓」，原本是指用魚、鹽、米乳酸發酵後的食品。江戶時代中期，帶有酸味的食物叫「すし」。「鮓」的用例有「熟鮓ずし」「鮒鮓ずし」等。

「鮨」，原本在中國帶有咸辣的醃魚叫鮨。而現在的日本，「鮓」與「鮨」都用來表示「すし」。「鮨」的用例有「握り鮨」「押し鮨」等。

「寿司」的寫法，來自「寿を司る」「寿詞」等詞，是比較吉利的文字組合。當時向朝廷進貢的物品中有一品是「すし」的話，就用吉利的「寿司」二字。與壽司組合的文字有「回転寿司」「巻き寿司」「ちらし寿司」等。1848 年編撰的《江戶名物酒飯手引草》中，記載了當時江戶共有 95 家壽司店，但以「寿司」為名的只有兩家，絕大多數都是用「鮨」字為店名。

這裡要指出的是，「鮓／鮨」這兩個漢字都是來自古代中國。漢字傳到日本後，日本人借用這兩個漢字來表示「すし」。

此外，為了強調「すし」本身所具有的酸味，日本人有時也寫成「酸し」。

6. 日本蘋果電腦能打出 160 個魚旁漢字

在 1946 年頒佈的當用漢字表中，規定了魚類名必須用片假名來表示，如クラゲ（水母）、イカ（烏賊）等。1981 年的常用漢字表，也僅有「鮮」與「鯨」兩個魚旁漢字，而且「鮮」並不是魚名，「鯨」也不能說是一大魚類，所以從這個意義上說魚旁漢字一個也沒有收錄。但作為人名用漢字的魚旁字倒有三個：鮎、鯉、鯛。其他的魚旁漢字只能在文學作品中或壽司店看到。2010 年的常用漢字表也沒有使這個狀況得以改觀。現在，日本蘋果電腦預設的魚旁漢字是 160 個，比如說有：

鰘鯳鰰鯱鮴鱺

鮖鱜鯲鯤鱇鱸

鮲鯑鮗鰙鰯鱎

鱪鯎鱈鮱鰚鱆

鯐鯀魞鱁鰷鱅

鱩鱠鱣鱚鱓鱒

鰸鱶鱵鱲鱭鱐

明治時期的文化名人澀澤敬三在《日本魚名集覽》和《日本魚名研究》裡寫道，「鰤」有 96 種地方名。而在魚類學者辛川十步的《鱂乃方言》中記載：有關「川魚鱂」的方言說法有 4794 種，如「鱂

雖小也算魚」。真不愧是「魚漢字」大國。

　　「鰊／鰺／鯖／鰈／鱶／鱒／鮪／鱧／鮒」，像這樣的魚旁漢字，有時日本人也念不出來，因此他們就乾脆標假名。此外，魚名與季節相關，也是日本魚漢字文化的一個特點。如「秋刀魚、鰍、鮗、鰆」等。《詩經》裡有「鮪」字，但日本人拿來指代金槍魚了。「腐っても鯛」（瘦死的駱駝比馬大），「を読む」（打馬虎眼），「鰯の頭も信心から」（世上無難事，只怕有心人），這些出現魚的熟語，在日語裡就更多了。

　　日本作家村上龍在一篇短篇小說中發問：臨死之前可以吃三個壽司，你會選甚麼？

　　是金槍魚中肥、海膽、鮭魚？還是金槍魚赤身、星鰻、鮭魚子？或者乾脆是鰹魚、白魚、比目魚？青春、無知、又有點虛榮的 17 歲的女孩，會如何選擇呢？寂寞、寂寞還是寂寞的單身女，會如何選擇呢？孤獨、孤獨還是孤獨的離婚男，會如何選擇呢？這味覺的隱喻，便是「人之初」的隱喻。但絕不是「性本善」的隱喻。性本善遭遇生魚片，會在帶點生命的味道也帶點海腥味的面前，害羞與臉紅。痛楚與快感是一枚銅板的兩面。人之初與性本善則是生魚片的兩面。

7.　日本地名的漢字秀

　　日本南北長 3000 公里。國土面積 37 萬平方公里，居世界第62 位。山巒起伏，平原開闊；川流湍急，海水滔滔。全國共 47 個

都道府縣，約 1719 個市町村。從地名來看，北海道有阿伊努人的痕跡，如「音威子府」「比布」「長萬部」等就是阿伊努語發音的地名。沖繩也有很多很少見的漢字發音用於地名，如「北浜」「豐見城」「大家」。新潟縣還有一個「胎內市」，當地人完全不覺得有甚麼怪異之處。

日本 47 個都道府縣的名稱，大多是二字組合，不是二字的只有北海道、神奈川縣、和歌山縣和鹿兒島縣這一道三縣，其餘的都是兩個漢字，如千葉、群馬、栃木、長野、奈良、三重、福岡、山梨等。栃木縣的「栃」字是日本的國字，平安時代寫成「杤木」。「杤」的發音為「とち」（toti）。這個讀音轉換成萬葉假名，其漢字就是「十千」。十乘以千等於「万」。在中國這個字寫成「櫔」。江戶時代的漢學家就用這個漢字書寫地名。明治維新實施廢藩置縣，這個地名升格為縣名，於是將平安時代的「杤」字與中國的「櫔」字組合起來，造出了現在的「栃」字。2010 年的常用漢字表收錄了這個漢字。這年的常用漢字表還收錄了茨城縣的「茨」字、岡山縣的「岡」字、埼玉縣的「埼」字、愛媛縣的「媛」字、岐阜縣的「阜」字。常用漢字表還有一個亮點就是增加了許多動物的名稱。如「虎／龜／鶴／熊／鹿」等。「虎龜鶴」之所以選上，是因為日常生活中使用頻率較高，而「熊鹿」之所以選上，顯然是沾了熊本縣和鹿兒島縣的光。不過，同為動物，「鷹」與「狼」等最終沒有能入選常用漢字。這讓帶有「鷹」字的城市頗為不滿。如東京都三鷹市就是其中之一。三鷹市負責城市形象推廣的官員表示，他們將聯手北海

道鷹棲町，為「鷹」字入選造勢。

　　日本的都道府縣為甚麼大都是兩個漢字呢？這要追溯到奈良時代的 713 年（和銅六年）5 月，當時在位的女帝元明天皇發出「好字二字化令」詔書，命令畿內七道諸國的郡鄉用好字。《延喜式》也下達了官方的規定：凡諸國的鄉里之名必取嘉名。「好字」或「嘉名」是受中國瑞祥思想的影響。當時日本的學習對象是唐朝，所以地名也要像唐朝一樣選用兩個漢字，如長安、洛陽等。於是日本的七道諸國都根據這個「化令」將郡名、裡名改為兩個吉利的字，並使其固定下來。於是出現了：

　　倭→大倭→大和

　　泉→和泉

　　上毛野→上野

　　築紫道前口→築前

　　近淡海→近江

　　磯城島→城島

　　小丹生→遠敷

　　還有諸如「明日香→飛鳥、無邪志→武藏、林→拜志、上→賀美、中→那賀、下→志茂」等都屬於好字。讀音也為此發生了變化。如「飛鳥－アスカ/asuka、春日－カスカ/kasuka、日下－クサカ/kusaka」等讀音就是在那個時候定型的，至今未變。東京都有一條主要的大道就叫「春日通」（カスカどおり）。

　　日本地名的漢字秀有時還表現在趣味性上。如：

地名中有日本國字樣：山形県鶴岡市大宝寺字日本国。

32 個漢字組合一個小地名：京都府京都市東山區三條通南二筋目白川筋西入二丁目南側南木之元町。

六連「志」的漢字地名：鹿児島県志布志布志布志町志布志。

連用三「市」的地名：兵庫県南あわじ市市市。

連用三個「神奈川」的地名：神奈川県横浜市神奈川區神奈川。

寫入東京三個繁華地的地名：福島県東白川郡鮫川村赤阪中野新宿（赤阪、中野、新宿都是東京的繁華街）。

一字地名的前三：廣島縣神石郡神石高原町的「李」（すもも /sumomo）、福井縣吉田郡永平寺町的「轟」（どめき /domeki）、栃木県足利市的「県」（あがた /agata）。

日本難讀的漢字地名前十名：老者舞、局局、五十子、斑鳩、交野、喜連瓜破、等々力、鹿骨、百舌鳥、二弁當。

石川縣七尾市的「七尾」二字來自山頂的七個尾根（在日語中，山脊被稱為「尾根」，七尾是指用來形容石動山的七個山脊）：菊尾、龜尾、松尾、虎尾、竹尾、梅尾、龍尾。富山縣高岡市的「高岡」二字，來自《詩經》中的「鳳凰鳴矣於彼高岡」。

滋賀縣犬上郡多賀町有一個江戶時代就有的地名「妛原」。以前也有寫作「山女原」的。而「山女」則是平安時代就有的熟語。「妛」這類字被日本的語言學家笹原宏之稱為「幽靈文字」。JIS 漢字裡收入了這個「妛」字。

飄逸着色香味的漢字地名日本也有不少。如奈良的「明日

香」、東京的「青山」、京都的「舞鶴」、北海道的「富良野」、富山的「白川鄉」、鐮倉的「雪之下」。當然，長野的「青鬼」、岐阜的「尻毛」、北海道的「発寒」則是另外一種感覺。而小樽市的「忍路」，愛奴語[1]的意思就是「像屁股那樣的凹陷低窪地」。

8.「鱻」—筆畫最多的漢字站名

用漢字起車站名，是日本人最能發揮漢字思維的一個地方。

在日本的外國人，最能體驗到日本鐵道文化就像日本美少女文化一樣，是如此令人喜愛並深入人心。這種令人喜愛與深入人心除了鐵道本身以及周邊產品所構築而成的不同的人文景觀之外，日本鐵道的車站名無疑也起到了錦上添花的作用。

日本鐵道站名首先表現了用漢字表示的詼諧心思。如：

名古屋名鐵常滑線有「道德」站名；

名古屋鐵道名古屋本線有「前後」站名；

青森縣的 JR 八戶線有「大蛇」站名；

北海道的 JR 室蘭本線有「母恋」站名；

福岡縣的 JR 築豐本線有「天道」站名；

山梨縣的 JR 身延線有「国母」站名；

兵庫縣的 JR 山陰縣有「養父」站名；

岐阜縣的明知線有「極楽」站名；

---

[1] 亦譯阿伊努語。日本原住民阿伊努人的民族語。

靜岡縣的大井川鐵道有「地名」站名；

名古屋鐵道揖斐線有「尻毛」站名；

廣島縣的 JR 福鹽線有「上下」的站名；

島根縣的北松江線有「美談」的站名；

愛媛縣 JR 留萌本線有「增毛」的站名；

千葉縣的 JR 常盤線有「我孫子」站名；

埼玉縣的西武池袋線有「小手指」站名；

大阪市營地下鐵谷町線有「喜連瓜破」站名。

高知縣的阿佐線有「和食」站名。但這裡的「和食」不念作「わしょく」（wasyoku），發音為「わじき」（wajiki）。

這些站名，對漢字發源地的中國人來說，真是既好玩又好笑。

青森縣的 JR 五能線有個叫「驫木」的站名。用三個繁體「馬」字疊成的「驫」字共有 30 畫，這是日本迄今為止筆畫最多的秘境小站。小站面朝日本海，屬全日本最靠近海平面的車站。日本最短的站名只有一個漢字，發音是一個音節，就是三重縣的 JR 東海・近鐵・伊勢鐵道的「津」站，讀音為「つ」。漢字和假名都是一個字，但是若用羅馬字表示的話，則是三個字「Tsu」。看羅馬字名稱的話，就既成不了世界第一短，也成不了日本第一短。因為日本 JR 山陰本線有一個「飯井」站，羅馬字表示為「Ii」。於是津市的有關部門腦筋一動，將「Tsu」改為一個字母「Z」，並將這個字母「Z」念為「つ」。這就成了日本最短的站名，當然也成了世界最短的車站名。日本最長的站名是南阿蘇鐵道高森線的「南阿蘇水

の生まれる里白水高原」，漢字帶假名為 14 字。這 14 字的站名如果都用假名表示的話，就是「みなみあそみずのうまれるさとはくすいこうげん」，總共 22 個字，當屬日本第一。

9.　一字站名是在玩寂寞感

　　日本有些站名的讀音與常用日語詞彙讀音相同，於是出現了這樣一幕：高知縣的 JR 四國線有個車站，漢字表示為「後免」，讀音為「ごめん」（gomen）。這個讀音正好與日本人常用的「ごめん」（對不起）相同。乘務員每天報站名「次は後免、ごめんです」，就像每天向乘客致歉對不起，給人一種謙卑的感覺。滋賀縣的京阪鐵道石山阪本線有一個車站，漢字表示為「穴太」，讀音為「あのう」（anou），而這個「あのう」是日本人平時要說下文的發語詞，用於報站名，就會出現「次はあのう、あのうです」的語句。日本人會開玩笑地說：「快說下文呀，不要老是『あのう、あのう』的吊人胃口。」真可謂妙趣橫生。

　　日本也有很多一字站名。這一個漢字，寫在大大的站牌上，透出的是一種寂寞感。一字站名如：

　　学——JR 德島線

　　鼎——JR 東海飯田線（長野縣）

　　兜——阿武隈急行線（福島縣）

　　葛——近鐵吉野線（奈良縣）

　　盛——JR 大船渡線（岩手縣）

高——JR 藝備線（廣島縣）

陶——高松琴平線（香川縣）

長——北條鐵道北條線（兵庫縣）

蕨——JR 京浜東北線（埼玉縣）

鎧——JR 山陰本線（兵庫縣）

蓮——JR 飯山線（長野縣）

糒——鐵道伊田線（福岡縣）

膳——上毛電鐵上毛線（群馬縣）

県——東武伊勢崎線（櫪木縣）

轟——勝山永平寺線（福井縣）

隼——若櫻鐵道若櫻線（鳥取縣）

10. 大／畑 —— 和漢組合的站名

日語表示的多樣性，也體現在站名上。和製漢字與中國漢字組合，當這種組合以一種我們中國人並不習慣的方式呈現的時候，我們會切實感受到漢字在日本是如何深入人心。

実籾——京成電鐵本線（千葉縣）。「籾」是和製漢字。

二ツ杁——名鐵名古屋本線。「杁」是和製漢字。

鴫野——大阪市營地下鐵。「鴫」是和製漢字。

宍喰——阿佐海岸鐵道（德島縣）。「喰」是和製漢字。

湯ノ峠——JR 美禰線（山口縣）。「峠」是和製漢字。

大畑——JR 肥薩線（熊本縣）。「畑」是和製漢字。

小俣──近鐵山田縣（三重縣）。「俣」是和製漢字。

岩峅寺──富山地方鐵道立山線。「峅」是和製漢字。

石見簗瀨──JR 三江縣（島根縣）。「簗」是和製漢字。

青笹──JR 釜石縣（岩手縣）。「笹」是和製漢字。

駒込──JR 山手線（東京都豐島區）。「込」是和製漢字。

四辻──JR 山陽本線（山口縣）。「辻」是和製漢字。

糀谷──京浜急行線（東京都大田區）。「糀」是和製漢字。

鑓見內──JR 田澤線（秋田縣）。「鑓」是和製漢字。

當然，再往細部梳理，我們還可以發現一些站名裡的第一個漢字筆畫多且難讀。如：

薊野──JR 土讚線（高知縣）。「薊」16 畫。

鵯越──有馬線（神戶市）。「鵯」19 畫。

蹴上──京都市營地下鐵東西線（京都市東山區）。「蹴」19 畫。

竈山──貴志川縣（和歌山縣）。「竈」21 畫。

欅平──黑部峽谷鐵道（富山縣）。「欅」21 畫。

鰭ヶ崎──流水線（千葉縣）。「鰭」21 畫。

驫木（日本站名筆畫最多）──JR 五能線（青森縣）。「驫」30 畫。

2007 年發行的 JR 青春 18 票的海報上，有這麼一段文字：

打開窗戶，整個車廂都是春天。

換一種說法，我們是否可以說：

打開窗戶，每個站名都是俳人筆下的春天？

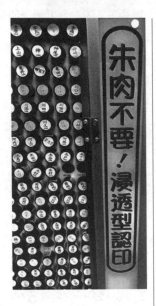

何為「朱肉不要」？原來是在販賣不需
紅印泥的圖章。「朱肉」是指紅印泥。

一個「無添加」四個「不使用」，好像進
了中國人開的店，但這是日本全國連鎖
的快餐店松屋。

希少，中文是稀少。稀少糖為存在放植
物中的一類單糖和糖醇。

這兩個書法體的春節，令人眼睛一亮。中華文化在日本生根了。

壽司的不同表記。這是日本語的生趣之處。

應該是「買得」，表買得合算的意思。但現在是「買徳」，巧妙地用了同樣的發音，「得」變成了「徳」，用來吸引客人的眼球。

「更にお買徳」

將歡送會歡迎會造成「歡送迎会」。日本人很喜歡作這樣的造語。

中文的語序是賣券機，日語的語序是券売機。一個動詞在前，一個動詞在後。

搞促銷，就說「在庫一掃」。這個語感與我們差不多。問題是處分，在中國的語感主要是對人的。如處分某人。在日本主要是對物的。物品打折了，也叫處分了。

「妻有豚」妻子懷小豬了？日語漢字有時會鬧笑話。

漢字在日本的變遷。中國的「鰕→蝦」到日本的「海老→蛯」。栃木縣在過去的《朝日新聞》裡的變化。從左至右：1833 年5 月31 日→ 1833 年10 月3 日→ 1907 年6 月16 日→ 1916 年8 月4 日。

東京都豐島區太陽城水族館的一個展覽海報。毒毒毒毒毒毒毒毒毒——九個毒字。那就叫「猛毒展」吧。無處不見的漢字力。

草間彌生的「彌」，與日本歷史弥生時代的「弥」。哪一個更具張力？

三點水加個零字成澪。用日本的國字為日本酒起名。漢字，無處不力。

歲暮二字的典雅／縱橫無盡的造語／居然也有炒飯兩個字。還有門外不出／頑固親父，令人看得無語。

自然も街も、縱橫無尽。

站頭實施中的「駅頭」（站頭）兩個字，太中國化了。

是中文海報嗎？不。日語海報。

第六章　漢式和文裡的「漢字心」

1.　日本人最初和漢字相遇是甚麼時候？

在漢字傳入日本之前，日本沒有文字。這是不用懷疑的。

平安時代有個叫齊部廣成的人，在 807 年首次寫了本關於日本文字的書。書名叫「古語拾遺」。其中有一段說：上古時期還沒有文字，貴賤老小，口口相傳，前言往行，不能忘記。此外，在中國的正史《隋書・倭國傳》裡也有這樣的記載：倭國（日本）在百濟、新羅的東南面，沒有文字。只有刻木結度繩。敬佛教。

這樣來看，日本是在百濟求得佛教，才開始有文字。當然到了鎌倉時代有日本人不服氣，說日本在神話時代就有「神代文字」了，如卜部兼方的《釋日本紀》、忌部正通的《神代口訣》等；到了江戶時代有平田篤胤的《神代日文傳》等。在明治和昭和時代，文字的有無更是被國粹主義者利用，政治上和學問上的問題就更多了。

日本人最初和漢字相遇，在甚麼時候呢？說法各異。但從遺留下來的文物來看，有兩個有力的推測。

一個是在 1784 年的時候，一位名叫甚兵衛的農民在福岡縣志

賀島的稻田中，發現了一枚金印，2.4 厘米的正方形，重量為 109 克。這是後漢光武帝（在位 25—57 年）送給奴國王的金印。作為史料佐證，范曄（398—445 年）在《後漢書‧倭傳》（後漢書‧東夷傳）裡記述道：「建元中元二年（57 年），倭之奴國奉貢朝賀，使人自稱大夫，倭國之極南界也，光武賜以印綬。」這裡的印，就是金印。這裡的綬，就是掛在金印上的繩子。金印的反面，用篆書體寫有三行五字「漢委奴國王」，屬陰刻。

一個是在長崎縣出土的彌生時代的遺跡中，發現了一枚中國銅錢。上面鑄有「貨泉」二字。考證的結論為，這是想推翻漢王朝的王莽（在位 8—23 年），在建立新朝時期鑄造的貨幣。《漢書‧食貨志》裡記載：這枚銅錢是在天鳳元年（14 年）鑄造，到王莽建政的新朝消亡為止，共有 12 年的流通時間。流傳到日本大約是在公元 1—2 世紀左右。

這樣來看的話，在公元 1 世紀的時候，已有漢字傳入日本列島。日本人與漢字的最初相遇，也應該在那個時候。

2. 漢字外交文書的首次登場

作為語言記號的漢字，是甚麼時候在日本開始使用的呢？

《魏志‧倭人傳》裡這樣記載：「正治元年（240 年），太守弓尊遣，建中校尉梯攜等，奉詔書印綬去倭國，拜假倭王。倭王因使上表，答謝恩詔。」

這裡的「上表」就是當時倭國（日本）的外交文書，也叫「上表

書」，專門奉呈君王。這段記載表明在 3 世紀中葉，日本就用漢字來書寫外交文書了。但這個「上表文」是一種怎樣的形式？其中書寫了甚麼內容？現在都不可考了。

到了 5 世紀後，情況有了新的變化。《日本書紀》記載，免道稚郎子跟隨王仁學典籍，對漢文有了相當的讀解力。

這裡有一段插曲。

應神天皇的時候，有一年 9 月，高句麗王派使者去日本朝貢，並附送上表文。上表文用漢字書寫。其中有這麼一句話：「高麗王指導倭國王」。太子免道稚郎子閱讀後，大為憤怒，對高句麗的使者道：這上表文太無禮了。便順手撕破。

這段插曲表明，在當時上層的日本人中，已經有人對漢文較為精通了。

沈約（441—513）著《宋書·倭國傳》，書中對列島情勢記述得很到位。如文帝（在位 424—453 年）元嘉二年（425 年），倭國的贊王（指履中天皇）派遣曹達，奉呈上表文，貢獻物品。再有，順帝（在位 477—478 年）升明二年（478 年），倭國的武王（指雄略天皇）派遣使者，奉呈上表文。並引用了上表文的一段文字：

封國偏遠，作藩於外，自昔祖禰，躬擐甲冑，跋涉山川。不遑寧處。東征毛人五十五國，西服眾夷六十六國，渡平海北九十五國，王道融泰，廓土遐畿，累葉朝宗，不愆於歲。

共 70 字，其中多數為四字駢文，並注重音調。這是中國六朝時代流行的文章技巧。當時的日本人已經較為熟練地掌握了。這

段文字是不是經過《宋書》的作者沈約修改？不得而知。進入 5 世紀後，日本送往中國的外交文書，能有這樣的漢文水平，可見當時的日本外交部門已有不少精通漢字的精英分子。

在那個時候，日本人還留下了書寫金石文的紀錄。共有三處可查。

一處是在埼玉縣行田市稻荷山古墳裡出土的鐵劍銘文。劍的正反面刻有 115 字（正面 57 字，反面 58 字）。銘文開頭是「辛亥年」三個字。書寫這段銘文的時間推斷為公元 471 年。

另一處是在熊本縣玉名郡菊水町江田船山古墳出土的太刀刀鋒上，有 75 個文字。這被推定為是 5 世紀中葉的古物。

第三處是在和歌山縣橋本市隅田町隅田八幡宮出土的人物畫像青銅鏡。上面有 48 個文字：

癸未年八月日十大王年男弟王在意柴沙加宮時斯麻念長壽遣開中費直穢人今州利二人等取白上同二百旱所此竟。

這段話是甚麼意思呢？

癸未年的八月，是日十大王的生日。男弟王在意柴沙加宮的時候，斯麻念及長壽。遂派遣開中的費直和穢人的今州利二人，取白上銅二百貫，以作此鏡。

這裡有一個疑問。文中的「開中費直」是誰？日本史學者認為，這個人是來自百濟的渡來人的可能性很大。

如果這一結論能成立的話，那麼是渡來人幫助日本人，並教會了他們怎樣使用漢字。

3. 法隆寺五重塔發現了塗寫的文字

日本戰敗後不久，對奈良法隆寺五重塔實施解體性的大修。就在第一層頂部的組木上，發現了塗寫的文字。無疑，這是日本漢字史上的一件大事。

組木的左端寫有「奈爾」兩個大字，右端寫有「奈爾波都爾佐久夜已」九個字。

這是甚麼意思呢？原來這是一首有名的和歌的開首部分。日語的讀音為：

なにはつにさくやこの はなふゆごもり
（nanihatunisakuyakonohanahuyugomori）

中文大意：難波津盛開的豔花籠罩在寒冬裡。

這屬於完全的一字一音讀寫方式。

這是誰塗寫的呢？一定是當時修建五重塔的勞動者的「傑作」。這也說明漢字在日本七世紀的時候，已向庶民階層普及。

眾所周知，法隆寺是在 607 年（推古天皇十五年），由聖德太子建造的。但在 670 年（天智天皇九年）4 月 30 日發生火災。《日本書紀》記載這場大火使得法隆寺「一舍不留全燒盡」。708 年（和銅元年）再建。從推古天皇十五年到和銅元年，正好是一個世紀的光景。這一個世紀，也是中國文化對日本普及最快的一個世紀。以至於在重建法隆寺之際，連一般的建築工人也會書寫漢字了。

借漢字來表示日語，這兩者的結合首先在地名和人名上獲得成功。這是非常用功夫的一件事。

最早的紀錄還是存留於中國的史書裡。《魏志・倭人傳》裡日本的地名、人名和官職名都用漢字來表紀。如日本 3 世紀的女王「卑彌呼」（ヒミコ）。這裡，「HI」的發音用「卑」字，「MI」的發音用「彌」字，「KO」的發音用「呼」字，組合成邪馬台國的女王名字。這就是所謂的「假借」。

按照後漢的許慎在《說文解字》裡的說法，所謂假借就是「本無其字，依聲託事」。日本的官職名如「卑奴母離」（ヒナモリ）的讀音為「hinamori」。國名如「邪馬台」（ヤマト）的發音為「yamato」。中國唐代漢譯佛典，也用這樣的方法。如古代梵語「amitayus」就翻譯成「阿彌陀」，「sakya」翻譯成「釋迦」，其道理是一樣的。

4. 固有名詞一字一音的萌芽

進入 7 世紀，漢文與和文混合的勢頭開始顯現。聖德太子的《法華義疏》（615 年）與「十七條憲法」，都是日本人掌握堂堂漢文的絕好證據。聖德太子的佛典是向高句麗僧侶惠慈學習的，外典（佛典以外的書籍）是向博士覺哿學習的。除聖德太子之外，當時上流社會的日本人漢文水準也不差。如有名的遣隋大使小野妹子，向隋煬帝奉呈的國書是「日出處天子、致書日沒處天子、無恙」就是相當不錯的漢文。

從當時遺物年代的順序來看漢字發展可概述為：

伊予道後溫泉碑文（推古天皇四年 /596 年）

　　元興寺露盤銘（同年）

　　法隆寺獻納寶物／菩薩半跏像銘（推古天皇十四年／606 年）

　　法隆寺金堂藥師如來像光背銘（推古天皇十五年／607 年）

　　元興寺丈六佛光背銘（推古天皇十六年／608 年）

　　法隆寺金堂釋迦三尊像光背銘（推古天皇三十一年／623 年）

　　法隆寺三尊像光背銘戊子年（推古天皇三十六年／628 年）

　　宇治橋斷碑（大化二年／646 年）

　　中宮寺天壽國曼荼羅瀟帳銘（七世紀前半）

　　法隆寺四天王廄像光背銘（白雉元年／650 年）

　　法隆寺獻納寶物釋迦如來像光背銘（白雉五年／654 年）

　　船王后墓誌（天智天皇七年／668 年）

　　小野毛人墓誌（天武天皇五年／677 年）

　　山之上碑（天武天皇九年／681 年）

　　長谷寺法華說相圖銅板銘（朱鳥元年／686 年）

　　法隆寺觀音像銘（持統天皇八年／694 年）

　　以上都是金石文的造像紀錄。金石文的殘留與佛教的隆盛有很深的關聯。

　　這裡必須注意的是漢字的用法。如「夷與」是指國名「伊予」。「斯歸斯麻」是指地名「磯城島」。「阿米久爾意斯波羅支比里而波乃彌已等」是指人名「天國排開広庭尊」──皇子時代的欽明天皇。「有麻移刀等已刀彌彌乃彌已等」是指人名「廄戶豐聰耳皇子」──聖德太子。「巷宜有明子」是指人名「蘇我馬子」。相當多

的固有名詞都採用了一字一音的表示。

從這些金石文來看，日本人已經在相當程度上離開了漢文方式，進入日本獨自的文字排列。如在「中宮寺天壽國曼荼羅瀟帳銘」的全文 400 字裡，使用漢字的字音字訓的就有 150 字之多。表明了對借用漢字表示日語的一種努力。

712 年（銅和五年）成書的《古事記》，有一段序文：

然，上古之時，言意並樸，敷文構句，於字即難。已因訓述者，詞不逮心。全以音連者，事趣更長。是以今，或一句之中，交用音訓，或一事之內，全以訓錄。

作者是太安方侶。他一定是體驗到了用漢字書寫日本語文章的至難。但即便如此他還是努力並用漢字的音意兩面，並取得了成效。如《古事記》的開篇文字就非常有名：

久羅下那洲多陀用弊流之時，如葦牙因萌騰之物而成神名——

這裡「久羅下那洲多陀用弊流」是表音，「時」「萌騰」「物」則是表意。值得注意的是這裡普通名詞首次作為動詞來使用，表明了很大的進步。

5. 催生了大批寫經生

7 世紀的時候，朝鮮半島政情發生了劇變。從日本對任那的控制，到新羅對任那的合併，再到百濟、高句麗的消亡。當時有很多朝鮮半島的難民蜂擁到日本。準確的人數尚不清楚，但據平安時代編撰的《新撰姓氏錄》（814 年）記載，當時有 1182 人在左右

京和畿內五國居住。其中 326 名為歸化人，佔全體的 30%。這些歸化人都懂漢字和漢文。據《日本書紀》記載，513 年有從百濟來到日本的五經博士（易經、詩經、書經、春秋、禮記為五經；精通這五部書的學者叫五經博士）段楊爾，有 516 年來日本的漢高安茂，有 554 年來日本的王柳貴。除此之外，包含了大量佛教經典的佛法，也從百濟傳到日本。

為此，到了聖武天皇的時代，在奈良還專門設立了寫經所這一國家機關。聖武天皇的母親藤原宮子在 754 年去世，借着這個「追善」的機會，朝廷組織人馬開始大規模地抄寫經文。根據記錄，最初抄寫的是《梵綱經》100 部 200 卷。接着是《法華經》100 部 800 卷，新舊《華嚴經》各五部合計為 700 卷。一共合計為 1700 卷。真是個規模巨大的文化事業。而抄經的真正動機是為了學習和普及漢文。

大量的寫經，催生了一批「寫經生」。從 772 年的紀錄來看，下筆最快的寫經生，一天能寫 5900 字。最慢的一天為 2300 字。平均一天是 3700 字左右。抄寫紙一行為 17 字，共 25 行，計 425 字。一天用紙是 14 張左右，寫得慢的人一天用紙只有 5 張左右。抄經的要求是要工整，不能有錯，所以也是相當累人的活。長年抄經職業病是免不了的，諸如消化系統病和腰病等。

在那個時候，寫經生是有報酬的。但報酬不是用時間來計算，而是用寫多少張來計算。當時寫完一張紙是五文錢，寫得越多，收入就越高。但這個錢也是不好拿的。因為還有專門的校對者在

抓錯。抓到五個錯字就扣一文錢，發現有漏字的一個字就是一文錢。如果不留神漏寫了一行，二十文錢就扣除了。日本在那個時候就導入了文稿的三校制度。如果是校對者的失誤，也要扣錢。

由於要求太高，待遇太低，這些寫經生就聯合起來罷寫，要求改善待遇。他們提出了六點要求。比較引人注意的有以下四點：

（1）要求換新的僧侶服。

（2）每月至少有五日休息。

（3）改善伙食。

（4）長年作業，胸痛腳麻。要求每三日喝一次酒。

這份叫做「寫經司解案」的珍貴文書，至今還保存在奈良正倉院裡。

佛教盛行，信佛的人越多，讀經的人也就越多。毫無疑問，這些漢文經書的抄寫，對普及漢字發揮了很大的作用。識字層擴大的一個結果就是會讀會寫會看漢字的日本人在不斷增多。

6. 最古老的文章 —— 漢式和文誕生

日本最古老的文章是哪篇？說法不一。法隆寺金堂藥師佛的「光背銘」，呼聲最高。「光背銘」看上去都是漢字，但再仔細閱讀，可以發現確實是日語。請看其中的一段：

池邊大宮治天下天皇，大御身勞賜時，歲次丙午年，召於大王天皇與太子而誓願賜，我大御病太平欲坐故，將造寺藥師像作侍奉詔。然，當時崩賜，造不堪者，小治田大宮治天下大王天皇及東

宮聖王，大命受賜而，歲次於卯年侍奉。

　　大意為：用明天皇為祈禱自己的健康而起誓建造伽藍。但是用明天皇不久去世，繼承遺志的推古天皇和聖德太子在推古天皇15年（607年），完成了佛像和寺院的建造。

　　雖然看上去都是漢字，但我們能懂其意嗎？很困難。其難處在於用漢文不能理解的地方很多。如「寺藥師像作」「造不堪」「大命受」等。如果是漢語語序的話，應該是「作寺藥師像」「不堪造」「受大命」等。再如「大御身」「大御病」等接頭詞的敬語表達，「勞賜」「誓願賜」「崩賜」「受賜」「侍奉」等輔助動詞的敬語表達，「坐」這個動詞的敬語表達，都是日語才有的文風。

　　這樣看來，「光背銘」這段文字至少表明了二點：一是用日語語序寫成；二是用了敬語的表現手法。這就誕生了一個新名詞：「漢式和文」（一說「變體漢文」）。

　　那麼，這段法隆寺的「光背銘」，是在甚麼時候寫成的呢？

　　從「光背銘」裡出現的「天皇」二字來看，應該是在持統朝（687年）之後的一段時間。因為在這之前，日本國土上的統治者都叫「大王」。出現「天皇」的字樣，在時間上至少是在七世紀後半。這樣看來，日本人用日語開始寫文章是大化改新（646年）以後的事情。

　　實際上在這之前，聖德太子已經在用漢字書寫《十七條憲法》。《日本書紀》推古十二年（604年）條文裡記載：夏四月，皇太子開始書寫《十七條》。其中第一條：

一曰：以和為貴，無忤為宗。人皆有黨，亦少達者。是以或不順君父，乍違於鄰里。然上和下睦，皆於論事，則事理自通。何事不成。

雖然從文脈上看沒有太大問題，但古漢文的語感節奏還是略顯生硬。日本學者森博達認為這段話還存在語法錯誤。但研究中國文化的大家吉川幸次郎則全面肯定，認為從文體和語法看都是十分漂亮的。

到了平安時代，漢式和文體的運用更為頻繁了。如醍醐天皇的《延喜御記》、村上天皇的《天磨御記》就屬典型。那時的男性貴族也都用漢式和文體寫日記。如有名的藤原道長《御堂關白記》就是典型。陽明文庫至今還保存着藤原道長在 1010 年寫的自筆：

右京權大夫親兼王於法興院為賊所擒，相守間，被殺害，從院持出置大路由云云，遣隨身，近邊寺令臥僧房，入夜率云云。

有點漢文基礎的人，基本能看懂這段話。這是說右京權大夫親兼王在法興院遭到盜賊襲擊，在應戰的過程中被殺害。

除了藤原道長之外，藤原忠平的《貞信公記》、藤原實資的《小石記》、藤原資房的《春記》、藤原宗忠的《中右記》等，都是用漢式和文來書寫的。當時能用漢文寫文章的人，就像現在能用英語寫作的人一樣，屬於有知識的精英階層。平安時代的日本，漢文就是最高級的文章。當時的歷史書如《日本後記》《續日本後記》《文德實錄》《三代實錄》等國史，都是用漢文寫的。就連《三代格式》的法令、《和名抄》《醫心方》等學術著作，都是用漢文寫的。

此外平安末期編撰的《類聚名義抄》，則是日本古代最大最全的漢和辭典，撰者不明。這部辭典的亮點在於記載了日本漢字的兩種讀音：一個是音讀，一個是訓讀。如「月」這個漢字，音讀是「げつ（getu）」，訓讀是「つき（tuki）」。漢文的訓讀具體是從甚麼時候開始？現在還不清楚。一般推論是在 7 世紀到 8 世紀左右。

7.　更是一顆漢字心

從沒有文字到有文字，從有文字到表象文字，從表象文字到靈性文字，日本人表現出了從未有的感性和執着。看看日本人現在還堅持用的寫信開首語和結束語，我們就會明白何謂漢字心？

如果是一般書信：

拜啟 / 敬具　拜呈 / 謹言　啟上 / 拜具

如果是寫給上司和公司同僚：

謹啟 / 敬具　恭啟 / 謹言　謹呈 / 敬白

如果緊急情況：

急啟 / 早々　急呈 / 敬具　急白 / 拜具

簡略的時候：

拜復 / 敬具　復啟 / 早々

回覆時：

拜復 / 敬具　復啟 / 敬白　謹復 / 拜具

未等到回信而再去信時：

再啟 / 敬具　迫啟 / 敬白　再呈 / 拜具

　　日本人用漢字表意，並用表意文字組合造出長長的新詞，讀起來有耳目一新的感覺。如：

　　配給物品統制管理所所有資材運搬擔當責任者控室。

　　高等学校野球全国大会報道準備委員会開催通知発送時期再検討。

　　限定生産純米吟醸酒特別発売価格改定反対消費者連合結成大会。

　　赤川次郎寫過暢銷書小說《四字熟語殺人事件》，只要看看目錄就感覺好像在用中文寫作：

　　起承轉結的殺人事件→人畜無害的殺人事件→公私混同的殺人事件→流行作家的殺人事件。

　　日本人喜歡在名勝景區裡看漢字：

　　每年京都晚夏的「五山送火」儀式，東山如意嶽燃起的「大」字篝火，松崎西山燃起的「妙」字篝火，東山燃起的「法」字篝火，都很引人注目。特別是大文字的「大」字，橫為 80 米，撇為 160 米，捺為 120 米，更是京都夏日夜晚的最大亮點。

　　新潟縣的妙高山，化雪的時候，山頂上會出現一個大大的「山」字。有傳說是平安時代的著名武將木曾義仲雕刻作品，又說是火山爆發後形成的自然景觀。

　　岐阜縣高山市有「川字瀑布」。30 米的瀑布落差，其飛流直瀉的瞬間能見到一個大大的「川」字。

　　京都的丹後半島，有一座能看到一個「一」字的一字觀公園。

　　再看近年日本的廣告用語，其漢字用法更為叫絕。如下例的一個招人廣告：

　　技術者募集

　　待遇／升給年 1 回　賞与年 2 回　交通費一部支給　社保完　作業服貸与　早朝手當　車通勤可

　　時間／実働 8h

　　給与／固給　25 ～ 40 萬円

　　休日／日・祝　GW　夏季　年末年始

　　沒有學過日語的讀者，讀上述的廣告文，除了「手當」（意為津貼）這個詞語之外，一般都能明白其意吧。這裡的「社保完」是「社會保險完備」的縮寫，「実働」是「實際勞動」的縮寫，「固給」是「固定工資」的縮寫。而「8h」則是「8 小時」的羅馬字表述，「GW」則是「五月黃金週」的羅馬字表述。

　　至 2016 年年底，東京都 23 區共有米其林餐廳 227 家，其中 74 家店名完全是用漢字表示的。如：

　　坐落在港區西麻布的「壽修」店。令人注意的是日本有簡化的「寿」字，但店主還是選擇了舊體的「壽」字。

　　坐落在銀座六丁目的「馳走・啐啄」店。

　　坐落在目黑區東山的「蓼」店。這家是吃鰻魚的專門店。

　　坐落在新宿區神樂阪的「一文字」店。

　　坐落在豐島區南大塚的「鳴龍」店。這家是以擔擔麵為主的拉麵店。

坐落在世田谷區玉川的「㐂邑」店。這家是壽司專門店。

坐落在港區六本木的「龍吟」店。這家是老牌三星的懷室料理專門店。

坐落在新宿區神樂阪的「虎白」店。店長是一位年輕的帥哥，也是這家店的最大話題。

你看：

壽修 / 馳走・啐啄 / 壽 / 一文字 / 鳴龍 / 蓼 / 㐂邑 / 龍吟 / 虎白

這裡，壽何以是修的，虎何以是白，龍何以是吟的，㐂何以是三七，基本屬於無解的。但我們在無解中，看到的是一道漢字林，一堵漢字牆，更是一顆漢字心。

日本作詞家阿久悠有著名的詩句：

> 夢は砕けて夢と知り
>
> 愛は破れて愛と知り
>
> 時は流れて時と知り
>
> 友は別れて友と知り

每句話有四個漢字，抽出來就能明白其意：

夢碎夢知 / 愛破愛知 / 時流時知 / 友別友知

日本江戶時代著名的小說家曲亭馬琴寫有《南總里見八犬傳》。這位馬琴就是借用中國白話語體標小說章回的典型。如第一回的「季基遺訓死節　白龍挾雲歸南」，第二回的「飛一箭俠者誤白馬　奪兩郡賊臣倚朱門」等。到了明治時代，也有作家這樣秀漢字的。如三遊亭圓朝的《再談牡丹燈籠》裡，第一回為「兇漢泥醉

挑爭鬥 壯士憤怒釀禍本」，第二回為「閨門淫婦擅家政 別業佳人戀才子」。不得不佩服他們的漢字力。

8. **鳶師 / 噺家與皐月 / 師走**

在日本，還健在的漢字職業名如下所示：

酒匠——品酒師。

鳶師——建築現場移動建材和搭腳手架的工人。也叫「鳶職」。

噺家——落語家的舊稱。

研師——研磨刃物的職人。

女將——飯店女主人。

幫間——持太鼓吹噓拍馬之人。

禰宜——神社裡的神職之位，比神主略低。

棟梁——木匠的職業。

強力——登山的引路人。

遣手——管理遊女的女性。

俳優——用有趣的演技逗樂觀眾的職業。

殺陣師——在電影和戲劇裡教授指導武打的人。

添乘員——團體旅行裡做導遊之人。

教誨師——監獄裡教育受刑者之人。

経師屋——表裝屏風和割扇之人。

建具師——製作拉門隔扇的工匠。

彫物師——實施文身刺青之人。

當然今天的日本，有更多的職業是用片假名表示的。如：

製作者→プロデユーサー→ purodeyu-sa-

腳本家→シナリオ ライター→ shinario raita-

插畫畫家→イラストレーター→ irasutore-ta-

導演→デイレクター→ deirekuta-

電腦編程員→コンピユーターフログラマー→ konpyu-ta-purokurama-

廣告造語家→コピー ライター→ kopi-raita-

此外，日本人還發明了以下的長壽祝賀漢字：

喜壽——77 歲。「喜」的草書體是三個「七」，能見到七十七。

傘壽——80 歲。「傘」的略字是「仐」，上下看是八十。

半壽——81 歲。分解「半」字可以看成八十一歲。

米壽——88 歲。「米」的上面可以看成「八」，所以是八十八歲。

卒壽——90 歲。「卒」字的略俗字是「卆」，上下看是九十。

珍壽——95 歲。「珍」字的右邊可看成八三，左面的王字傍可看成十二。所以是九十五歲。

白壽——99 歲。「百」字去掉上面的一橫，是個「白」字，所以九十九歲是白壽。

茶壽——108 歲。「茶」字中有個「八十」。草字頭可以看成兩個「十」，下面加個「八」，所以是一百零八歲。

皇壽——111 歲。「皇」是「一＋白＋十＋一」，故表示百十一歲。

頑壽——119 歲「頑」字的右邊可看成「百＋一＋八」，左傍可分析為「二十八」，所以是一百十九歲。

活到 119 歲的人當屬非常稀罕。但在日本鹿兒島縣德之島上，曾經有一位叫泉重千代的人活過 120 歲，打破了當時的健力士紀錄。德之島人將 120 歲看成是「大還曆」（干支 60 為一個還曆）。120 歲也是高齡「三壽」中的上壽：80 歲為下壽，100 歲為中壽，120 歲為上壽。

在將棋界，81 歲為盤壽。在圍棋界，90 歲為聖壽或星壽。

其實，「壽」這個漢字，在中國經常用來指為將要離世之人在生前準備的東西，如壽棺、壽衣等。但在日本，「壽」字並沒有這個顧忌，而是屬於「慶祝」的範圍。中國古典《禮記》裡，對人的年齡用不同的說法，也是漢字的一絕。如：

20 為弱冠，30 為壯室，40 為強仕，50 為杖家，60 為杖鄉，70 為杖國，80 為杖朝。

再看看日本老字號企業與漢字的關係。

老店練就了匠人，匠人延續了老店。老企業都是百年以上。這些老店與一字漢字的特殊性如下所示：

信——197 社用信字作社訓。

誠——68 社用誠字作社訓。

繼——31 社用繼字作社訓。

心——28 社用心字作社訓。

真——24 社用真字作社訓。

和——23 社用和字作社訓。

變——22 社用變字作社訓。

新——22 社用新字作社訓。

忍——19 社用忍字作社訓。

質——18 社用質字作社訓。

「信 / 誠 / 繼 / 心 / 真 / 和 / 變 / 新 / 忍 / 質」十個漢字，是如何撐起並延續日本企業的？這是漢字之謎，更是漢字文化之謎。

如果用漢字分宗教，日本人告訴我們這樣排列：

「神主、神官、宮司」是神道。

「僧、僧侶、坊主、和尚、住職、本堂、僧庵」是佛教。

「法王、神父、牧師、司祭、司教、教會、聖書」是基督教。

日本人再排列出宗教色彩的漢字群：

寄進、獻納、奉納、社殿、聖堂、祠、煉獄、地獄、預言、禮拜、受胎、信者、信徒、教徒、降誕、輪廻、無常、鐘聲。

當然不可忘了還有這組漢字：葬式 / 葬禮 / 葬儀 / 柩 / 棺桶 / 靈柩車 / 墓地 / 墓場。

日本人還有「松竹梅→鶴龜→長壽→長命」的漢字表述。

開歲 / 鶯月 / 孟夏 / 蒲月 / 荷月 / 孟秋 / 桂月 / 霜序 / 孟冬 / 葭月 / 臘月，如果說古代中國對一年 12 個月的叫法極富想像力的話，那麼精通中國古典的日本人對 12 個月的叫法也絕不遜色：

1 月：睦月 /2 月：如月 /3 月：彌生 /4 月：卯月 /5 月：皐月 /6 月：水無月 /7 月：文月 /8 月：葉月 /9 月：長月 /10 月：神無月 /11

月：霜月 /12 月：師走。

「睦月 / 如月 / 彌生 / 卯月 / 皐月 / 水無月 / 文月 / 葉月 / 長月 /
神無月 / 霜月 / 師走」充滿了詩情畫意。充滿了感性直覺。

日本人至今還在用「月火水木金土日」來表示週一到週日。麻
煩吧，當然沒有一二三四五六日好讀好記，但他們用誠意和耐心
來表示對漢字的尊崇。而我們作為漢字的發源地反倒失去了這個
心情。從這個意義上說，不正是日本人激活了漢字的生命力嗎？
「才色兼備」的讀音會想到漢字「菜食健美」。這是日本便利店的服
務員經常幹的事情。你看，想像力多豐富。

9. 日本人玩漢字的傑作 —— 漢詩

日本的第一首漢詩是誰寫的？是天智天皇的兒子大友皇子
（648—672）。668 年，他參加父親登基典禮的宴會，寫下了吹捧
他父親的漢詩《侍宴》：

　　　　皇明光日月，帝德載天地。

　　　　三才並泰昌，萬國表臣義。

這裡，他把天皇比喻為中國的皇帝，令人印象深刻。文字表
述雖然缺乏漢字的精魂，但也明亮；雖然僵硬，但也莊重。

這裡，順帶提及的是，朝鮮的第一首漢詩是在 612 年誕生。
由高句麗的名將乙支文德寫給隋朝的將軍於仲文。漢詩如下：

　　　　神策究天文，妙算窮地理。

　　　　戰勝功即高，知足願雲止。

　　大意是：你上懂天文下知地理，非常了不起。你的戰績已經充分了。接下來是否能停止戰爭？

　　從漢詩的表現來看也是很生硬，很政治化，缺乏詩韻。表明當初的日本列島也好朝鮮半島也好，漢文只能達到這個水準。

　　平安時代的貴族文化人巨勢識人，為附和嵯峨天皇的漢詩《長門怨》，寫下：

> 日夕君門閉，孤思不暫安。
>
> 塵生秋帳滿，月向夜床寒。
>
> 星怨屬難霽，雲愁鬢欲殘。
>
> 唯餘舊時賞，猶入夢中看。

　　這是五言律詩。偶句的末尾均押「an」韻[1]。一個人的孤獨，一個人的相思，悄然躍於夕陽西下的紙上，表現出了相當的文字功力。

　　中世的武士，雖對漢文有棘手之處，但有一位叫兒島高德的備後（現岡山縣）的武士，卻題詩後醍醐天皇：

> 天莫空勾踐
>
> 時非無范蠡

　　詩作本身對仗工整，中國味濃。對中國古典造詣頗深的後醍醐天皇心領神會，更激發了他的決心去實施奪權的「建武新政」。雖然兩年就告失敗，但「臥薪嘗膽」使他成了「異形天皇」。

---

[1] 粵韻第一、二、四句押「on」韻。

　　當時與義堂周信齊名的絕海中津，在 1376 年渡海來到中國學禪宗。這一年他拜見了洪武帝。洪武帝問其歷史上東渡後消息不明的徐福之事。絕海詠詩答之：

> 熊野峰前徐福祠，
>
> 滿山要藥草雨肥。
>
> 只今海上波濤穩，
>
> 萬里好風須早歸。

洪武帝亦和詩如下：

> 熊野峰高血食祠，
>
> 松根琥珀也應肥。
>
> 當年徐福求仙藥，
>
> 直到如今更不歸。

　　套用現在流行語，這兩首詩是在搏高層與民間互動的點擊率。但不可否認，這種互動在中日關係史上留下了佳話。面對「萬里好風須早歸」的民間人士的視野，洪武帝的「直到如今更不歸」，更是將中日關係遠望到了數百上千年。

　　在日本的戰國武將中，將孫子「風林火山」四個字打上自己旗幟上的是武田信玄。他寫有漢詩《機山十七首》，其中被譽為漢文水準最高的一首是：

> 簷外風光分外新，
>
> 捲簾山色惱吟身。
>
> 屏顏亦有蛾眉趣，

一笑藹然如美人。

這位總是身掛數個人頭的信玄，也有「一笑藹然如美人」的趣味，這令他的對手伊達政宗頗為吃驚，想此人真乃「文武二道」通吃的才將。

這位政宗當然也不是省油的燈。他晚年留下二十個字就非常有名：

> 馬上少年過，
> 世平白髮多。
> 殘軀天所赦，
> 不樂是如何。

漢字用得白用得易用得清，顯然是漢字叢林中的好獵手。馬上過青春，老後不樂無理由。這倒為今天日本社會的「下流老人」提供了某種思路。

再看一休和尚的情色漢詩：

> 楚台應望更應攀，
> 半夜玉床愁夢顏。
> 花綻一莖梅樹下，
> 凌波仙子繞腰間。

梅花樹下，開着一枝水仙花。仙女在輕輕地走動，柔軟的細腰間飄逸出水仙的清香味。這裡，伴着宮廷花園的美景景色，美女裸身輕睡，隨着身體的輕微柔動，肉體的清香味就飄逸而出。同床共枕，一休和森女在夜半的玉床上，構築「愁」和「夢」。這

裡，凌波仙子就是水仙的異名。一休用水仙作比喻，看中的是水
仙的形、姿、香。在一休的眼裡，森女既是神又是佛。

再看良寬和尚的哲理漢詩：

> 生涯懶立身，騰騰任天真。
>
> 囊中三升米，爐邊一束薪。
>
> 誰問迷悟跡，何知名利塵。
>
> 夜雨草庵裡，雙腳等閒伸。

三斗米，一束薪。人間最低水準的生活。無欲恬淡，獨自榮
枯，無以為憾。這被日本人稱之為「鍛寂」。日本著名學者唐木順
三說，從這裡似乎看到了「日本人的原型」：既無我也無心。本來
無一物。康德哲學日本的第一引進者，深受西田幾多郎的「絕對的
矛盾自己同一」影響的著名哲學家田邊元，把良寬的這首詩一筆一
畫地抄了 30 遍。很顯然，田邊元對良寬產生了興趣。這個興趣促
使他晚年在思考宗教哲學的時候，把良寬的原型放了進去。

而大正天皇還是皇太子的時候，就作漢詩《海濱所見》：

> 暮天散步白沙頭，
>
> 時見村童共戲遊。
>
> 喜彼生來能慣水，
>
> 小兒乘桶大兒舟。

你看，「時見村童共戲遊」句，雖無太大詩質與詩感，但也非
常地「唐化」，表現出漢文的素養。

身為德川家康的孫子，水戶黃門的德川光圀，他的漢詩就不

是一般人所能比擬的：

> 江城暮雪天，靜坐思悠然。
>
> 積雪月光冷，嚴寒冰腹堅。
>
> 臘客隨葉盡，春信自梅傳。
>
> 四序一彈指，空過二十年。

老道，老成，老練。「暮雪天」與「思悠然」，「臘客」對「春信」，透出漢文思維的強度和力度。

德川幕府的文化名人新井白石最著名的兩句詩是：

> 滿城花柳半凋殘，
>
> 人生行路難歎息。

雖然令人想起陸游的「滿城春色宮牆柳」，雖然令人想起李白的《行路難》，但這一切都已經在「半凋殘」和「難歎息」中化解消去了。小說家藤澤周平在寫新井白石的傳記小說《市塵》裡，開篇就引用了這兩句詩。這就是一種肯首一種姿態。

當然，我們不能忘記的還有伊藤仁齋《漁夫圖》的兩句好詩：好將整頓乾坤手 / 獨向江湖理釣絲。還有夢窗漱石《暮春遊橫洲舊隱》兩句好詩：滿船載得暮春興 / 與點爭如此勝遊。從個人審美來說，這兩個人這兩句詩，是整個日本漢詩的最亮點。

大文豪夏目漱石作的最後的漢詩，是在 1916 年 11 月 20 日的夜晚寫的：

> 眼耳雙忘身亦失，
>
> 空中獨唱白雲吟。

讓人聯想到禪僧的開悟。一種死去的暗示。

果真不到一個月，夏目漱石因胃潰瘍大出血而死去，享年 49 歲。

為明治天皇做陪葬的乃木希典（1849—1912），有名為「乃木三絕」的漢詩：

爾靈山峻豈難攀

男子功名期克艱

鐵血覆山山形改

萬人齊仰爾靈山

寫得悲壯硬朗，將軍氣度在詩行。這裡「爾靈山」的日語發音是「にれいさん」（nireyisan），正好諧音當時的「二〇三高地」。

日本著名的語言思想家大野晉曾經用漢詩來描寫中學的化學實驗課。最後一行是：

大教師刮目，宜待來學期。

這位大野先生想說甚麼呢？你只要看看他對神的考據書《神》，恐怕就會明白甚麼叫「大教師刮目」了。

在日本文學史上，雖然有《源氏物語》《枕草子》等假名文學，但文學活動的主流還是漢詩。其依據就是日本最早的和歌集《古今集》要比漢詩三集《凌雲集》《文華秀麗集》《經國集》晚得多。此外，和歌的名手如良峰安世改名為具有中國風的「良安世」，菅原清公改名為「菅清公」，也表明漢詩的地位要比和歌來得「高大上」。

10. 日語的「鬱」字太萌

看看日本人將四字熟語的字序顛倒，也是很有趣的一件事。

中國人講不屈不撓，日本人講不撓不屈；

中國人講左顧右盼，日本人講右顧左盼；

中國人講山明水秀，日本人講山紫水明；

中國人講蒙昧無知，日本人講無知蒙昧；

中國人講奪胎換骨，日本人講換骨奪胎；

中國人講賢妻良母，日本人講良妻賢母；

中國人講三顧草廬，日本人講草廬三顧；

中國人講一擲乾坤，日本人講乾坤一擲；

中國人講照顧腳下，日本人講腳下照顧；

中國人講不省人事，日本人講人事不省。

一字顛倒，有時是心象的顛倒。就像拉開窗簾，眼前是晨曦中的晚霞或晚霞中的晨曦。這個顛倒，也絕不是時序的顛倒。

再來看看漢字的細節，也是非常有趣的。

中國的「毒」與日本的「毒」；

中國的「步」與日本的「步」；

中國的「黑」與日本的「黒」；

中國的「查」與日本的「査」；

中國的「殘」與日本的「残」；

中國的「真」與日本的「真」；

你能區分嗎？不同在哪裡？

　　日本是縣中有市，如「長野縣松本市」。中國是市中有縣，如以前的上海市崇明縣。名字也是，Letter，漢語是「信」，日語是「手紙」，韓語如果用漢字表示的話是「便紙」。博士在越南指醫生，日語的博士是中國科舉時代進士的轉用。日本的修士指碩士，而在越南指修道士。日本人到中國工作，會得到一張工作證。看到「工作」二字，日本人心裡就一驚，心想我怎麼找了這個工作？原來「工作」一詞在日本是指地下工作，是指間諜，他們叫「裡工作」或「工作員」。當然也有一個叫法「スパイ」（supai）。日本說「一冊本」，中國說「一本書」，韓國是說「一卷冊」。量詞和名詞各不相同。還有身體部位，中文說「喉結」，日語說「喉仏」。

　　同樣用漢字，日本人也與中國人有不同，或者說這也是他們不甘守舊的創新吧。如藝術的「藝」字，舊體是「藝」，改為新體日文後是「芸」字，如「学芸」、「文芸」等。同樣，舊體的「屍」，新體日文改為「死」。所以「屍體」在日文中寫作「死體」。

11. 戰後日本漢字流行語

　　毫無疑問，流行語是世象的風向標。用漢字作流行語，一方面固然表明漢字的適用面非常寬廣，另一方面則表明對漢字的那種深入骨髓的領悟力的欲罷不能。下面我們有選擇地看看戰後日本最具代表性的漢字流行語。

　　1951 年開始的 NHK「紅白合戰」。這個詞至今還在使用。

　　1956 年 3 月，評論家大宅壯一借用戰敗後流行的「一億總懺

悔」，發明了「一億總白癡」一詞，對電視機的普及影響青少年提出批評。2014 年，社會學家三浦展提出「一億總下流」的學術概念。2016 年，日本首相安倍晉三提出「一億總活躍」的政治口號。可見，日本人很喜歡「一億總〇〇」這個漢式結構。

1956 年 8 月，「首都圈」這個漢字新詞誕生，表示以東京站為中心的半徑 70 公里的地區。

1958 年的「團地族」。東京郊外建設規模較大的集團住宅，以應對大都市的人口膨脹。居住在集團住宅裡的住戶，就被稱為「團地族」。

1970 年的「步行者天國」，模仿美國紐約的做法，在這年的 8 月 2 日，東京的銀座、新宿、池袋、淺草四個地區開始將某些道路改為限定時間段只允許行人通行的步行街。

1973 年的「振替休日」。這是指節假日如果與週末重疊，週末休息就順延一天的制度。這年 4 月 12 日開始實施。

1976 年的「團塊世代」，指「二戰」後出生的這批人，因作家堺屋太一的小說《團塊世代》而開始流行。

1976 年的「安樂死」。這年的 1 月 20 日，日本成立了安樂死協會，標誌着這個漢字新詞正式生效。

1976 年的「偏差值」。考試成了一門產業。升學競爭過熱，出現了新詞「偏差值」，用來表示相對平均值的偏差數值。

1978 年的「嫌煙權」。被動吸煙的危害開始被重視而出現的新詞。兩年後的 1980 年，日本又造了新詞「間接吸煙」詞。日本癌

學會在這年發表調查結果宣佈，吸入他人吐出的煙也會患肺癌，衝擊了整個日本社會。

1981 年的「中國殘留孤兒」。中國東北地區因戰爭而留下的日本人後代，在中日邦交正常化後的這一年開始尋找親人並回到日本。新詞的產生給「中國殘留孤兒」帶來身心的安慰。

1981 年的「熟年」。用一種豐富的人生經驗來替代已經在使用的「老人」「上了歲數」等消極的舊詞。這一流行語的誕生極具社會學意義。如日本走紅的四字熟語「熟年離婚」就是指退休後的離婚。

1996 年的「援助交際」。指以「援助」的名義將性商品化。這個新詞的產生，表明日本人極具漢字天賦。同時，這個新詞也將中年男性與女高中生之間的性交易所引發的社會問題給暴露了出來。

1998 年的「老人力」。新詞的創造人是作家赤瀨川原平。他在 1998 年出版的《老人力》一書中，將「容易健忘，沒有警戒心」定義為老人力。該書成為暢銷書，「老人力」也入選年度流行語。

2004 年的「負犬」。30 歲以上未婚、無子女的女性被定義為「負犬」。造詞人是作家酒井順子。

2004 年的「認知症」。日本厚生勞動省將「癡呆」一詞轉換為「認知症」。新詞表現了整個社會對患者人格尊嚴上的考慮。

2005 年的「電車男」。這一年電視劇《電車男》播放，將「宅男」與「乾物女」硬是重疊在「電車男」這個形象裡。「電車男」也成了

日本宅文化的一個代名詞。

2006 年的「下流社會」。這一年，社會學家三浦展出版《下流社會：新社會階級的出現》。之後「下流社會」一語開始流行，現在成了社會經濟學的一個專業名詞了。

2006 年的「草食男」。造詞人是專欄作家深澤真紀。他在《日經貿易》連載的文章《U35 男子市場圖鑑》中出現「草食男」一詞，指對一切都失去興趣、只顧低頭吃草的特殊族群。與「草食男」對應的是「肉食女」。後者在 20 世紀 90 年代就已經在動漫界流行。

2008 年的「能增」。這是 NHK 在 2008 年使用的新詞。NHK在報道當年豐田汽車最終利潤跌破 1 萬億日元後指出，從目前看「能增」的工廠暫時沒有。「能增」是能力增強的略語。

2010 年的「電子書籍」。這一年是日本「電子書籍元年」，因此也產生了「電子書籍」這個詞語。

2011 年的「死町」。2011 年的 3.11 東日本大地震引發福島核電站事故後，當時的經濟產業大臣在記者會上說，街上一個人也沒有，宛如「死町」。

2013 年的「結構人」。日語裡有「風流人」、「趣味人」之說，這年又造出了「結構人」。這是一種甚麼樣的人？首先是好人，其次是曖昧之人，再其次是無心機之人。這是應對近年來日本單身者、孤獨者增多這一社會現象而創造出的新名詞。東京都文京區千馱木在 2015 年新開了一家單身者咖啡店，店名就是「結構人・ミルクホーム」，孤獨者的孤獨之屋。

　　此外，日本近年還流行漢方的「醫食同源」、健身的「森林浴」、風俗業的「淋巴按摩」、教育的「學級崩壞」、美容的「素肌感」、短視頻的「表現筋」、料理的「豚味噌」、人口統計的「少子化」、經濟現象的「格差」、社會現象的「若者論」、設計界的「輕薄短小」、美感界的「重厚長大」、網站的「電凸」等。日本人總是會在最短的時間內用最有效率的漢字創造出代表行業、代表時代的新詞。在這方面，日本人總是有靈氣地表現出恰到好處的感受性。

12. 承傳莊子「庖丁說」的是日本人

　　日語的「左顧右眄（さこうべん）」，令人想起李白的「銀鞍紫騣照雲日，左顧右盼生光輝」的詩句。當然還有曹植的「左顧右盼謂若無人，豈非君子壯哉」。莊子的「庖丁解牛」非常有名，但有名歸有名，在中國廚房用的刀，還是叫菜刀或廚刀，將菜刀叫做庖丁的恰恰是日本人。這樣來看繼承莊子「庖丁說」的是日本人。鎌倉時代的《徒然草》第231段裡就出現了「庖丁者」和「庖丁」。在《今昔物語集》卷第26第23話裡也出現了「庖丁刀」的記載。現在日本人所說的「庖丁」就是「庖丁刀」的略稱。

　　轡，日語的讀音為「くつわ」（kutuwa），是馬具的一種，中文叫馬嚼子或馬口鉗。日本中央競馬會出版的季刊雜誌名叫「馬銜」。這本雜誌的讀音為「はみ」（hami）。但若查一下《廣辭苑》就會發現「くつわ」有四種漢字表示：轡／鑣／銜／馬銜。這表明

「馬銜」的讀音也可以是「くつわ」。北魏民歌《木蘭詩》中有「南市買轡頭，北市買長鞭」的句子。看來是日本人直接拿來用了。再看司馬遼太郎的作品，字典裡查不到的二字熟語很多。如「遠祖」「蓋世」「酒樓」「勅許」「拜跪」等，詞源都是來自中國。「頑質」二字是在小說《阪上之雲》裡出現的，表示一個人頑固倔強的性格。現在看來這個「頑質」倒不折不扣地屬於和製漢語。

「包」這個漢字，可組合成書包、挎包、提包、公文包等。但日本人不用這個「包」這個字，而是選用了「鞄」（kaban）。這是日本的國字嗎？不是。這個字在中國古代就有使用。《說文解字》將「鞄」記述為「柔革工」之意，但就是找不到日本人現在使用的「カバン」（包）的意思，就連後來的《康熙字典》也沒有收錄「鞄」的意思。原來是日本人將「鞄」字「國訓」化了。何謂「國訓」化？就是對某個漢字賦予這個漢字本身所不具有的意義。還有「畳」字，中文一般用於重疊、疊韻等詞。但日本人的「畳」是用來表示榻榻米。這也屬於「國訓」。再如「太」字。中國人用來表示「非常」，如「太好了，太漂亮了」等。而日本人則是用來表示「在發福，肥胖」，如「太い」「太る」等。

女人出賣身體叫「売春」，男人玩弄女人身體叫「買春」。「賣春/買春」這對詞也是日本人發明的。「人の顰蹙を買う」，買人家的顰蹙/皺眉？怪怪的。被他人討厭了吧。日本人很注意他人對自己的感受。漢語詞「人目」，非日語圈的人是看也看不懂聽也聽不明白的。有「人目を盗む」的說法。盜人眼？如何盜？這就是日

本人的本事了。感受性世界第一的日本人，常有我們不能為的行為發生。

13. 不用漢字可以表述嗎？

　　日本人經常思考的一個問題是：不用漢字，僅用假名的大和語言，能把話講清楚，對方也能聽清楚嗎？這也是學日語的外國人經常碰到的一個問題。現在看來，不用漢字，首先有理解上的困難。如：棄権は危険です（棄權是危險的）。「棄権／危険」這兩個詞都讀「きけん」（kiken）。如果不看文字，能聽明白危險是危險的還是棄權是危險的嗎？再如：日本家長說小孩考取了「しりつ」（shiritu）中學，聽者是不易明白的，是考上了「私立」還是考上了「市立」？因為兩個詞發音相同。於是有日本人怕聽者誤會，便說成是「いちりつ/itiritu」（市立）／「わたくしりつ/watakushiritu」（私立）。

　　再來看看下列的日語漢字詞：

　　喫煙所。用假名表示的話，是：たばこを すえる ところ。

　　百科事典。用假名表示的話，是：さまざまな ことを ときあかすふみ。

　　哲學者。用假名表示的話，是：ものごとの ことわりを かんがえる ひと。

　　你說，哪個更容易理解？日本人說還是漢字更容易理解。

　　其次是漢字的視覺印象要比其他語言更明確，有瞬間理解其

意的利好之處。如：

　　じてんしゃおきば→ jitensha-okiba →自転車置場

　　おおがたこうりてんぽ→ oogata kouri tempo →大型小売店

　　しんさくひんはっぴょうかい→ shinsakuhin happyokai →新
作品発表會

　　你看，哪個更能瞬間取其意？顯然是漢字。

　　「BOX」的和語是「はこ」（hago）。漢字有「箱／函／匣／筐／
筥」等表示。但寫「箱」與寫「匣」，讀者接受的印象是不一樣的。
「函」與「筥」給人的感覺也是不一樣的。筑摩書房的宣傳雜誌
《筑摩》2009 年 1 月號刊登了在已故作家姜信子的書房裡發現的一
行字：

　　春樹に龍に詠美、宮部みゆき宮本輝。大江三島川端潤一郎
鷗外一葉もあった。

　　顯然這些都是姜信子喜歡的作家。有趣的是書寫作家姓名的
時候，有的寫姓寫名，有的只寫姓不寫名，有的只寫名不寫姓，顯
得毫無規則可言。如：

　　姓名俱全的作家有：

　　宮部みゆき

　　宮本輝

　　只有姓的作家有：

　　大江（健三郎）

　　三島（由紀夫）

川端（康成）

只寫了名字的作家有：

（村上）春樹

（村上）龍

（山田）詠美

（谷崎）潤一郎

（森）鷗外

（樋口）一葉

非常有趣。好像是在玩漢字，實際上就是在玩漢字的視覺印象。漢字的不同組合，給人不同的漢字感覺。

當然日本人還有這樣玩的：

2 葉亭 4 迷と樋口 1 葉→二葉亭四迷と樋口一葉。

4 國高知の 40010 川→四國高知の四萬十川。

一九六九年，偵探作家都築道夫寫成「千九百六十七年」。

第一三共製藥，這是日本的一家製藥廠。是第一三製藥廠嗎？不清楚。

髮を七三に分ける，髮型三七開。這裡既不是「十三」也不是「七十三」。

上述例子如果捨棄漢字的話，能表示到位嗎？那就很難了。

「一六銀行」是日本當鋪「質屋」的幽默表現。一＋六＝七。而「質屋」的「質」字讀「しち」（shiti），與「七」字的發音相同。在日本沒有「一六銀行」，但是有「十六銀行」。那是在岐阜縣岐阜市

的一家地方銀行。這家銀行在明治五年（1872 年）被認可銀行資格，是全日本第十六位被認可的，所以稱「十六銀行」。在大正時代的小說裡，不會讀洋數字（阿拉伯數字）的是窮人，不會讀漢字數字的是知識分子。所以小說裡有這樣的句子：「汽車牌照為甚麼都寫成窮人不能讀的洋數字」？而現在的情況正好反了過來：漢字數字是知識分子常用的數字，洋數字連窮人和小孩都會念了。

現在，日本人在創新層面上持續地將漢字化進行到底，造出內容更深更廣的漢字詞彙。從這個意義上說，漢字就更難以被其他表現形式所替代了。如：

好事家表示宅男宅女。

嬲る表示欺凌的一種。

湯婆婆表《千與千尋》裡的神隱。

毀譽褒貶表示分別受到完全不同的評價。

爬羅剔抉表示一種自如自在的感覺。

三行半表示網絡和手機上的書寫。

誰何表示盤問詰問。如同英語的 What are you？

姦しい表示三個女人一台戲，可不是強姦了三個女人的意思。所以當日本人說「姦しい」的時候，千萬別胡思亂想。

就中，中文的意思就是「尤其／特別」。

惚気表示津津樂道地講他人情事的一種好玩。

喋喋喃喃，這裡的看點在於重疊的字不再用「々」來表示，想故意給人更強勢繁雜的感覺。

　　你看，上面的漢字詞語，如果用假名表示會如何？日本人
說，如果是作家的話，可能稿費會多些，因為長長的假名，字數
肯定超過漢字。如果是讀者的話，可能頭會暈目會炫，如同霧裡
看花。

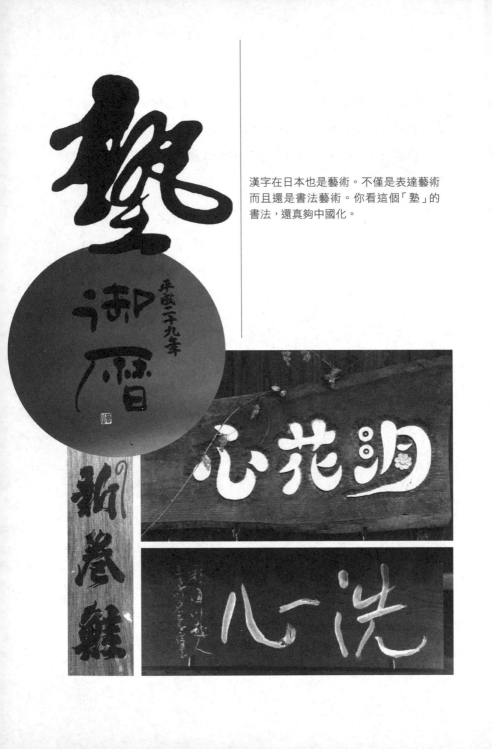

漢字在日本也是藝術。不僅是表達藝術
而且還是書法藝術。你看這個「塾」的
書法，還真夠中國化。

IRIMOYA

京都嵐山

YOSHIYA

日本的一些招牌也是漢字書法藝術秀。你看，「世田谷」的「世」上面還有一點。而「入母屋」則是意思好玩書法也好玩。「雞乃物語」也有特點。

手延べうどん

SUIZAN

焼鳥・釜飯

SINCE 2013

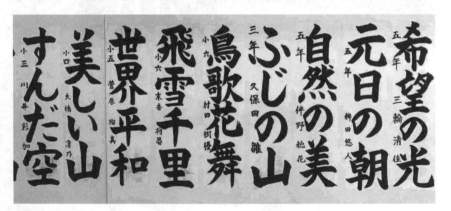

日本小學生的書法字。每年的新年在明治神宮展出。漢字力從
小培養。

皮膚科的「膚」寫成片假名的「フ」。東武百貨店的「東武」二字，可以寫成「とーぶ」。此外還有ぜひ／ゼヒ／是非的三種表記。

火／水／侵／風／煙。生命財產保險的廣告也在玩漢字。而「悟空禪」則在講一道／一心／金剛。

秀漢字店名。能多招攬客人嗎？答
案是肯定的。

宮崎縣的地頭雞，非常有名。所以叫你過「日日是雞日」的好日子。

日日是鷄日

原 SMAP 成員草彅剛的「彅」字，是國字。我們在寫文章報道他的時候，只能用「剪」字來代替。

這是甚麼專門店？赤身肉是甚麼肉？

第七章　東風遇上西風：可口可樂與俱樂部的強強對決

1. 定義日本國字第一人

2008 年，作家水村美苗出版《日本語消亡的時候》。

同一年，作家林望出版《日本語快死了》。

2010 年，學者金谷武洋出版《日本語不滅》。

日本語究竟滅還是不滅呢？

還真的不好說。但一個不爭的事實是所謂的「漢字文化圈」已經不復存在。越南投靠羅馬字，彷彿在憧憬當年法國的殖民時代；韓國已經廢除漢字；朝鮮也早已不用漢字；新馬泰更是與漢字不沾邊。只有日本還在發揚光大漢字文化。它多種文體混書，試圖走出一條未來文明的文字之路。無怪乎有日本人說漢字就是日本語。如在新潮出版社校閱部工作的編輯小駒勝美，就寫有《漢字是日語》的暢銷書。

從 2007 年的調查來看，全世界 133 個國家和地區有 2979820 人學日語。十年後的今天呢？具體數據不詳，但日語熱還在持續

是個明顯的事實。2016 年日本人發明了一個新的漢字詞「爆買」，就是持續的日本熱在經濟、文化和語言上的綜合反映。那麼，日本熱的原因何在？日本學者是這樣分析的：

（1）美麗的自然和庭園。

（2）清潔的大街小巷。

（3）為人親切，舉止優雅。

（4）交通便利。

但是還有一點這位學者沒有提及。這一點就是日本語內在的魅力。

甚麼魅力呢？就是國字的魅力。確實，日本人創造了許多和製漢字。如：

栞→書籤。「栞」是「枝折」。「枝折」的發音就是「しおり」（shiori）。折斷的枝葉作為路標，是其詞源。而作為「書籤」之意則是始於江戶時代，在這之前叫「夾算」，將竹和木削成超薄片當書籤使用。書是一個沒有盡頭的語言之林，用「栞」作為一個放置的記號，表示我已經閱讀到這裡了。

雫→水滴。表現雨水垂滴的感覺。月之雫、露之雫、海之雫。滴水穿石。僅僅是一滴「雫」，就暗藏了喚起這種奇跡的可能性。

躾→教養。美之身。身之美。但美並非都天生，後天的教育，孩子從小的家教就顯得非常重要。

峠→山口。山的上與下之間的境界；或者，山路爬坡結束將轉為下坡的地方。類似中文的「山口」。

　　日本語熟語中有「三年片頰」一說，就是說武士三年只有一次露出喜怒哀樂的半邊臉。那是在甚麼時候呢？日本人說一定是在又發現了一個國字的時候。

　　談到日本的國字，就不能不提及新井百石和他的《同文通考》。

　　新井白石（1657－1725）是德川將軍家宣的御用文人，當時日本知識分子的代表。他寫《同文通考》，在 1705 年 3 月 8 日完成了下卷。刊行則是在 1760 年，間隔了半個多世紀。新井白石在《同文通考》卷四的「國字」條目裡，用漢文回答何謂國字：

　　白雉年間儒臣奉敕所撰新字四十四卷。其書泯焉。俗間所用亦有漢人字書所不載者。蓋是國字。世儒既以為譌非通論也。今定以為國字。

　　這就相當明確了。所謂國字就是「本朝文字」。這裡「白雉年間」是指 650 年至 654 年之間，儒臣依據天皇之令編撰新字 44卷，現已成佚書。《同文通考》裡的國字總字數是 76 字。每一國字都用漢文作簡短地解釋。如：

　　働→ハタラキ→活也動也。

　　辻→ツジ→街也。

　　嵐→コガラシ→風落木也。

　　現在看來，新井白石國字研究的主要功績在於：

　　（1）他是定義日本國字第一人。

　　（2）收集了當時所能收集到的 76 個國字，並將其數據化。

　　（3）提供了今後日本國字研究的方法論。

（4）有相當的史料價值。

新井白石之後是中根元圭。他在 1692 年刊行《異體字辨》。字辨裡的國字數量比新井白石整理的多了 12 個，如「匂」這個日本人現在常用的國字，就是在那個時候確定的。中根元圭之後是山本格安，後者在 1733 年刊行的《和字正俗通》裡，收錄 125 個國字。這 125 個國字中，有 54 字是重複新井白石的，有 5 字是與中根元圭重複的，此外再除去字體不明的 13 字，共有 53 個國字得到了補充。這 53 字中有 31 個國字現在仍然出現在日本的和漢辭典裡，實用性和生命力可見一斑。總之，新井白石的 54 字，加上中根元圭的 5 字，加上山本格安的 31 字，共有 90 個國字現在日本人還在使用。這也表明了《和字正俗通》的重要性。1818 年伴直方推出《國字考》。《國字考》的特點是文字排列不再依據部首，而是依據文字本身的意義，共有天地、人倫、衣食、器材、草木、鳥魚、言語等 7 個部分。伴直方自己寫的國字有 125 個，除去重複的 37 字，再除去與漢字同字形的文字，共有 23 字成了國字候補文字。伴直方之後是山崎美成的《文教溫故》（1828 年），收錄了 10 個新的國字。1859 年岡本保孝出版《倭字考》，認可了 25 個新國字。1897 年木村正辭出版《皇朝造字考》，認可了 227 個國字。

綜合日本眾多的語言學辭典與事典，「國字」可以作如下的概述：

（1）國字亦可表示為：倭字／和字／和製漢字／和俗字／本邦製作字／皇國所製會意字／日本製文字／和俗製作字。

（2）國字主要為會意。

（3）國字主要為訓讀，音讀很少。

（4）有相對古老的國字，但更多的是中世以後的新造字。

（5）從對國字的嚴密認定和文獻考據來看，日本的國字研究屬於未完成型。

2.　1006 個教育漢字的「観」與「議」

語言學家田中章夫在《日本語素描帳》（岩波書店，2014 年）裡說：根據 2005 年世界母語人口的記載：第一位是漢語 8 億 8500 萬人；其次是英語 4 億人；西班牙語 3 億 3200 萬人；日語是第 9 位 1 億 2500 萬人；第 10 位德語 1 億人。

處於第 9 位的日本人，是如何學習漢字的呢？原來，日本早在 1958 年就制定了「學年別漢字配當表」。當時有 881 個漢字。20 年後的 1977 年變為 996 個漢字。到 1989 年成了現在的 1006 個漢字。表明隨着時代的發展，漢字字數也在增加。當然這些都屬於最為基本的漢字。那麼這 1006 個教育漢字是如何分配到各年級的呢？我們來看看。

小學一年級 80 字。其中包括筆畫較多的「森」「町」「赤」等。

小學二年級 160 字。其中包括筆畫較多的「歌」「線」「曜」等。

小學三年級 200 字。其中包括筆畫較多的「葉」「農」「動」「鼻」等。

小學四年級 200 字。其中包括筆畫較多的「観」「選」「熱」「機」

「議」等。到了四年級開始讀寫一些難度較大的「試驗」「機械」「願望」等漢字詞語。

小學五年級 185 字。其中包括筆畫較多的「衛」「構」「態」「職」「製」等。開始接觸成人社會的一些熟語，如「檢查」「規則」「製造」「貿易」「損益」「複雜」「護衛」等。

小學六年級 181 字。其中包括筆畫較多的「鄉」「臟」「覽」「優」「劇」等。

從小學一年級到六年級加起來的漢字是 1006 個。而中國小學生到六年級要學大約 3600 個漢字。從一到六年級漢字配當表來看，日本小學生五年級學「舌」字，二年級學「話」字，但「話」字的右邊已經是「舌」字了。還有「儀」字四年級學，但「儀」的右面部分的「義」字是五年級才學，而「儀」的下部分的「我」字是六年級學。另外，在六年級開始學習「陛」「皇」「后」等漢字，開始讀寫「天皇陛下」「皇后陛下」。問題是「妃」和「殿」二字不在小學階段學習，所以日本的小學生沒有機會掌握「妃殿陛下」這個詞語。此外，六年級國語課本裡還出現了「蠶」字，表明從小知曉傳統養蠶業的重要性，但養蠶必不可少的「桑葉」的「桑」字，卻不在小學階段學習。總之，日本的小學生要在六年時間裡習得的 1006 個漢字（也叫「教育漢字」），並沒有把幾乎天天入眼的「丼」「鍋」「歲」等漢字收錄進去。為此，活躍在教育第一線的日本教師也在吐槽這張漢字配當表。不過也有人認為有兩個字分配的不錯：日本人在小學四年級學「愛」字，中學二年級學「戀」字，先愛後戀。

3.　高中考漢字：「澶淵之盟／羈縻政策」

進入中學後，日本學生學習的筆畫最多的漢字是「襲」字，一共 23 畫，之後依次是 22 畫的「鑑」字、21 畫的「艦」字、20 畫的「籍」字等。初中三年共學習 600 ～ 800 個漢字。日本的高中考試和大學考試經常出現的漢字考題，其難度還是很大的。如歷史方面的「澶淵之盟」「羈縻政策」（當時唐對周邊少數民族採取的政策）、「韃靼」等；地名有「深圳」「澎湖列島」等；書名有日本明治時期的外交官陸奧宗光的「蹇蹇錄」，「蹇蹇」二字，出自《易經‧蹇卦》「王臣蹇蹇，匪躬之故」；醫學方面有「齲齒」「結紮」等不常用的漢字詞語。高中生化學課本裡還有「濾過」「坩堝」，生物課本裡有「鱗翅目」「齧齒類」等漢字詞語。

從教學要求來看，到高中畢業為止的日本漢字學習指導要領是「達到對常用漢字能讀能寫的程度」。但如果出現了常用漢字以外的漢字怎麼辦？作為教科書來說就有義務標注假名讀音。如發表於 1918 年的芥川龍之介的小說《蜘蛛の糸》，現在看來有許多漢字就屬於表外字。如「或日」的「或」、「御釈迦樣」的「迦」、「蓮池」的「蓮」、「蠢姿」的「蠢」、「云う」的「云」，甚至連小說標題《蜘蛛の糸》的「蜘蛛」二字也屬「表外字」。如果這篇小說用於高中生的國語考試，就必須在這些漢字上標注讀音。

「誰」「嵐」「闇」這三個漢字，日本的高中生基本都會讀寫，但 1981 年的常用漢字表沒有將這三個字收錄其中。所以如果在考題上出現「嵐の闇夜にやってきたのは誰だ」這句話，出題方就

有義務在這三個漢字上標注假名。當然在 2010 年的改定常用漢字表裡，最終還是收入了這三個漢字。問題是表裡不收錄的字，並不等於在日常生活中就碰不到。如「贅沢な鞄を貰った」（得到了一個奢侈的包包），這是一個常用句，但即便常用，句子裡出現的「贅」「鞄」「貰」這三個漢字也必須標上假名讀音，因為這三個字屬於表外字。其他的諸如「猜」「狼」「嬉」「妓」「埃」「錨」「釘」「咳」等漢字，儘管也構成了很多常用詞，但畢竟也都是表外字。就連日本人平時說得最多的「嘘」這個漢字，也屬於表外字。

日本每年要進行漢字能力檢定等級考試（簡稱漢檢）。這種漢檢與教育漢字是一種甚麼關係呢？我們來看看：

七級考試──小學四年級程度（640 字）

六級考試──小學五年級程度（825 字）

五級考試──小學六年級程度（1006 字）

四級考試──初中一年級程度（1300 字）

三級考試──初中二年級程度（1600 字）

二級考試──高中畢業程度（常用漢字 1945 字＋人名用漢字 274 字）

準一級考試──常用漢字以外能讀懂國字（3000 字）

一級考試──能寫國字，掌握常用漢字體和舊字體的關係（6000 字）

當然更重要的是參加一級考試者要會讀會寫以下的漢字：

憂鬱／薔薇／檸檬／薰陶／僥倖／霹靂／罌黶／蘊蓄／矍鑠／穿

鑿／語彙

這麼多筆畫，連我們漢字發源地出生的中國人，都望而生畏吧。

4.　強強對決：可口可樂與俱樂部

漢字是日本語嗎？

日本人經常提出這個問題。

要回答這個問題，我們先來看看日本人是怎樣用漢字來翻譯西文的。

談論日本的漢字，繞不開的一個話題是日本人的造詞能力。

在夏目漱石殘存的日記裡有這樣的句子：

Law　ハ nature　ノ world　ニ於ル如ク　hunan world ヲ govern　シテ居ル。

還原成日語的話是：

法は自然界におけるごとく人間世界を統治している。

翻譯成中文的話是：

如同在自然界一樣，法統治着人間世界。

夏目漱石為甚麼要這樣表示？一個原因就是當時還沒有「法」「自然」「世界」「統治」等漢字詞語。

顯然表現力很強的漢字起到了很大的作用。日本人在幕末明治期間新造漢語詞，大體在 1000 詞左右。日本現代化進程所必需的詞語，基本上都是用漢語翻譯的。那時就連京都的藝妓們也會這樣說：霧雨ニ盆地ノ金魚ガ脫走シ火缽ガ因循シテ。你看，霧

雨、盆地、金魚、脫走、火缽、因循。用得很靈活。儘管有日本人說這是「陳糞漢語」，但也表明這些漢字漢文已經不自覺地成了近代日本人修養的一部分。

從這一視角來看的話，近代日本人對西文的翻譯，確實有「春江水暖鴨先知」的意味。「美學」是日本近代啟蒙思想家中江兆民對「aesthetics」的翻譯；「小說」這個概念是日本近代作家坪內逍遙對「novel」的翻譯；「文學」是明治學人西周對「literature」的翻譯。西周在明治初期，建私塾育英舍，翻譯西洋諸學並多次講學。其筆記以《百學連環》為書題而留世。「哲學」「心理學」「生理學」「地理學」「物理學」「化學」「天文學」「植物學」「動物學」「地質學」「學術」「技術」「物學」等詞都出自《百學連環》。

1774年（安永三年）杉田玄白出版《解體新書》。這是荷蘭本的醫學翻譯本，原名為「Tafel Anatomie」。杉田玄白最初想用漢音來翻譯荷蘭語的書名：「打系縷亞那都米」。但在出版的最後時刻將其修改成了《解體新書》，用漢字「解體」來表示內臟器官，同時也創造了新詞「解體」。1871年（明治四年）岩倉遣歐使節團成員之一、長崎精得館醫師長與專齋，將「hygiene」一語翻譯成了「衛生」。「共產黨」一詞，也是由日本最早的社會主義者幸德秋水翻譯的，後被陳望道等人引入中國。

福澤諭吉最初將「society」翻譯成「仲間連中」，後覺不妥，最終定稿成「社會」。但中國的嚴復不買賬，拒絕使用日譯的「社會」，堅持自己的翻譯「群學」。現在看來，取勝的還是日本人。還

有一個版本的說法是：「社會」最初的譯者是明治初期的新聞記者福地源一郎。具體是在 1875 年 1 月 14 日的《東京日日新聞》上，「社會」兩個漢字標上了「ソサイチー」（society）的發音。但是中國南宋文人孟元老撰寫的散文名著《東京夢華錄》裡，已經出現了「社會」這個詞語，這裡的「社會」是指 25 戶為中心的氏神，集合起來舉行演講活動等。顯然這裡的「社會」一詞更接近共同體的意思。這樣看來，將「society」翻譯成「社會」的是日本人，而用漢字創造出「社會」一詞的是中國人。

過去，日本天文學界翻譯「planet」一詞時，東京大學一派使用漢字詞「惑星」，京都大學一派使用漢字詞「遊星」。日本行星科學會機關雜誌《遊星人》顯然是採用了京都大學一派的漢譯。「二戰」後不久是「遊星」佔優，出版物有《遊星より物體 X》（1951 年）、《遊星ザイラー》（1951 年）等。但後來「惑星」逆轉，出版物有《禁斷の惑星》（1956 年）、《猿の惑星》（1968 年）等。現在日本還是「惑星」佔優。而將「Pluto」翻譯成「冥王星」的是日本的野尻抱影博士，他是從羅馬神話裡的冥界王那裡受到的啟發。不久「冥王星」一詞進入中國。順便提一下，天王星與海王星是中國人命名的。

「瓦斯」一詞來自荷蘭語，日本人最先用漢字寫成「瓦斯」。我們中國人至今還在使用，但日本人早已不用漢字而用片假名「ガス」（gasu）表示。如「東京ガス株式会社」（東京煤氣公司）。「物流」二字的組合在江戶時代就有了。那個時候日本人用船將大米

等物品運往全國。但是現代意義上的用貨車運送的「物流」概念，是日本人對「physical distribution」的漢譯。《廣辭苑》在 1991 年第四版收入了這個詞語。20 世紀 80 年代中期中國的《人民日報》上也出現了「物流」一詞，顯然這是從日本人那裡學來的。

再如「保險」一詞，本是中國人的創意，用來表示「安全，無錯」等含義，但將其用於經濟學領域，即用來表示「insurance」或「insurance company」，則是日本人的發明。日本人還認為中國人翻譯外來語的傑作是「可口可樂」，日本人自己翻譯外來語的傑作是「俱樂部」。「可口可樂」與「俱樂部」，當屬東洋的強強對決。

「現在」是英語「present」的漢譯嗎？這是有疑問的。佛教講「三世」觀，前世叫過去世，現世叫現在世，來世叫後世。這些佛教用語在奈良平安時代從中國傳到日本。中國人是在三四世紀的時候，日本人在八九世紀的時候開始使用外來佛教語。顯然，佛教語的「現在」與英語的「present」在語感上是有差異的。前者只是前世與來世的中間段。但從日語的「いま /ima」（今）看，是與英語的「present」相吻合的。

日本最初公開發行的英語辭書是在 1862 年由幕府洋書調所出版的《英和對訳袖珍辭書》。「English-Japanese」用「英和」兩個漢字來表示，現在看並不稀奇，但在當時可是翻譯史上的奇跡。「袖珍」是英語「pocket」的翻譯，這是中國人的傑作，日本人借用了。「辭書」是對荷蘭語「woordenboek」的翻譯，這是日本人的創作，中國人借用了。

5.　從中國古典中尋找靈感

　　2007 年 4 月，日本全國大學都把「助教授」都改為「準教授」，把「助手」改為「助教」。這是參照了美國大學裡的「associate professor」的語譯。其實「助教」一詞來自中國。《晉書·武帝紀》記載咸寧二年（276 年）設立國子學（學校之意），設國子祭酒和博士各一人，助教十五人。日本在平安時代模仿唐律，在 701 年制定的《大寶律令》裡，將教育機關稱之為「大學寮」，設置作為教官的博士一人，助博士、音博士、算博士、書博士各二人。718 年的《養老令》則將「助博士」改為「助教」。也就是說中國在 276 年使用了「助教」一詞，日本則是在 718 年首次拿來使用。

　　再看「影響」一詞。從文字看是影子與聲響的混合。《尚書·大禹漠》記載：「禹曰：『惠迪吉，從逆凶，惟影響。』」翻譯成現代文大體是：「禹說：順從善就吉，順從惡就凶，就像『影』與『響』順從形體與聲音一樣。」日本人將「影響」一詞拿來，給予了涉及其他的作用、反應、變化等意思，如具有影響力，帶來很大影響等。現在的中國語也在這個意義上使用「影響」一詞。這就意味着這個詞是從日本逆輸入而來的。

　　還有「共和」一詞的翻譯。這是當時其作阮甫的養子省吾從荷蘭語「Republiek」翻譯而來的。當時的老儒大槻磐溪問其字源的緣由，才知道是來自中國西周時代故事裡的「共和」二字。當時周厲王由於實施無道的政治，遭到人民的怨恨而出逃。這時周公和召公二宰相共同協力，在周王不在的情況下照樣實施了 14 年的政

治。這就叫「共和」。這個出自《史記‧周本紀》的故事,是「共和」的緣由。這個「共和」雖然與近代意義上的「republic」有不同,但在當時已經是最為妥當的漢字表示了。

思想,在中國古典裡原本是「認為,想像」的意思。三國時代的英雄曹操有詩句:「願螭龍之駕,思想崑崙居。」意思是只想乘上螭龍,安居在我想像的那崑崙之巔。詩句裡的「思想」就是「想像」的意思。日本人借用中國古典漢語,把英語「thought」「idea」「opinion」等翻譯成「思想」。

「文化」在 3 世紀的晉人束皙的詩句裡為:「文化內輯,武功外悠。」這裡,與「武功」相對應的詞,古代中國人用「文化」來表述。日本人借用漢語「文化」一詞,把「culture」翻譯成「文化」。

關於「文明」,我們發現《易經‧乾卦文言》有「見龍在田,天下文明」的句子。這裡的「文明」是光彩和光明的意思。對中國古典造詣很深的日本人,則借用這二字,把「civilization」或「enlightenment」翻譯成「文明」。

還有「革命」。最早出現在《周易》裡的「湯武革命,順乎天,而應乎人。」本來應該是「順乎天命」的意思,但日本人把它用來翻譯英語的「revolution」。有了「革命」這個詞,中國人很快就熟練地用上了,如「辛亥革命」「十月革命」「中國革命」,當然最著名的一句話就是「革命不是請客吃飯」。

「權利」與「義務」是日本人對「right」與「duty」的翻譯。中國古籍裡早已有這兩個詞。《史記‧鄭世家》記載:「以權利合者,

權利盡而交疏」，兩次出現「權利」。這裡的「權利」是「權與利」，也即「權勢與利益」的意思。雖然英語的「right」與這個意思不同，但日本人能選擇「權利」這兩個字，顯然還是受了《史記》的啟發。「義務」來自《論語・雍也》：「子曰：務民之義，敬鬼神而遠之，可謂知矣。」日本人的創意在於將二字作了顛倒：從「務義」到「義務」。

　　日本城市「仙台」的名字來自唐詩「仙台初見五重樓」，東京「淺草」的地名來自白居易《錢塘湖春行》「淺草才能沒馬蹄」。明治時期接待外國貴賓的「鹿鳴館」意取《詩經》「鹿鳴，宴群臣嘉賓」；明治維新的「維新」一詞，來自《詩經・大雅・文王》「周雖舊邦，其命維新」；東京都文京區「後樂園」的「後樂」二字，來自范仲淹《岳陽樓記》的名句「後天下之樂而樂」；日本政府官廳厚生省的「厚生」二字，來自《尚書・大禹謨》的「厚生惟和」；著名的慶應大學的「慶應」二字，來自漢高祖《功臣頌》裡的「慶雲應輝，皇階受術」；坐落於東京九段下的靖國神社的「靖國」二字，來自《春秋左傳》裡的「吾以靖國也」；而靖國神社正殿旁的「遊就館」，「遊就」二字則來自荀子《勸學篇》「故君子居必擇鄉，遊必就土」；日本人現在使用的「觀光」二字，來自《易經》裡的「觀國之光」。

　　此外，日本人還根據《易經》中的「形而上者謂之道，形而下者謂之器」，將西方哲學中探究宇宙萬物根本原理的那一部分譯為「形而上學」。這在翻譯學上來說可謂做到了「信達雅」。

248

　　而更為亮眼的是日本天皇家，他們取《易經》「聖人南面而聽天下，向明而治」的字句，成為「明治」年號；取《易經》「大亨以正，天之道也」的字句，成為「大正」年號；取《堯典》「百姓昭明，協和萬邦」的字句，成為「昭和」年號；取《五帝本紀》「父義，母慈，兄友，弟恭，子孝，內平外成」的字句，成為「平成」年號。隨着現任天皇明仁提出退位，平成紀年行將結束，日本人肯定又要在中國的古典裡找尋下一個年號了。

　　英語的「Bank」一詞，當初日本人的翻譯是「両替屋」，後來用的「銀行」是中國人的翻譯。對於這個翻譯，日本人說這裡的「行」顯然是表商店之義，而在日本「行」字則沒有這層意思。言下之意，這個翻譯並不妥當。但無論妥當與否，日本人最終還是認可「銀行」一詞並用到現在。而中國人現在用的「金融」一詞，則是日本人的創造。「砂糖」與「沙糖」，前者是日本人創造，後者是中國人創造，早在明末的博物書《本草綱目》裡就有「沙糖」二字。「電子計算機」是日本人的漢譯，固然不失新意，但中國人的翻譯「電腦」則更具想像力。

　　日本人至今還將外國人入籍稱之為「歸化」。殊不知「歸化」恰恰是中華思想的產物。周邊屬國靠向中華皇帝的德，「內歸欽化」，即歸屬中華。這裡，日本人玩弄的是「歷史的狡點」。在 720 年（養老四年）5 月 11 日成書的《日本書紀》中，就有 13 例「歸化」的用例。其中 10 例是地處朝鮮半島的高句麗、百濟、新羅等。而 712 年（和銅五年）1 月 28 日成書的《古事記》裡，未找到「歸化」

一詞，而是用「渡來」「參渡來」代替「歸化」。

　　由上可見，日本人的這些譯詞既是對漢字本質的精到領悟，也是對西文原意的小心契合，透出的是一種文化心機，一種感受性強於邏輯性的文化心機。而當富有邏輯性的漢文遇到感受性的日語，發生的物理反應也是意料之中的。當然有陰陽相克的一面，但更多的是相融和相關。

6.　公司─會社：中日兩國造詞的不同

　　日本人開始學英語，是在甚麼時候？通說是在 1808 年（文化五年）。這一年英國軍艦長驅直入長崎，恐慌的德川幕府要派官僚與英國人對話，但找不到能用英語與英國人對話的官僚。這令幕府大為惱火。

　　當時的長崎奉行為了承擔這一責任，在眾人面前切腹自殺了。從那個時候開始，幕府下令長崎的官僚們必須學習英語。後來幕末、明治知識分子的英語水準的迅速提升，就與這段歷史有關。如對翻譯新漢字詞有貢獻的西周（1829—1898）就是蕃醫之子，福澤諭吉（1835—1901）是下級蕃士之子，中江兆民（1847—1901）是最下級武士之子。這些知識分子都是中流實務階級出身，在他們的眼裡，漢文不再首先是風雅趣味，而是現實社會的現實需要，是引進新文明與新文化的一種教養。

　　毫無疑問，明治時期是日本人漢譯新詞最為兇猛的時期。如在江戶時代還沒有的棒球用語，投手／捕手／打者／走者／一壘／

二壘／次壘／安打／本壘打等，就是明治時期的產物。投手來自 pitcher，捕手來自 catcher，打者來自 batter，走者來自 runner。日本人說這些是和製漢語。那麼有和製和語嗎？有。只是比較少。如前島密將「postage stamp」翻譯成「切手」（郵票）就是一例。而在「切手」前面加個「小」字成「小切手」就是「支票」的意思。中文的「外匯」日語是「為替」。這是福澤諭吉針對「money order」的和語翻譯。

日語學者認為，統合明治時期的翻譯，其最為經典的還包括以下這些：

化學用語──空氣、溫度、碳酸瓦斯、硫酸、硝酸、亞硝酸、酸素等。

政治經濟用語──政府、經濟、權利、大統領、國會、代議士、國債、統計、輸入、輸出、輸送、商法、生意、營業力、飲料、紙幣、農牧業、價格、消費高、貿易等。

其他──消化、進步、新聞、教育、研究、番號、手術、捏造、發明、榨取、阻力、裁判所、石鹼、針葉樹、廣葉樹等。

有趣的是，當時在日本人翻譯的同時，中國知識分子也在翻譯。對同一個西文單詞，中日兩國的譯詞有所不同的有：

Post office──郵政局／郵便局

Company──公司／会社

joint stock──股份／株式

chairman──主席／議長

swimming——游泳 / 水泳

railway——鐵路 / 鉄道

station——火車站 / 駅

train——火車 / 汽車

automobile——汽車 / 自動車

還有一些新詞，原本是中國翻譯的，然後傳到日本，若干年後再傳回中國，中國人就以為這是日本人的創造了。這樣的事例很多。如「化學」一詞是在中國的傳教士的翻譯，最初中國人沒有重視這個翻譯。傳到日本後，日本很快就捨去了原本來自荷蘭語的「捨密」（せいみ），採用了「化學」，然後再傳入中國，中國人就以為這是日本人的新譯詞而將接受了。

當然，現代漢語中的與社會科學相關聯的詞彙，至少一半是從日語中引進而來是個不爭的事實。如「金融 / 投資 / 抽象 / 調查 / 繃帶 / 科學 / 經濟 / 自由 / 進化 / 憲法 / 民主主義」等。實際上當時清末的中國人也在大量翻譯西洋用語，如「telephone」翻譯成「德律風」，「evolution」翻譯成「天演」。但隨着清末中國人去日本留學後，原本中國人構思出的漢字新詞被束之高閣，日本人構思出的新詞被普遍使用。發中國的音，取日本人造的詞，如「電話」「進化」。魯迅還寫文章說，德律風與電話，自然是電話好。這表明：古代中國→古代日本 / 近代日本→近代中國。

受恩→返恩的迴路，就是用漢字表示的兩個無法割捨的情分世界。

7. 「sushi」：日本產的「世界通用詞」

2011 年 3 月 11 日東日本大地震引發的大海嘯，日語叫「tunami」（津波），這個和語詞被世界所熟知。但如果追溯最初的話，1898 年小泉八雲的短篇集裡就出現了「津波」一詞，這是對 1854 年在紀伊國廣村（現和歌山廣川町）發生的安政南海地震引發海嘯的命名。1968 年由美國海洋學者韋頓提議，「津波」的日語發音「tunami」正式成為國際學術用語。

向海外輸出的和製日語中，最為有名的還有：富士山（fuji-ya-ma）、柔道（judo）、神風（kamikaze）、壽司（sushi）、藝伎（geisha）、卡拉 OK（karaoke）/。

被世人廣知的還有大名（daimio）、腹切（harakiri）、着物（kimono）、琴（koto）、梅乾（umeboshi）、帝（mikado）、人力車（rikisha）、浪人（rounin）、三味線（shamisen）、醬油（syouyu）等和製日語。這些和製日語早在 20 世紀初就已經在一本叫做《チェンバーズ英語辭書》中出現了。當然，屬於「日本產」的世界通用詞還有「台風」。雖然江戶時代的瀧澤馬琴在小說《椿說弓張月》裡使用過「台風」一詞，被視為日本最早的使用者。但有一種意見認為，將「台風」用於氣象學上，並與「颱風」相對應，則是由第四任中央氣象台台長、著名的氣象學者岡田武松（1874—1956）完成的。

日語的「壽司」，歐洲和美國用其讀音「sushi」。英國黨首演說時使用的帶有「政權公約」性質的「manifesto」一詞，日語將其發

音用片假名寫成「マニフエスト」。日本人將國名用漢字表示也與中國的不同：アメリカ的漢字為「亜米利加」（美國）；イギリス的漢字為「英吉利」（英國）；フランス的漢字為「仏蘭西」（法國）；デンマーク的漢字為「丁抹」（丹麥）；ドイツ的漢字為「獨逸」（德國）；ベルギー的漢字為「白耳義」（比利時）；イタリア的漢字為「伊太利」（意大利）；カナダ的漢字為「加奈陀」（加拿大）。用漢字表示歐美國名，有一種與過去相連的懷古氛圍。

　　再如「タバコ」對應的漢字是「煙草」；「ビール」對應的漢字是「麥酒」；「ガラス」對應的漢字是「硝子」；「ヒヤシンス」對應的漢字是「風信子」；「コーヒー」對應的漢字是「珈琲」等。這些漢字也多少飄逸着古風感。反過來，人─ヒト，総理─ソーリ，広島─ヒロシマ，風俗─フーゾク，這種漢字詞用片假名表示，感受也有微妙的不同。坐落於東京都豐島區池袋的東武百貨店，「東武」二字的廣告詞可用假名「とーぶ」表示，也用羅馬字「TOBU」表示。日常用語的「蟲歯」（むしば/mushiba），齒科醫生喜歡用專業術語「齲歯」，表現出一種靈活性。人名「中村」如果寫成「ナカムラ」（nakamura）就有日裔的感覺；如果寫成「中むら」則是餐館廣告招牌的感覺；而如果用「中むら」作為論文的署名，就非常奇怪了。還有諸如「報復→仕返し」「音楽→ミュージック」「幸運→ラッキ」等的用法，給人輕鬆語感的顯然是後者而不是前者。「接吻」與「キス（kisu）」，接吻的是麗人，キス的是美人；男裝的是麗人，女裝的是美人；長命的是麗人，短命的是美人；泡澡穿白

短褲的是麗人，泡澡全裸的是美人；麗人不知五木寬之，美人只讀五木寬之。

在日本，城市旅館叫「シテイホテル」（shiteihoteru）或「ビジネスホテル」（bijiresuhoteru），但在英語國家沒有這種叫法，看來這是純粹的和製英語。「モーニングコール」，被日本人設定成在規定的時間裡用電話叫醒入住者的意思。英語雖然有「morning call」的說法，但主要表示「早上正式訪問」之意。「call」一詞除了有「叫喚，打電話」的意思之外，還有「職務上的訪問」的含義。打電話喚醒入住者的服務，英語單詞是「wake-up call」。這樣看來「モーニングコール」的說法也是典型的和製英語。還有日本人慣用的早上用餐提供折扣服務的「モーニングサービス」也是和製英語。雖然英語裡也有「morning service」的用語，但這是「早上做禮拜」的意思。在日本的酒店，與英語用法大致對應的「room service」，是和製英語的「ルームサービス」，表示酒店向客人提供用餐送至客房的服務。日本的和製英語也是從明治時代開始的，將習得的英語單詞自由組合，表明了語言活用的一種自在性。

但對日本人來說，這種自在性有時也會遭遇一些歷史的尷尬。如同樣是「慰安婦」的英語翻譯，日本方面當然喜歡用「comfort women」，但是原美駐日大使則在 2013 年 5 月 15 日的《朝日新聞》發文說，「慰安婦」應該直譯成「sex slave」，要給人強烈的道德與宗教的嫌惡感才行。

8. 季語裡的漢字美

論說東洋與西洋，講到傲人之處的詩文當然在中國，但講到俳句裡的季語美當屬日本。作俳句要講究季語。季語是俳句的精魂。如果沒有鮮明的四季轉換，沒有鮮明的四季轉換所帶來的自然之美，俳句就不會作為一種文化流傳至今。所以有日本人說日本不是四季之國而是六季之國。這六季就是天文、地理、生活、行事、動物、植物。正因為有了這六季，俳句裡的季語才得以誕生。這裡精選春夏二季的季語漢字如下。

（1）精選春的季語漢字前 5

A 春晝→しゅんちゅう→ syuntyuu

有聽過春宵的。如蘇東坡的名句「春宵一刻值千金」。春宵與宵春是同一含義。日本的季語有「春晝」一說。春之晝，晝之春。日本人將其間發生在生理上和心理上的倦怠、易眠、日暖、萌動、悠閒，用春晝表示。「春晝抱着妻子歸」「松葉燃燒的春晝」，都是日俳的名句。從大正時代開始，「春晝」一詞作為新的季語開始使用。在這之前的替代詞是「春日」。但感受細膩的日本人發現，春日是在春的日光裡，春晝是在一個獨特的「晝」這個時間帶裡，有一個「我」的中心的存在。所以，春日更多的是生出孤獨感，春晝更多的是生出倦怠感。日語還有一個叫「長閒」（のどか）的詞語，表示溫暖的春晝讓人從心底感到舒緩安逸。

B 淡雪→あわゆき→ awayuki

這是《萬葉集》裡就出現過的詞語。「淡雪」是屬於冬天的還

是屬於春天的？一直有爭議。江戶時代的俳諧將其納入冬的季語，近代以後的俳諧將其歸入春的季語。下雪，積雪，但很快就化了，所以日本人將淡雪又比喻為牡丹雪。早春二月，寒氣襲來，東京下雪了。但再怎樣的紛紛揚揚，再怎樣的漫天滿地，都難成積雪。哦，從化雪的瞬間，人們還是感悟到春的腳步了。江戶「大愚」良寬有歌云：淡雪裡有三千大千世界。三千大千世界裡沫雪紛紛下。良寬原文以「あは雪」指代「淡雪」，並創造了「沫雪」表示與淡雪相同的意思。佛教宇宙觀的三千大千世界，講的是以須彌山為中心的小宇宙聚集了一千個小千世界，再聚一千個為中千世界，再聚一千個為大千世界，最終為「三千大千世界」。良寬從易融易化的淡雪裡感受到了大宇宙。淡雪也為此作為報春雪而變得壯麗無比。正岡子規的俳句說淡雪的後面有個明明的月夜，倒也將早春的凜冽和寒氣寫了出來。但月夜下，鈎起的還是人的春心。還是春。

　　C 春一番→はるいちばん→ haruitiban

　　在立春與春分之間，突然有一天颳起猛烈的偏南風，這在日語裡叫「春一番」。然後是春二番、春三番。這是早春的人氣季語。日本各地的商業街會舉行「春一番大減價」等促銷活動。將初春的強風表現為春一番，最早是在 1959 年。而對這個季語最具權威的解說者是民俗學家宮本常一，他說位於日本九州北方玄界灘的壱岐島，入春後吹的第一場南風叫春一番，在海上的漁民驚恐萬狀。「春一番 / 少女雙手提水壺」，這是俳人福田甲子雄的俳句。

D 菜種梅雨→なたねつゆ→ natanetuyu

菜花開，春雨長。日本人為此用四個漢字組合成「菜種梅雨」，也叫「春霖」。這時應該是在三月或四月初，還沒有進入梅雨季節，但春雨「沙沙」地下，花色小傘，輝映着菜花，別有一番雨中風情。1919 年初上演的《月形半平太》，就有流傳至今的台詞「春雨呀春雨，濕透了濕透了」。清明時節雨紛紛，用日語表示恐怕就是季語「菜種梅雨」了。「菜種梅雨 / 走廊上亮着燈」，這是神野紗希的俳句。

E 遍路→へんろ→ nenro

春，還是遊歷（遍路）的季節。而遊歷又與四國有關。日本四大島嶼中位於西南的那一個叫四國。在古代，島上有四個諸侯國，這便是四國一詞的由來。四國有 88 間寺廟，當然也成了朝聖之地。平靜的瀨戶內海和綠葉蔥蔥的深山，養育出對人的溫情和好客之心。在明治時代，婚嫁前的女孩，為了知曉人情世故，便帶着友人去四國遍路。而將遍路途中得到的東西帶回家後就會發財。當然也可將貧困人家的小孩帶回家。與信仰同路的人生修行就是「遍路」之道，也是春風吹拂之道。

（2）精選夏的季語漢字前 5

A 明易→あけやす→ akeyasu

一年中夏至的白晝是最長的。在大阪，清晨五點不到就有日出，落日要晚上七點過後。日語裡有「夏至的白晝要吃三頓飯」的說法。當然，夏至前後的夜晚很短，有「短夜」的說法。因為是短

夜，表明天亮來得太容易，所以創造出「明易」這個夏天的季語。「馬上就來／子規的夢太明易」，這是高浜虛子的俳句。

B 夕凪→ゆうなぎ→ yuunagi

黃昏，海上風平浪靜可以叫「夕凪」。而在海岸邊，白晝的海風與陸風交替的一個結果，就是海上和陸地均無風。而一旦無海風，給人的感覺就是悶熱。夏日的悶熱，日本人也叫「夕凪」。日本人就是在感受悶熱的同時，也感受到夏日夜晚特有的「夏味」：冰啤與冰酒，隔窗遠看海的那邊，暮色在降臨。所以日本人有「旅行三日夕凪地獄三日」的說法，特別是在瀨戶內海的旅行，更要忍受這種悶熱的「夕凪」。而在詩人堀口大學的眼裡，「夕凪」的狀態就是夏日黃昏時分最好的狀態：無風，萬物響聲絕。人，能聽到花的呼吸。花，能聽到人的心跳。夕凪，與海邊蜻蜓亂舞。

C 蟬時雨→せみしぐれ→ semishigure

夏日炎炎的午後，萬籟俱寂。而在落葉松林中，在通往神社的參道兩旁，震天響的蟬鳴聲此起彼伏，如陣雨劈頭蓋臉砸將過來，幾欲撐破人的耳膜。日本人將這幅光景詩意地表述為「蟬時雨」。「恍如瀑布的蟬時雨」，這是泉鏡花的名句。蟬時雨覆蓋了一切，吞噬了一切，但也是樹林中最寧靜的時候。日本有一部電影的名字就叫《蟬時雨の止む頃》（《蟬鳴暫歇之時》），將出梅和突然而來的陣雨與起伏不定的人生連接起來，人生也就成了俳句一個季語：「梅雨明けになるや俄かに蟬時雨。」當然論及蟬時雨的俳句，就不能不提及正岡子規這一句：「人力の森に這入るや蟬時

雨。」森林與蟬鳴，夏天與時雨。

D 水無月→みなづき→ minatsuki

水無月是陰曆六月的稱呼。黃梅已過，持續的晴好天氣，帶來持續的炎熱與乾旱。沒有雨水的月份。但也有一說與此正相反：水無月是插秧結束，有必要往稻田裡灌水的月份，故也叫「水漲月」「水之月」。《萬葉集》裡最早出現了「水無月」一詞。在日本，水無月還是一種日本糕點的美名。六月的京都，也進入「水無」的季節，但如何在水無也能看到那高懸的明月？於是，以小紅豆為點綴，形如冰狀的三角糕點出現在人們的視野。為甚麼是三角形的呢？原來三角給人消暑的感覺。據說在江戶時代就有這種越夏消暑的糕點，讓人們在月下吃出好心情。與水無月相關的季語俳句有火箱遊步的名句「水無月の二つ四角こともなし」。

E 原爆忌→げんばくき→ genbakuki

1945 年的 8 月 6 日和 8 月 9 日，美軍分別在廣島和長崎投下原子彈。人類歷史上唯一遭遇原子彈轟炸的國家就是日本。原子彈投下的這兩天，日本人把它定為「原爆日」，作為夏的季語，就叫「原爆忌」。因為一般的國語辭典還沒有收入這個詞，所以「原爆忌」就是俳句世界獨有的詞語。「子を抱いて川に泳ぐや原爆忌」，這是俳人林徹的名句，說的是與孩子一邊游泳一邊觸景生情地勾起了回憶。因為在投下原子彈的當天，廣島的河川漂滿了慘死民眾的屍體。此外還有俳人大井雅人的名句「八月の月光部屋に原爆忌」，屋子被照亮，像在月光下。

9. 喜歡「在宅看護」還是「在宅ケア（kea）」？

曾經的「稻毛屋」現在寫成「いなげや」（inageya）；曾經的「駿河銀行」現在寫成「スルガ（suruga）銀行」；曾經的「津村順天堂」現在寫成「ツムラ（tumura）順天堂」；曾經的「豐田紡織」現在寫成「トヨタ（toyota）紡織」；曾經的「日本冷藏」現在寫成「ニチレイ」（nitirei）；曾經的「能率風呂工業」現在寫成「ノーリツ（no-ritu）風呂工業」。這表明當今日本有把漢字表示轉換成假名表示的趨勢。埼玉縣浦和市和大宮市、與野市合併，成為首個不用漢字表示的城市：「さいたま（saitama）市」。跟進的是東京都秋川市與五日市合併，成為不全用漢字表示的「あきる（akiru）野市」。用平假名書寫城市名這很令日本人吃驚，因為這步子跨得太大太快了。更為顯眼的是原來的「東洋陶器」經過「東陶機器」最後成了「TOTO」。原來的「東京電気化學工業」最後成了「TDK」。原來的「伊奈製陶」最後成了「INAX」。日本人在喜歡假名的同時，也喜歡羅馬字。

為甚麼喜歡用片假名呢？原來在日本人的感覺中，片假名有好看、進步、高尚、明了、感覺輕鬆的一面。如「在宅看護」就沒有「在宅ケア」鮮明，「日帰り介護」就沒有「デイサービス」（deisa-bisu）輕鬆。介護本身是個缺少朝氣的累活，如何使其更明亮更輕快些，日本人首先想到了語言上的變化。

但是過分氾濫的片假名也有問題：老年人無法看懂和接受。如多少年前電視廣告經常出現的話語：

東京都は環境ロードパラインシング実施中

多摩地區大學間コンソーシアム構想

能看懂嗎？據調查只有很少一部分的日本人能看懂。「ロードパラインシング」是「負荷，分散」的意思，「コンソーシアム」是「組合，連合」的意思。那為甚麼不用人人都明白的漢字呢？當時的厚生大臣是前首相小泉純一郎。他為此在厚生省內設立了「用語適當化委員會」，要求公文書寫盡可能不用片假名。如「ニーズ」（ni-zu）用「需要／要望」，「ソーシャルコスト」用「社會的費用」，「マスタープラン」用「基本計劃」，「アカウンタビリテイー」用「說明責任」來表述。這個要求就是對泛片假名化的一個糾正。

「二戰」後不久，日本人把職業女性叫做「ビジネスガール」（bijinesuga-ru）。這個和製英語簡稱「BG」。但是在英語圈，這個詞是「夜蝴蝶」「賣春婦」的意思。得知其真面目後日本的媒體全部不再使用「BG」。但是如何尋找替代「BG」的比較妥帖的詞語呢？用「勤勞婦人」「勞動婦人」又嫌太俗氣。為此週刊雜誌《女性自身》開始徵集代替方案。在收到的數十個方案中最後勝出的是「オフイスレデイ」（ofuisuredei），簡稱為「OL」。這個詞贏得了美感和生命力，日本人至今還在使用。

最有意思的是在日本文字史上，也有因為外來語打官司的案例。比如電視台將「risk」表示為「リスク」（risuku），將「care」表示為「ケア」（kea），將「trouble」表示為「トラブル」（toraburu），將法語「concierge」表示為「コンシェルジュ」（koushierujyu），用這麼多外來語，對於聽眾來說就成了一種精神負擔。於是岐阜

縣有一位老年男性將 NHK 告到名古屋地方法院，要求 NHK 賠償
141 萬日元的精神損失費。這是發生在 2013 年 6 月的真實事情。
當然最後這位老人沒有能勝訴。但以此為契機，日本國立國語研
究所專門討論了這個問題，並拿出了「外來語換個說法」的提案。
看來已經習慣了漢字色香味的日本老一代人，還真的不習慣西文
片假名化後的另一種色香味。在他們的眼裡，片假名破壞了語言
的美。如，日語漢字裡明明有「高級住宅」一詞，但現在只要是
新建造的住房，廣告的宣傳紙上都是用片假名書寫的某某地方的
「ザ・レジデンス」（za・rejidensu）。這個「ザ・レジデンス」是
甚麼意思？戰後不久出生的日本人，大多數不知其意。

10. 東洋美人漢字是「初恋薊」？

　　創作過暢銷書《火花》的作家又吉直樹，想不到也是一位造
詞大師。他與書道家田中象雨合著的《鈴蟲炒飯》（幻冬舍，2012
年），就是又吉新四字熟語的大匯集。從「神様嘔吐」到「菩薩募集」
共有 120 個新熟語。下面精選前 10：

　　東京魍魎——捨棄故鄉向東京出賣魂靈。表示好可憐的人。

　　他暴自棄——原本是「自暴自棄」，現在他暴也自棄。

　　合法非道——法律上沒有問題，但不道德。

　　絶望茫々——沒有開首，沒有結束，當然更沒有希望。

　　肌着観音——人在無防備的狀態下，才是最放鬆的最舒心的，
像觀音一樣地簡單。

便所便覽──似是而非。但再往深處想，完全不相似。

精密乱舞──精密的又如何是亂舞的？亂舞的又如何是精密的？

輕薄連打──初次見面，馬上打得火熱。認識了一位來路不明的人。

祖母咆哮──穩健的祖母也咆哮了。表示喜樂哀怒大爆發的狀態。

爆裂血族──一代、兩代、三代人犯同樣的錯誤。表示遺傳的基因。

日本美文作家山下景子寫有《美人的日本語》（幻冬舍，2005年）。如何才是美人的日本語呢？作者的結論是：你要會用漢字說與寫。如精選前 20：

花舞小枝

花筏 / 青二才

夢路 / 朧月 / 陽炎

初恋薊 / 風媒花

君影草 / 虞美人草

憧葛 / 咲初小藤

空蟬 / 花弁雪

秋茜 / 月見豆 / 夢見昼顏

恋染紅葉 / 木守柿 / 月見豆

在日本，常見的是美人，有品位的人要學會用敬語說話，因此

敬語與美人的書並不少見。但東洋美女也與漢字相連，也與表意相關，則是看了這本書才知道的。無疑，美文作家山下景子提升了漢字的「格調」，不能不說是對漢字文化的一大貢獻。

日本人「玩」漢字的同時，也在「玩」書法。

坐落在東京都代代木的明治神宮，每年的新年參拜地，都有中小學生的書法作品展示。不能說書法藝術就是上乘的，但在幼稚和拙笨中，看到的是一顆「漢心」在跳動：

生命の力 / 溫故知新 / 雪花春望 / 空海飛曇 / 伝統の美 / 大地の恵み / 元日の朝 / 鳥歌花舞 / 飛雪千里 / 世界和平 / 希望の光

既是書法藝術的再現，也是漢字領悟力的再現。

在日本歷史上，舞文弄墨的帝王與武士、文人與僧侶為數也不少。

後陽成天皇的「龍」字。內實空疏，是將龍具象化的最好書法表現。

幕臣三舟之一的高橋泥舟的「骨」字。有枯枝之味，整體看是整然且溫和的楷書。

木戶孝允的「雪」字。被喻為「馬力之作」。唐風的筆蝕展開與構成，出其不意地同時又是帶有常識的平凡。書法技巧的構成所需要的目力，木戶孝允都具備了。

日本「三跡」之一的小野道風「開」字。門的繁體省略，最終筆的伸開長度引人注目。肥瘦兼開的筆畫，色豔飽滿。字形帶圓且穩，被譽為「和樣」。到江戶時代為止，這個「開」字是日本書法

藝術的基準點。

八大山人的「咸」字。1860 年 1 月 13 日，勝海舟等百人登上從荷蘭購入的軍艦咸臨丸，從品川海面出航。八大山人書寫的「咸」字素樸率直，想來要為這次出航擊鼓呼喊。

西川春洞的「壽」字。有「明治江戶子」之稱的書法家西川春洞，用遊玩心一筆書成壽字。從中可見灑落心和書道無限論。

大政治家副島種臣的「心」字。水中花？還是水槽中的海馬？特別是左邊的一豎，像棍子般。一顆正直心。在日本人的眼中，副島種臣是超越空海的日本最高書法家。

良寬的「風」字。日本人書寫「風」字，寫得最上乘的就是江戶時代的僧侶良寬。日本人喜歡這個字，就像喜歡「春一番」的大風一樣。

11. 銀座廣告牌為甚麼不用痔字？

日本近代廣告用語的名作——

今日は帝劇　明日は三越

這是 1911 年第一回文藝家協會新劇公演的海報。

一共 8 個漢字。如果說這還是較為工整的帶有明治印痕的日語構造的話，那麼 1972 年伊勢丹百貨的廣告用語——

燃えるような唇

紅唇用燃燒表示，預示了日本美少女文化將不可一世。燃—唇→燃唇，更是漢字的創意。

再看 2006 年資生堂的廣告用語——

一瞬も　一生も　美しく

一種輕快，一種美肌後的輕快，像一陣風。漢字也呈現芳香。

1988 年西武百貨廣告用語——

男は先に死ぬ

男人先死。那麼先死之前，你將如何善待女人？買吧。買吧。買吧。漢字的使用雖無太大創意，但語意太刺激啦。

1999 年相模橡膠工業的廣告用語——

チン謝

應該是陳謝。而將「陳」調皮地寫成片假名。似真似假，假假真真中，達成對用戶的諒解。

1998 年東日本旅客鐵道的廣告用語——

愛に雪　戀を白

雪與愛／白與戀。首先是色彩的視覺給人深刻印象。其次是「に」與「を」的日本式用法，給人的感覺這是一場「和戀」與「純愛」。

1986 年朝日啤酒的廣告用語——

辛口

兩個字。漢字的內斂力＋漢字的一目瞭然性，真是廣告中的絕品。

1987 年大黑堂製藥公司的廣告用語——

ぢ

痔。惱人的痔。男女都有，但男人的雄性角色使得男人更羞澀。怎麼辦？於是出現在銀座大街上的痔藥廣告，就表現為大大的「ぢ」字。不是說不能用漢字，但萬事講優雅的日本人，還是將「痔」變「ぢ」，甚至連「じ」都避開使用（痔的發音為「じ」）。這就像在超市買避孕套或女性的生理用品，收銀員會將其放入紙袋裡給客人一樣。這表現出語言美與行為美的一致性。

近來日本網上的傳播用語中，將「死」字表現為「タヒ」（tahi），將「死ぬ」表現為「タヒる」（tahiru）。死何以是タヒ？再仔細看看死字的下面不就是「タ與ヒ」嗎？日本人靈性地發現了忌死的相近之字，委婉地表現同時顯現語言力。會議桌前圍坐的人，以前的「人々」「一人々々」的讀法，現在改變成「人びと」「一人ひとり」的讀法和表示，表現出一種優雅。「楽々」比「ラクラク」（rakuraku），「簡単」比「かんたん」（kantan）要更容易。從語序上說，日語是名詞在前動詞在後，但有時廣告用語會有變化。如「水を飲む」這是日語的正常語序，有時也會出現「飲水」的字樣。再如「禁無斷転載」「於 10F 会議室」「全産業（除金融）」「戦前（含戦中）」等，這些完全是中文的語序了。但也有語序不變的漢字表達，如美容業的「白毛染除」、招募員工時的「寫真貼」、政治用語中的「EU 離脫」等。

當然，漢字與漢語對日本人來說，要融會貫通地掌握也並非易事。有些日本政治家的演說將「不俱戴天」用在「決意」上，說成「不俱戴天的決意」。但中國古典《禮記》是說「不俱戴天的敵

人」。這顯然是沒有吃透古典的原意而亂用。小學校長在校運動會上發言說「今天是晴天霹靂的好天氣」，引發家長一片恐慌，不解何來「晴天霹靂」。

電線桿上，貼有東京秋葉原附近的萬世橋警察署的「警告」文：

這裡垃圾扔掉，並且不是地方。／垃圾的不法拋棄被罰。／在這個地方，防止犯罪照相機被設置。

每句話都是病句。這還是來自日本警察署的公文書。顯然，日本人並不都是漢字與漢語的高手。

還有日本超市裡的漢語：

在本店，湊齊許多土特產。

日本人能想到「湊齊」一詞已經是相當不錯了，但問題是這裡不應該用「湊齊」。

埼玉縣戶田市市政廳寄給當地外國人的通知書有六種文字。看看中文的：

我們派了一個新的保險卡，因為你更新簽證。

保險卡，你現在有到期後，請使用這個新的保險證。

能明白意思嗎？第一句話的意思是：

因為你更新了簽證，所以我們寄新的保險卡給您。

第二句話的意思：

您現在持有的保險卡到期後，請使用寄上的新的保險卡。

看來漢字漢文的難度，對日本人來說還是巨大的。

這就像「在宅看護」「日帰介護」一樣，中國人也是學不來的。

在宅為甚麼是「看護」的？日歸為甚麼是「介護」的？即便是漢字，非日語圈的人也是難以明白其中的語感的。當年前首相小泉純一郎振臂高呼自民黨「潰す」。這個「潰」字，也是我們用不來的。當然，「米洗ぶ前に蛍の二つ三つ／米洗ぶ前を蛍の二つ三つ」。用「に」是死，螢火蟲死了；用「を」是活，螢火蟲活着。能明白為甚麼嗎？在站台上，當廣播說「ただいま一番線を——」，不用聽下文，只要有個「を」字，一定是有電車要通過本站。當廣播說「ただいま一番線に——」，不用聽下文，只要有個「に」字，一定是有電車馬上進站了。在日本人的眼裡，「を／に」就是最終行為的指示符。

12. 中國新詞與日本新詞的文化反哺

當我們說「積極的／消極的」的時候，這個「的」（てき /teki）是英語 -tic 的音譯。合理的／科学的／封建的／経済的／本格的／國際的／個人的／圧倒的等等，甚麼名詞都能帶上一個「的」字。而日本人最喜歡也最樂意說的是「日本的」，如「日本的なもの」「日本的構造」「日本的経営」「日本的雇用」「日本的考え方」等。2015 年日本學者柴崎信三出版《日本的なものとは何か》（《何謂日式之物》）。他從 19 世紀末的浮世繪開始說起，如數家珍般的將陶瓷器、和食、建築、動漫、時尚等排列了一下。而前幾年大橋良介出版《日本的なもの ヨーロッパ的なもの》（《日式之物・歐式之物》），則將日式與歐式文化做比較，這本書也因此成了比較

文化學的經典著作。這裡的「日本的」都可以翻譯成「日本式」。日本著名大學者鈴木大拙寫有代表作《日本的靈性》，這裡也必須翻譯成《日本式靈性》才妥帖。英語是「Japanese」，中文是「日式」，日語是「日本的」。一開始是二字詞加「的」，後來變成一字詞加「的」，如「病的」「劇的」「私的」等。這種「一字漢字」的結尾詞是日本人的得意技巧，在語言上有很多。如以「中」結尾的有「工事中／故障中／授業中／仕事中」等。顯然這個「中」字，就是對英語進行時的領悟與翻譯。如以「點」結尾的詞：「要點／弱點／問題點／到達點」等。以「性」結尾的詞：「安全性／公共性／生產性」。以「上」結尾的詞：「便宜上／歷史上／政治上」等。此外還有諸如「○○面」「○○力」「○○界」「○○式」「○○製」「○○感」「○○觀」「○○制」等詞。這些都是明治以來日本學生喜歡說喜歡寫的，當時的中國留學生也就原封不動地帶回國，並不嫌棄地使用。照日本語言學者的說法，這些詞語對中國人來說都屬於「外來語」。

還有「手續」這個詞。日語是「手続き」，當時的中國留學生回國後就將「き」去掉了，變成了現在還在使用的「手続」。1915 年，中國留日學人彭文祖在東京出版《盲人瞎馬之新名詞》一書，認為面對日本的新名詞，我們不能盲人瞎馬一樣不分青白地套用。因此他反對使用日語的「手續」，認為改用「次序」或「程序」為好。現在看來這是有問題的。如我們說「去辦出國手續」，怎麼能說成「去辦出國程序」「去辦出國次序」呢？再如日語的「取締」一詞，

彭文祖主張改為中國古已有之的「禁止」或「管束」。但日語的「取締」主要是強調監督與管制，如「取締強化」就可理解為監督或管制的強化，所以這個詞在日本並沒有「禁止／取消」的意思。日語裡還有「取締役」的說法，專指公司董事這個職位。這個問題的發生恐怕是當時的留學生在拿回來使用的時候，按字義將「取締」用在了禁止或管束的方面。這可能就屬於語言意思上的特化了。如「登校」——在日本是去學校的意思，在中國是小學一年級學生第一天上課的意思。「空巢」——在日本指家裡沒人小偷上門偷東西，在中國指高齡者一人在家孤守。「留守」——在日本是指不在家，在中國是指在家。這種語言意思的特化，也是語言在輸入與被輸入的過程中，語境與語感在發生着微妙的方向性的變化。而這個變化一旦被大眾認可，就是一種觀念的塵埃落定。

　　「中古車」一詞，日本在 1957 年的《日本國語大辭典》中就收錄了。這個詞經由中國台灣地區在 21 世紀初傳到中國大陸。在這之前中國已經有「二手車」一詞。二手車的含義是他人用過的，但款式等不一定很古舊的車。但日語的「中古」二字在中國就有款式古舊的感覺。「中古」二字出現在江戶時代，那個時候發音為「ちゅうぶる」（tyuuburu）。昭和初期出現片假名的「セコハン」（sekohan），源自英語的「secondhand」。昭和三十年代以後出現發音為「ちゅうこ」（tyuuko）的「中古」，如現在還在使用的「中古品」「中古マンション（公寓）」等詞，其中的「中古」就讀成「ちゅうこ」。

　「職場」這個漢字詞日本很早就有了。這個詞也是在 21 世紀初傳入中國的。我們在使用時是指高學歷的人上班的地方，也就是白領工作的場所。而日語裡「職場」是沒有這層意思的，也就是說這個詞與高學歷和腦力勞動沒有關係。在中國，體力勞動的場所叫「車間」，黨政幹部工作的場所叫「機關」，而在日本統稱為「職場」，如日本政治的中樞霞關這個地方，就被日本人稱之為日本最大的官僚「職場」。

　「人脈」一詞最先在昭和三十年代出現在日本的經濟界。詞源並不是來自人跳動的脈搏，而是「山脈」「曠脈」的類推。1972 年三省堂出版的《新明解國語辭典》最早收錄了這個漢字詞。《廣辭苑》在 1983 年第三版裡也收錄了這個詞。人脈在中國被理解為「關係」。如果說「關係」是一般老百姓使用的話，那麼「人脈」有比「關係」再高一層的感覺。說這個人人脈廣，可能就是暗指這個人在政府部門有熟人。

　有趣的是，面向日本發行的日語版《人民中國》，2016 年從第 1 期到第 12 期，介紹了 48 組漢語新詞和網絡用詞，表明漢字發源地也在與時俱進，為漢字文化增添新的元素。

　第 1 期：腦洞大開 / 孩動力 / 蹭跑族 / 男友力

　第 2 期：供給側改革 / 節孝族 / 反向春運 / 畫風

　第 3 期：寒潮經濟 / 網紅 / 公主病 / 貪內助

　第 4 期：攢人品 / 冒名雞湯 / 雙創 / 隔代寄養

　第 5 期：凹造型 / 黑科技 / 區間調控 / 刷單

第 6 期：尷尬症 / 中國智造 / 反差萌 / 抱團養老

第 7 期：炫瘦 / 民主痛點 / 分享經濟 / 型男

第 8 期：快遞垃圾 / 剛性泡沫 / 套路 / 網絡主播

第 9 期：隱性單親 / 人力資本紅利 / 燒腦 / 傲嬌

第 10 期：洪荒之力 / 辣眼睛 / 噴子 / 毯星

第 11 期：老司機 / 吃土 / 吃瓜群眾 / 一言不合就

第 12 期：分享冰箱 / 鴕鳥幹部 / 帶感 / 在線

　　這裡面必須注意的一點是：中國新詞流向日本，原封不動地被使用的概率很低，一般都要作些適合日語表達的調整。如：帶感 ── グっと來る、在線 ── オンラインオーケー、鴕鳥幹部 ── ダチョウ幹部、分享冰箱 ── シエア冷蔵庫。而日本新詞流向中國，原封不動被使用的概率很高。如近年傳到中國的日本新詞，寫真、壽司、漢方、超萌、爆買、定食、料理店、便當、熟女、黃金週、收納等，都可以一字不動地使用。而近年來最具翻譯力的一個新詞就是「卡哇伊」。中國新詞與日本新詞，有文化上的碰撞，但更多的是相容與相合。如「少子化」，日本在 1992 年度的國民生活白皮書裡就使用了這個詞。但不可忽視的是，當時中國計劃生育推出獨生子女的國策，則是為這個詞的產生提供了可遵循的社會文化背景。可能這就是語言的文化反哺吧。哲學家柄谷行人在《戰前的思考》一書中說，到江戶時代為止，日語是漢語的一個亞種。從這個意義上說，中國新詞與日本新詞實在可以說是在同一屋檐下，各自述說着我們的孔子、他們的天照大神。

漢字文化的底蘊。
呼福的節分祭。鬼
外福內。

咖喱，也可以用
「カレー」的片假名
表示。還有，鬼夾
在蓋澆飯裡，是甚
麼滋味？

2016 年漢字三千年的東京展。引發日本人共鳴的是漢字的美。

日本佛式葬禮上的漢字。

魚

日本超市裡的魚漢字。

お魚Market

鮪　鰤　鯛　鰹　鯵　鰯　鱚

鱸　鱈　鮭　鰻　鰊　鰭　鯖

秋刀魚　烏賊　蛸　浅利

海栗　鮑　鰻　鮎　鱒　穴子

繼續是力，漢字更
是力。

継続は
力なり

良寬的「風」字；木戶孝允的「雪」；後陽成天皇的「龍」；副島種臣的「心」字；小野道風的「開」字。

漢字屋。

結語　日本人歎服中國人的漢字力

據說倉頡造字的時候，鬼哭神號。後人說這是一種魔界幻境。

為何一定要進入這種魔界幻境才能造字？這始終是個謎。

太初有字，字與神同在。字就是神，神就是字。

原來如此。

點破這個謎底的人是誰？是有日本漢字研究第一人之稱的白川靜教授。他畢生研究漢字，發現漢字是進去了怎麼也轉不出來的魔方。非鬼哭神號不能解決問題。

最近讀到他的一篇文章，感到漢字的世界真是精彩紛呈。白川教授這樣寫道：

蘇東坡和佛印禪師都是才氣禪機的友人。有一次，佛印禪師給了東坡如下的文字：

野野	鳥鳥	蹄蹄	時時	有有	思思	春春	氣氣	桃桃
花花	發發	滿滿	枝枝	鶯鶯	雀雀	相相	呼呼	喚喚
嚴嚴	畔畔	花花	紅紅	似似	錦錦	屏屏	堪堪	看看
山山	秀秀	麗麗	山山	前前	煙煙	霧霧	起起	清清

浮浮	浪浪	促促	潺潺	湲湲	水水	景景	幽幽	深深
處處	好好	追追	遊遊	傍傍	水水	花花	似似	雪雪
梨梨	花花	光光	皎皎	潔潔	玲玲	瓏瓏	似似	墜墜
銀銀	花花	折折	最最	好好	柔柔	茸茸	溪溪	畔畔
草草	青青	雙雙	蝴蝴	蝶蝶	飛飛	來來	到到	落落
花花	林林	裡裡	鳥鳥	啼蹄	叫叫	不不	休休	為為
憶憶	春春	光光	好好	楊楊	柳柳	枝枝	頭頭	春春
色色	秀秀	時時	常常	共共	飲飲	春春	溶溶	酒酒
似似	醉醉	閒閒	行行	春春	色色	裡裡	相相	逢逢
竟竟	憶憶	遊遊	山山	水水	心心	息息	悠悠	歸歸
去去	來來	休休	役役					

蘇東坡閱讀再三，似雲裡霧裡。站在一旁的聰明絕頂的小妹，則飛快地組合了以下的詩句：

野鳥啼，野鳥啼時時有思，有思春氣桃花發，春氣桃花發滿枝，滿枝鶯雀相呼喚，鶯雀相呼喚巖畔，巖畔花紅似錦屏，花紅似錦屏堪看，堪看山，山秀麗，秀麗山前煙霧起，山前煙霧起清浮，清浮浪促潺湲水，浪促潺湲水景幽，景幽深處好，深處好追遊，追遊傍水花，傍水花似雪，似雪梨花光皎潔，梨花光皎潔玲瓏，玲瓏似墜銀花折，似墜銀花折最好，最好柔茸溪畔草，柔茸溪畔草青青，雙雙蝴蝶飛來到，蝴蝶飛來到落花，落花林裡鳥啼叫，林裡鳥啼叫不休，不休為憶春光好，為憶春光好楊柳，楊柳枝頭春色秀，枝頭春色秀時常共飲，時常共飲春濃酒，春濃酒似醉，似醉閒行春

色裡，閑行春色裡相逢，相逢競憶遊山水，競憶遊山水心息，心息悠遊歸去來，歸去來休休役役。

最後，這位白川教授不得不感慨萬千：真是了不起的漢字大國。

而日本學者佐佐木睦在《漢字的魔力》（講談社，2012 年）中，將中國的四大名著之一的《紅樓夢》稱之為「漢字學」。佐佐木睦作為一位日本讀者，能注意到《紅樓夢》裡登場人物的名字都有寓意，也確屬不易。如第一回登場的人物甄士隱，賈雨村就有「真事隱」「假語存」的託付之說。賈雨村的綽號為「時飛」，也就是「實非」的諧音，表明非實在，提示讀者整個故事是虛中有實，實中有虛。賈家的四個女兒，元春、迎春、探春、惜春的名字取一字即為「元迎探惜」，解讀為「原應歎息」，原來就應該歎息，暗含了四女的悲劇色彩。此外，英蓮等於「應憐」；嬌杏等於「僥倖」；封肅等於「風俗」；馮淵等於「逢冤」；單聘仁等於「善騙人」；卜世仁等於「不是人」等。就連林黛玉也可理解為「林中待玉」（寶玉）。對此作者最後總結道：從這個角度來說，把《紅樓夢》當作漢字遊戲文學來讀可能更有趣。

當然，也有日本學者注意到了國學大師章太炎曾為一位有錢人寫下一副對聯：

一二三四五六七

孝悌忠信禮義廉

但是這位日本學者不明其意，便問一位造詣頗深的中國學

者。這位中國學者說，這副對聯的看點在於其無字之意。有錢人拿到章太炎的親筆聯語，甚為得意，馬上命人將對聯懸於高堂附庸風雅。但一天，有一位明眼人含笑對有錢人說：「對聯寫得很好，可惜上聯忘八，下聯無恥，似乎有點取笑傷人之意。大意是說王八，無恥也。」有錢人聽後即氣又羞。從這點說這才是真正的漢字力。

漢字是一種文化行為。它不僅鮮活於紙上，還物化於所有的空間。萬里長城的東端山海關附近，有孟姜女廟。廟門上的對聯是絕對有趣的：

海水朝朝朝朝朝朝朝落

浮雲長長長長長長長消

七個「朝」字，七個「長」字。這副對聯相傳是南宋狀元王十朋所撰。它利用中國漢字一字多音，一字多義的特點，反反覆覆，重重疊疊。海潮漲落，浮雲長消。是自然？還是人生？令人遐想無邊。來旅遊的日本人，看到這副對聯，沒有一個不佩服中國人的漢字力的。

在日本，中華料理店多。日本人也喜歡吃中華料理。「青椒肉絲」「麻婆豆腐」「糖醋肉塊」等都是中華料理店的招牌菜。日本人在品嘗中華料理的同時，也佩服中國人舌尖上的漢字。日本人說中國料理天下有名，其漢字也特別火爆。如火字旁的漢字有：

炒／炊／燒／炸／焗／爛／燴／熘／烘／燉／烤／煸／煨／炆／爆／爍／灼／焗／焯

一個舌尖上的中國躍然紙上。

當然，如果更要愉悅舌尖的話，下列的漢字不可不知：

煎／熬／蒸／煮／滾／涮／燙／煲／醬／茹／熏／糟／醉／臘／風／
鹵／蘸／羹

可見，用詞的細膩來自心理觀察的細膩。

日本人敬佩中國漢字的遊刃有餘：

　　　　　一點兩點三點冰冷酒

　　　　　百頭千頭萬頭丁香花

日本人喜歡中國漢字的精美對仗：

　　　　　三星白蘭地

　　　　　五月黃梅天

美國耶魯大學教授理查德・尼斯貝德這樣說過：現在世界上
有超過 10 億人在享用古希臘的知識遺產，有超過 20 億人在繼承
古代中國文化傳統。

這「古代中國文化傳統」是否也包含漢字在內？我想是肯
定的。

可以這樣說，漢字是東洋共同的血脈，是世界文字的心與魂。

天地玄黃／宇宙洪荒

漢字的這種萬古雄風，西洋文字能與抵擋？

冷冷清清悽悽慘慘寂寂寞寞尋尋覓覓朦朦朧朧潺潺湲湲清清
爽爽明明暗暗紅紅綠綠透透迤迤迢迢切切滾滾濤濤空空滿滿

　　……

　　你可以無止境的組合下去。但絕不是無意義亂麻的重複或難辨符號的重疊。而是一種心向，一種人文，或者一種思緒，透過漢字內在的氣韻，藝術地述說着宇宙本體的故事。

　　只有漢字，才有這樣的終極意象。

責任編輯	洪永起	
書籍設計	林　溪	
排　　版	周　榮	
印　　務	馮政光	

書　　名	漢字力
作　　者	姜建強
出　　版	香港中和出版有限公司 Hong Kong Open Page Publishing Co., Ltd. 香港北角英皇道499號北角工業大廈18樓 http://www.hkopenpage.com http://www.facebook.com/hkopenpage http://weibo.com/hkopenpage
香港發行	香港聯合書刊物流有限公司 香港新界大埔汀麗路36號3字樓
印　　刷	中華商務彩色印刷有限公司 香港新界大埔汀麗路36號中華商務印刷大廈
版　　次	2019年3月香港第1版第1次印刷
規　　格	32開（140mm × 200mm）320面
國際書號	ISBN 978-988-8570-41-6 © 2019 Hong Kong Open Page Publishing Co., Ltd. Published in Hong Kong

本書為上海交通大學出版社有限公司授權香港中和出版有限公司在中國大陸以外地區出版發行的繁體字版本。